Julie Chapel

HOLD ME now

Oetinger Taschenbuch

MIX
Papier aus verantwortungsvollen Quellen
FSC® C002795

Originalausgabe
1. Auflage

Satz: Datagroup-Int SRL, Timișoara
Druck und Bindung: Livonia Print SIA, Ventspils iela 50, LV-1002;
Riga, Lettland
Printed 2019
ISBN 978-3-8415-0624-5

www.oetinger-taschenbuch.de

Kapitel 1

Montgomery wird kleiner und kleiner im Rückspiegel. Immer wieder hebe ich den Blick vom Freeway, um meine Stadt noch einmal zu sehen. Ein letztes Mal. Ein allerletztes Mal. Dann verschwindet sie hinter einer Kurve, und ich fühle mich endgültig elend, atemlos für ein paar Sekunden, wie abgeschnitten von meinem Leben. Von allem, was mir wichtig ist. Von Marc, der sich jetzt auf die Aufnahme seines neuen YouTube-Videos vorbereitet – bei der ich nicht dabei sein werde. Nie, kein einziges Mal im vergangenen Jahr habe ich eine Aufnahme verpasst. Immer war ich dabei.

Tränen prickeln in meinen Augen, und in meiner Brust formt sich ein Klumpen. Ein zorniges Krächzen steigt aus meiner Kehle auf, dann rollen die Tränen über meine Wangen. Ich packe das Lenkrad fester, schaue stur geradeaus, bloß nicht zur Ausfahrt, bloß nicht daran denken, einfach zurückzufahren. Das ist keine Option.

Bei der Erinnerung an Marcs Kuss werden die Tränen heißer. Ein Jahr lang habe ich auf diesen Kuss gewartet. Auf diesen Kuss, der mehr ist als die Einleitung zum Sex. Ein Kuss, mit dem wir nicht in der Kiste gelandet sind, sondern einer, mit dem er mir gesagt hat, dass er mich gernhat. Ein Abschiedskuss, beschissenerweise. Dass er mich vermissen wird, hat er mir danach ins Ohr gemurmelt, mich umarmt und versprochen, mich zu besuchen.

Mein Wunsch, nicht aus Montgomery wegzumüssen, ist total sinnlos. Ich muss, dank der Sturheit meiner Eltern und ihrem irren Glauben, mich in die brave, pflegeleichte, Einsen schreibende Tochter zurückverwandeln zu können. Also wünsche ich mir für den Moment nichts sehnlicher, als dass Marc sein Versprechen hält. Zwei Monate ohne ihn, in diesem piefigen Ferienort, umgeben von Sonnenhut-und-Selfiestick-Touristen, denen ich auch noch alles recht machen muss, würde ich nicht überleben. Ich schwöre, dass ich erst wieder lachen werde, wenn Marc bei mir ist. Und ich schwöre, dass sich Annie warm anziehen kann, wenn sie sich ihm in dieser Zeit an den Hals wirft. Nur weil ich nicht da bin und sie glaubt, freie Bahn zu haben.

Klar wird sie es versuchen, ächzt es boshaft in mir. *Du bist nicht naiv, Jazz, also glaub nicht, dass sie auch nur die kleinste Chance verstreichen lässt. Gleich heute Abend wird sie sich auf die Party schmuggeln und ihm nicht mehr von der Seite weichen.*

Mit einem Schnauben schiebe ich die Gedanken beiseite. Dass Annie es versucht, bedeutet schließlich nicht, dass Marc darauf hereinfällt. Kein zweites Mal. Das eine Mal, und dass er dann eine Weile Luft für mich war, war ihm eine Lehre, sich von Annie fernzuhalten. Überhaupt ist sie auch gar nicht sein Typ. Sie hat keinen Stil und keine Ahnung von Musik, zumindest nicht von solcher, wie Marc sie macht. Ehrlich und tiefgründig, so simpel wie intelligent. Nicht zu vergleichen mit dem Schranz, mit dem Annie wer werden möchte. Marc wird sich denken können, dass sie von seiner wachsenden Popularität profitieren will, um es mit ihrem unerträglichen Punk und der rotzigen Attitüde zu etwas zu bringen. Bis über beide Ohren verliebt ist sie natürlich auch, das kleine Träumerle! Aber Marc LeBlanc ist nicht der Typ für feste Beziehungen. Das war die erste Lektion, die er mir erteilt hat.

Als der Player zum nächsten Titel springt und die Anfangstöne eines meiner Lieblingssongs von Marc erklingen, drehe ich die Musik auf und surfe auf den Wellen seiner Melancholie, um sie mit meiner zu verschmelzen.

Mit den Richtungsschildern und den Werbetafeln zu beiden Seiten der Fahrbahnen rauschen meine Gedanken, die Meilen, zwei Stunden vorbei. Auf Höhe von Holly Hills, eine Stunde vor Orange Beach, werde ich so müde, dass ich eine Ausfahrt nehme und mir an einem Drive-in einen Kaffee kaufe. Ich setze den Becher in die Halterung der Mittelkonsole und reihe mich wieder in den dichter werdenden Feierabendverkehr auf dem Freeway ein. Wenige Meilen später muss ich bremsen und kullere in einen Stau, in dem es noch ein paar Meter vorwärtsgeht, bevor ich mit allen anderen zum Stehen komme. Um herauszufinden, was los ist, schalte ich von Bluetooth zu einem Radiosender und warte auf die Nachrichten. Wenig später die Ernüchterung: Komplette Fahrbahnsperrung wegen eines Unfalls mit vier Fahrzeugen.

Das ist ein Zeichen, raunt es in meinem Kopf. *Du sollst nicht nach Orange Beach. Jetzt wirst du bis in die Nacht hinein auf dem Freeway verschimmeln.*

Wenn jetzt gleich noch ein Blitz aus dem heiterblauen

Himmel in den Asphalt vor der Motorhaube einschlägt, lasse ich das Auto stehen und trampe zurück – so wahr ich hier sitze. Und meinen Eltern sage ich, es hat nicht sein sollen. Das Schicksal wollte es nicht. Mit einem Seufzer schicke ich die allzu schöne Vorstellung dahin, von wo kein Blitz kommen wird, und stelle den Motor aus. Als ich die Schaltung in Parkposition bringe, stoße ich mit dem Arm gegen den Kaffeebecher. Er kippt aus seiner Halterung, verliert den Deckel und klatscht samt seinem dampfend heißen Inhalt in meine Handtasche auf dem Beifahrersitz.

Fassungslos starre ich auf die Misere, die dieses dämliche Auto mit seiner nicht zum ersten Mal versagenden Becherhalterung angerichtet hat, da wird mir klar, was sich alles in der Tasche befindet und im Kaffee schwimmt. Mit einem Fluchen öffne ich die Tür, schnappe die Tasche, bugsiere sie zum Straßengraben und schütte sie aus. Mit der Brühe platschen der Becher, verschiedene Kosmetika, die Nagelfeile und Kleenex heraus sowie das durchweichte Portemonnaie mit dem einzigen Schein, den mir meine lieben Eltern nach dem Einzug der Kreditkarten in die Hand gedrückt haben. Das alles trocknet wieder oder ist leicht ersetzbar. Sorgen macht mir nur mein Telefon, das nach dem ausgiebigen Kaffeebad von Resttropfen überzogen im Gras liegt. Schnell hebe ich es auf und betätige den Home-Button, der das Ding eigentlich aufwachen lässt. Nix passiert. Es blinzelt oder zwinkert nicht mal, das Display bleibt schwarz. Es ist tot. Verbrüht und ersoffen.

»So eine Scheiße!«, fluche ich und versuche es noch einmal. Nichts.

»Verflixter Mist!«

Beinahe schmettere ich das Teil auf den Asphalt, damit es wenigstens so tot aussieht, wie es ist, halte mich im letzten Moment davon ab und atme durch.

Das hat mir gerade noch gefehlt. *Aber ruhig, Jazz, ganz ruhig!* Schlimmer kann es nun wirklich nicht mehr kommen. Keine Kohle, kein Zuhause, keine Liebe von Marc, keine Partys, dafür ein Horrorjob im Horrorexil. Kein Handy – das macht es doch perfekt. Ab jetzt kann es nur noch bergauf gehen.

»Alles okay?«, höre ich hinter mir und drehe mich um.

»Ja!«, gebe ich genervt zurück und nehme mit der freien Hand die Sonnenbrille von der Nase. »Nein. Doch. Ach, was soll's!«

»Was denn nun?«

Das fragt er noch? »Sieht es aus, als sei alles okay?«, schluchze ich unfreiwillig theatralisch und klimpere die Tränen weg, die meine Sicht verschwimmen lassen. »Dieser bescheuerte Kaffee, diese blöde Halterung …«

Selbst schuld, du Nuss!, höhnt es wiederum böse in mir.

»Was ist denn passiert?«, fragt er und kommt von seinem Auto, an das er sich bisher gelehnt und auf seinem beneidenswert intakten Handy herumgetippt hat, zu mir.

»Ich hab Kaffee verschüttet. Direkt in meine Handtasche«, gebe ich mit einiger Resignation zu und betrachte gemeinsam mit ihm den Trauerhaufen aus Handtasche, Portemonnaie und Co. »Der Kram ist mir egal, aber mein Handy ist hinüber.«

Kopf hoch, Jazz, mahnt meine Vernunft. Ich sehe ihn an, begegne seinem Blick, und es blitzt. Nicht aus dem heiterblauen

Himmel, wie ich es mir gerade noch vorgestellt habe, sondern in mir. Der Typ hat ein Gesicht wie ein Model aus der Pour-Homme-Werbung eines Parfümherstellers. Seine Augen sind graublau und werden von dunklen Wimpern gerahmt. Da ist die leicht hochgezogene rechte Braue, der synchron dazu gehobene Mundwinkel seiner vollen Lippen. Da sind seine hohen Wangenknochen, die perfekt zu seinem schmalen Gesicht passen, zur leicht gekräuselten Denkerstirn und zur schlanken Nase, zum eigenwilligen Kinn, das in einen schönen Hals verläuft und in breite Schultern. Auf den zweiten Blick sehe ich auch das nicht so Schöne: die Piercings in den Ohren, die möglicherweise gewollt zerwühlten, dunklen Locken, das Tattoo, das auf seinem linken Arm auf Höhe des breiten Lederarmbandes beginnt und bis unter den Ärmel seines weißen Guns-n'-Roses-T-Shirts läuft. Dazu trägt er eine schwarze Jeans und abgelatscht aussehende Boots …

»Wie auch immer …«, stammele ich. »Auch schon egal, kauf ich mir halt ein neues.«

Haha, und wovon? Von dem versifften Hunderter in deinem durchweichten Portemonnaie. Der war für einen Notfall gedacht.

Es ist ein Notfall, antworte ich mir selbst und hebe das Kinn ein wenig, um mich größer wirken zu lassen und zu seinen – Wie groß mag er sein? Eins neunzig? – aufzuschließen. Mit einer Höhe von eins fünfundsiebzig kann mir das trotz meiner Absatzschuhe nicht gelingen.

»Wenn du telefonieren musst …« Er hält mir sein Handy hin. »Benutz meins.«

Ich muss telefonieren! Ich muss Marc anrufen und ihm diesen ganzen Mist berichten. Ich muss meine Eltern anrufen und sie verantwortlich machen. Allerdings fühle ich mich in meiner neuen Lebenssituation ein bisschen wie ein neu eingetroffener Häftling in einer Strafvollzugsanstalt, der heute genau einen Anruf tätigen darf. Der muss dann wohl diesem Hotel in Orange Beach gelten, wo sie auf mich warten.

Nach kurzem Zögern nehme ich sein Handy, wobei sich unsere Hände kurz berühren. Seine Haut ist warm und bitzelt auf meiner.

Easy, Jazz!, tönt meine Vernunft ein zweites Mal innerhalb kurzer Zeit. *Du stehst nicht auf Typen wie ihn … vermeintlich unwiderstehliche Loser mit dreckigem Charisma. Die überlässt du getrost anderen, die vielleicht das Helfersyndrom haben und sich gern in ein emotionales Chaos stürzen.*

In meinem Geist verdichtet sich das Bild von Marc. Als ich ihn zuletzt gesehen habe, trug er das hellblaue Hemd, das ich so an ihm mag, die Ärmel aufgeschlagen, der obere Knopf offen. Die Beinenden seiner Jeans waren über seine Knöchel gekrempelt. Die weißen Sneakers sahen aus wie brandneu, weil er all seine Sneakers liebt und entsprechend pflegt. Er hat auf dem Hocker oben in seinem Studio Platz genommen, die Kopfhörer auf seine Ohren gesetzt. Eine blonde Strähne fiel ihm in die Stirn. Er nahm seine Gitarre, umarmte sie beinahe liebevoll und legte seine Hände auf ihre Saiten. Dann schloss er die Augen, begann zu spielen und zu singen, mit warmer, weicher, einfach grandioser Stimme, die mir immer wieder eine Gänsehaut macht.

Mit einem Blinzeln hole ich mich ins Jetzt zurück.

Du stehst auf Typen mit Seele!, sage ich mir abschließend

und werde mir bewusst, dass mich dieser ohne Zweifel seelenlose Typ mustert. Sein Blick wandert von meinem Gesicht zu meinen Ohren, in denen silberner Saphirschmuck steckt, huscht kurz über die dazu passende lange Halskette, dann über meine Kleidung – eine weiße Longbluse über einem dunkelblauen Jumpsuit. Fertig mit seiner Meinung, sieht er wieder auf.

Ich aktiviere das Display und starte den Browser. Binnen Sekunden habe ich die Telefonnummer der Rezeption und rufe an. Statt der Rufnummer wird der Name des Hotels auf dem Display angezeigt, sicher irgendeine superneue Funktion der automatischen Erkennung von Unternehmen. Es klingelt zweimal, dann meldet sich jemand.

»Hallo, Jessica Lawrence hier«, sage ich. »In einer Stunde hab ich einen Termin mit Mister Roomer und Miss Estralàs, aber ich werde mich verspäten, weil auf der I-65 wegen einer Vollsperrung gerade gar nichts mehr geht.«

»Das haben wir schon gehört« entgegnet mein Gegenüber am anderen Ende der Leitung freundlich. »Ich leite das weiter. Vielen Dank, dass Sie sich melden.«

Ich verabschiede mich und lege auf. Pflicht getan. Wenn diese Leute heute noch mit mir sprechen wollen, müssen sie sich gedulden.

Mit einem zweiten mutigen Blick gebe ich dem Typ sein Handy zurück. Sein Gesicht ist jetzt entspannt, die Braue und den Mundwinkel hat er nicht mehr hochgezogen, aber er schmunzelt, und im Graublau seiner Augen liegt ein Schimmer, der mir aus welchem Grund auch immer zusetzt. Weil ich fröstele, weil mein Herz schneller schlägt und ich gerade überhaupt nicht klarkomme mit dem, was in mir losgeht, wende ich mich ab und starre einmal mehr auf meine Handtasche und Co. Um etwas zu tun zu haben, hocke ich mich hin und werfe nach dem kaputten Handy und dem Portemonnaie die anderen Dinge in die Tasche.

»Da du keinen Kaffee abbekommen hast …«, höre ich ihn hinter mir sagen. »Ich kann dir ein Wasser anbieten.«

Wasser hab ich selbst, antworte ich ihm im Stillen. Aus meinem Mund kommen aber ganz andere Worte: »Nehm ich gern, danke.«

Was zum Teufel, Jazz!, schimpfe ich mit mir selbst und spüre, wie Hitze in meine Wangen steigt. Weil man das wegen meiner hellen Haut ganz ausgezeichnet sieht, versuche ich mich zu beruhigen und schiebe die Sonnenbrille wieder auf meine Nase. Dann beobachte ich, wie er zwei kleine Wasserflaschen aus seinem Auto holt – ein metallicblauer Mustang Shelby ist das, vermutlich aus den Siebzigern, aber in einem top Zustand. Wieder bei mir, reicht er mir ein Wasser. Dann setzt er sich ins Gras am Straßenrand, schraubt seine Flasche auf und schaut zu mir hoch, wie zur Aufforderung, mich ebenfalls zu setzen.

»Es könnte eine Weile dauern«, murmelt er zur Bekräftigung. »Mach's dir bequem.«

»Das sieht nicht wirklich bequem aus«, gebe ich zurück. Ich würde schon gern sitzen, aber nicht dort. Ich ruinier mir ja die Klamotten. Leute pinkeln hier hin, kotzen bei voller Fahrt aus dem Auto, werfen Mist aus dem Fenster.

Er steht auf und geht noch einmal zum Auto. Aus dem Kofferraum holt er eine Decke, die er auf dem Rückweg ausschüttelt und ein paarmal faltet, bevor er sie ins Gras fallen lässt.

»Besser?« Abermals pflanzt er sich hin, direkt neben die Decke.

Denk nicht darüber nach! Setz dich einfach dazu!, befehle ich mir, überlege aber doch, was auf dieser Decke wohl schon so alles passiert ist. Bevor meine Gedanken zu bunt werden, verscheuche ich sie, überwinde mich und nehme Platz. Seine Nähe sorgt dafür, dass mein Herz erneut einen eigenwilligen Takt einschlägt, doch nach außen gebe ich mich relaxt, drehe die Kappe der Flasche ab und trinke einen Schluck.

»Ein nettes Auto hast du«, stellt er fest.

Darauf kann ich nur mit den Schultern zucken. »Ist bloß ein Auto. Bringt mich von A nach B, mehr nicht.«

Da ist sie wieder, die hochgezogene Braue. »Das würde ein Toyota Corolla auch tun, dazu braucht man kein BMW Cabrio.«

Ich sehe nicht ein, das mit ihm zu diskutieren, und schweige mit dem Blick auf seinem Mustang.

»Wohin bist du unterwegs?«, will er wissen.

»Orange Beach.« Das Grummeln kann ich nicht aus meiner Stimme bannen.

»Hm, du klingst nicht, als würdest du dich freuen. Musst du einen blöden Verwandten besuchen ... oder auf eine Beerdigung?«

Ich höre sein Schmunzeln. Es verleiht seiner Stimme einen noch schöneren, wärmeren Klang und lässt mich beinahe lächeln.

»Ich werde dort arbeiten.«

»Oh.« Im Augenwinkel sehe ich, dass er mich anschaut, kann seinen Blick aber nicht erwidern. »Wo denn? In der Pathologie, einem Bestattungsinstitut oder auf einem Friedhof?«

»Nein!«, pruste ich, weil ich das Lachen nicht mehr zurückhalten kann. »Wie kommst du darauf?«

»Na ja, du wirkst so wenig begeistert.«

»Ein Friedhof wäre mir gerade recht. Da halten die Leute wenigstens die Klappe.«

Er nimmt einen Schluck von seinem Wasser.

»Ein Hotel ist es«, gebe ich zu. »Aber ich hab mir diesen Job nicht ausgesucht. Genau genommen wurde ich gezwungen.«

»Von deinen Eltern?«

»Sie drehen am Rad, weil ihnen meine Noten nicht mehr gefallen und ein paar andere Sachen auch nicht. Vor drei Wochen bin ich achtzehn geworden. Ich kann eigene Entscheidungen treffen, aber sie mischen sich immer noch in mein Leben ein und schreiben mir vor, was ich zu tun habe.« Ein genervtes Stöhnen kriecht aus meinem Mund. »Zwei Monate in diesem Nest … ich krepiere da.«

»Orange Beach ist doch ganz nett. Gibt schlimmere Plätze auf der Welt.«

Dass er so denkt, wundert mich ein bisschen. Einen kurzen Blick wage ich jetzt und bin froh, dass er nicht mich, sondern einen blinden Fleck auf der Fahrbahn betrachtet. Er sieht nicht aus wie ein Typ, dem es in Orten wie Orange Beach gefällt. Mit einem Surfbrett oder Beachvolleyball kann er sicher nichts anfangen, und schmuddelige Musikclubs, wie er sie sicher gern besucht, gibt es dort nicht.

Er nimmt die Ray Ban, die bisher im Ausschnitt seines Shirts hing, und setzt sie auf.

»Zwei Monate, sagst du, bleibst du dort. In was für einem Hotel?«

»Eines dieser Strandhotels, in denen man den Gästen sogar das Klopapier auf einem goldenen Tablett bringt.«

»Also ziemlich nobel. Was wirst du dort tun, an der Rezeption sein?«

Schön wär's. Ich würge an den Worten, bringe sie aber nicht heraus. In dieser Art von Hotel habe ich bisher Urlaub gemacht, keine Betten aufgeschüttelt und Klos geputzt. Unfassbar, dass ich genau das tun muss.

»Service-Kram muss ich erledigen«, gebe ich zurück. »Aber ich werde mich nicht verbiegen oder herumkommandieren lassen.«

Der Ärger, der in mir aufquillt wie giftiger Teig, lässt mich zittern, und ich verschränke die Arme vor dem Bauch, damit er es nicht sieht. Mit einem Mal spüre ich aber auch Traurigkeit und eine Enttäuschung, die meine Stimmbänder noch fester spannt. Ich könnte heulen und atme tief ein, um es bloß nicht zu tun.

»Ich gehöre da nicht hin, nach Orange Beach und in dieses Hotel«, bringe ich schließlich hervor.

»Wenn du es nicht willst«, wundert er sich, »warum trittst du den Job überhaupt an?«

»Weil ich muss. Ich habe keine Wahl.«

»Was wären denn die Konsequenzen, wenn du es nicht tust?«

»Ich müsste meinen Kram packen und zu Hause ausziehen.«

Er überdenkt das eine kleine Weile. »Das ist hart«, sagt er dann und schaut mich an.

Ich erwidere seinen Blick, den ich hinter den dunklen Gläsern seiner Brille aber nicht erkenne. Er meinen ebenso wenig.

Was tust du hier, Jazz?, frage ich mich im Geiste, während die Sekunden verstreichen und das Summen der Autos auf der Gegenfahrbahn immer dumpfer klingt. *Warum erzählst du ihm das alles?*

Er dreht den Kopf ein wenig und sieht in die Richtung, in die wir beide wollen. »Es geht weiter. Ein Glück. Schneller als gedacht.«

Tatsächlich bewegen sich die Autos wieder. Ein eigentlich guter, aber für mich nur deprimierender Anblick, der nichts als die Traurigkeit in mir bleiben lässt. Er steht auf und hält mir die Hand hin, um mir hochzuhelfen. Abermals prickelt meine Haut bei der Berührung, und wieder schlägt mein Herz schneller. Sobald ich auf den Füßen bin, macht er zwei, drei irgendwie zögerliche Schritte rückwärts, mit dem Blick auf mir und ohne meine Hand loszulassen. Dann stehen wir zwischen unseren Autos.

»Du heißt Jessica, richtig?« Er muss jetzt lauter sprechen, um die anspringenden Motoren rundherum zu übertönen.

»Jessica, ja«, antworte ich ihm. »Aber alle nennen mich Jazz.«

»Jazz …« Er schmunzelt. »Ich bin Noah.«

Verdammt, was sag ich jetzt? Schön, dich kennengelernt zu haben, Noah? Auf Nimmerwiedersehen – leider? Meine Kehle ist wie zugeschnürt.

»Komm gut an, Jazz.« Er macht einen Schritt zu mir, lässt meine Hand los, steht aber dicht vor mir. Ich muss den Kopf heben, um ihn weiter ansehen zu können, und will das gerade zurückgeben, da küsst er mich.

Wie vom Donner gerührt bin ich, wie gebannt von den Schauern, die durch meinen Körper rauschen. Wie verzaubert von seinen Lippen, die weich und sanft sind und ein bisschen salzig schmecken. Als es mehrstimmig hupt, aus Autos, deren Weiterfahrt wir offenbar verhindern, erwache ich aus meiner Starre und küsse ihn zurück, während sein Name in meinem Kopf kursiert und mich ganz schwindelig macht.

Dann beendet Noah den Kuss. Luft streift über meine nassen Lippen.

»Was …«, stottere ich. »Wieso …«

Verdammt, Jazz, das soll ein Satz werden?

Er versteht es auch so.

»Einfach so.« Er macht einen Schritt von mir weg. »Wahrscheinlich war das die einzige Chance in meinem Leben, und ich wollte sie nicht ungenutzt verstreichen lassen.«

Wenig später öffnet er die Tür seines Wagens. Das Hupen klingt inzwischen sehr ungeduldig und aggressiv. Davon angetrieben, aber doch wie benommen tappe ich zu meinem Auto, steige ein, lege meine Tasche und die Wasserflasche auf den Beifahrersitz. Dann starte ich den Motor und fahre an. Er überholt mich und winkt. Ich winke zurück … lässig, als wäre das gerade überhaupt nichts Besonderes gewesen. Als würde ich täglich von Jungs auf dem Freeway geküsst werden. Dabei schlottere ich innerlich. Beim Gasgeben zittert mein Fuß auf dem Pedal, also mache ich langsam, behalte Noahs metallicblauen Mustang aber im Blick. Als er in der Masse der anderen Autos verschwindet, versuche ich zu verdrängen, was gerade passiert ist. Aber es geht nicht. Ich schmecke seinen Kuss noch, tauche noch im Graublau seiner Augen … und kann nicht glauben, dass ich ihn nie wiedersehen werde.

Kapitel 2

Jeff Roomer ist ein unfreundlicher, überheblicher Affe, den ich zum Teufel gewünscht habe, da hatte er gerade zwei Sätze gesagt.

»Sie haben um sieben Uhr dreißig hier zu sein und pünktlich um acht Uhr mit Ihrer Arbeit zu beginnen, wenn die ersten Gäste ihre Zimmer verlassen und zum Frühstück gehen. Sie haben freundlich zu sein, egal, wie Sie sich fühlen. Ihre Launen interessieren hier im Roomer's nicht.«

Meine Launen! Pff!

Und dieses ständige »Sie haben«. Ich habe zu sterben, irgendwann. Sonst gar nichts.

Keine Erkundigung, wie meine Fahrt war, oder andere Förmlichkeiten, die sich einfach gehört hätten. Möglich, dass er in Eile war und das Warten auf mich leid, aber ich hatte extra angerufen. Was konnte ich für den Stau auf dem Freeway? So ein Ton ist mir fremd, und ich werde einen Teufel tun, mich daran zu gewöhnen. Wahrscheinlich war es ihm eine Genugtuung, von oben herab mit mir zu reden, als sei ich ein gewöhnliches Zimmermädchen. Wenn er so ein guter Bekannter ist, wie mein Vater behauptet, weiß er genau, wen er vor sich hatte. Anderenfalls kann ich mir auch vorstellen, dass meine Eltern ihn gebeten haben, mich nicht mit Samthandschuhen anzufassen.

Und diese Catalina Estralàs ist nicht viel besser. Kalt wie eine Hundeschnauze ist die Hausdame des Roomer's. Zu allem Überfluss wohne ich bei ihr. Ein winziges Zimmer, in dem es nur ein schmales Bett, einen Kleiderschrank und einen nicht einmal halbhohen Spiegel gibt, hat sie mir in ihrem Haus überlassen. Das Bett musste ich gestern Abend selbst beziehen, habe mich dann daraufgelegt und an die Decke gestarrt. Catalina hat Essen gemacht, aber ich hatte keinen Hunger, hätte keinen Bissen herunterbekommen. Nur um im Bad, das ich mit ihr teile, zu duschen und mich für die Nacht fertig zu machen, bin ich aus dem Zimmer geschlichen. Nie im Leben habe ich mich einsamer gefühlt. Wie eingesperrt. Nicht nur in diesem Zimmer, sondern auch in dieser Rolle, in der ich ab sofort aufgehen soll – die absolut nicht meine ist.

Ich erkenne mich selbst nicht, als ich vor den Wandspiegel in Zimmer drei trete. In den beiden vorherigen Zimmern habe ich das auch schon gemacht, aber was ich sehe, will und kann mir einfach nicht gefallen. Ich soll kein oder nur wenig Make-up tragen, hat Catalina mir am Morgen geradezu befohlen. Neben anderem. Mascara musste sein, denn ohne das wirkt das Grün meiner Augen trübe. Von Natur aus habe ich ja schon helle Haut, aber heute sehe ich echt blass aus, und die vielen Sommersprossen sind deutlich zu erkennen. Meine fuchsroten Haare, die ich sonst frisiere, sodass sie in schönen Wellen über meine Schultern fallen, habe ich zu einem Knoten auf dem Kopf zusammengefasst. Längst haben sich einzelne Strähnen daraus gelöst und kräuseln sich um mein Gesicht. Eine puste ich aus meinem Sichtfeld, doch sie fällt wieder zurück. Auch schon egal. Was mich am meisten entstellt, sind diese weißen, billig aussehenden Stoffschnürschuhe und der schlichtweg katastrophale graue Kittel, der an mir sitzt wie ein Kartoffelsack. Das ist sicher gewollt, damit man für die Gäste möglichst uninteressant wirkt, unauffällig ist und alle Bewegungsfreiheit hat, wenn man sich beim Schrubben, Wienern und im Kampf mit Bettlaken fix und fertig macht. Gerade mal drei von insgesamt zehn auf die erste und zweite Etage des Hotels verteilte Zimmer habe ich fertig, bin aber schon jetzt total erledigt. Mein Rücken und die Arme tun mir weh, und ich habe absolut keine Lust mehr. Im ersten Zimmer war Catalina dabei und hat mir zack, zack erklärt, wie ich was zu erledigen habe. Am Ende hat sie eine baldige Kontrolle angekündigt und ist abgeschwirrt. Um die übrigen vier Zimmer und die drei Suiten des Hotels kümmert sich ein anderes Mädchen, das ich vorhin kurz kennengelernt, ihren Namen aber schon wieder vergessen habe. Alle zwei Wochen hat eine von uns zwei Tage frei, und die jeweils Arbeitende muss sich dann um alle Zimmer kümmern. Das sind immer Montage und Dienstage – angeblich ruhigere Tage, in denen viele Zimmer nicht belegt sind.

Missmutig wende ich mich von meinem deprimierenden Spiegelbild ab und schlurfe ins Bad, dessen Spiegel mit Spritzern übersät ist, als hätten die Gäste mit Propellern statt Zahnbürsten gearbeitet. Im Waschbecken liegen Kopf- und Barthaare und Speichelbatzen, bei deren Anblick ich sauer werde. Ihr Waschbecken zu Hause würden sie so nie hinterlassen, aber hier, wo es eine dumme Putzmarie gibt, benehmen sie sich wie Schweine und besitzen noch die Frechheit, milde zu lächeln, wenn sie einem im Gang begegnen. Da sind mir die, für die ich so sehr Luft bin, dass sie mein obligatorisches »Guten Morgen« überhören, hundertmal lieber. So, wie ich aussehe, und für das, was ich tue, will ich nicht gesehen werden.

Voller Ekel sprühe ich das Waschbecken ein, nehme den Lappen und wische mit spitzen Fingern los, da höre ich draußen im Schlafbereich Schritte. Die von Catalina sind es nicht, denn sie trägt Absatzschuhe. Wahrscheinlich ist es der männliche Gast dieses Zimmers, im schlimmsten Fall Jeff Roomer.

Es kommt schlimmer als das Allerschlimmste. Als er vor mir steht, lasse ich vor Schreck den Lappen fallen, weiche einen Schritt zurück und erwäge es, ihn mit *Mr Dirt gegen Kalk und Schmutz* einzusprühen wie einen Ganoven mit Pfefferspray.

Der ist dir gefolgt, der stalkt dich!, schrillt es in mir, und ein besonders bekloppter Teil meines Ichs freut sich auch noch darüber. *Nimm dich zusammen, verdammt!*, fauche ich mich innerlich an, wie ich ihn am liebsten anfauchen will. Keinen Ton bringe ich heraus. Wahrscheinlich verwechsele ich ihn. Er sieht anders aus, trägt einen grauen Dreiteiler samt Krawatte und schicke Schuhe. In seinen Ohren stecken keine Piercings.

»Miss Lawrence«, sagt er mit kühler Stimme. »Haben Sie einen Augenblick?«

»Ich … ähm …« What? »Wieso denn?«

Er macht auf dem Absatz kehrt, sagt »Kommen Sie bitte mit« und schaut nicht einmal, ob ich ihm folge.

Nicht im Traum denke ich daran! Tue es dann aber doch. Getrieben von Irritation, tappe ich ihm hinterher.

»Was soll das?«, höre ich mich wie durch einen Noise-Filter fragen, doch er reagiert nicht, geht einfach weiter.

»Hey, Moment mal!« Mit ein paar schnellen Schritten schließe ich zu ihm auf. »Was soll das? Was machst du hier?«

Er bleibt stehen, wendet sich zu mir um und zieht eine Braue hoch, wie er es gestern getan hat, nur wirkt er heute überhaupt nicht amüsiert. Jetzt, aus der Nähe, sehe ich auch die Löcher in seinen Ohren. Und das Graublau seiner Augen ist sowieso unverkennbar.

»Noah?«

»… Roomer.«

Noah … Moment! Die Erkenntnis lähmt mich, als hätte man mich im Tiefkühlfach schockgefroren. Ich starre ihn an und fröstele, weil sein Blick eisig flackert.

»Noah Roomer«, sagt er in noch distanzierterem Ton. »Miss Lawrence, können wir dann? Ich habe andere Dinge zu erledigen.«

Fuck you very much!

Unfähig, mich zu rühren, sehe ich ihn in das erste Zimmer gehen, das ich allein sauber gemacht habe, und grusele mich bei der Erinnerung an all die Worte, mit denen ich gestern auf dem Freeway so trefflich auf den Punkt gebracht habe, warum ich diesen Job hasse.

Schön blöd, Jazz, höhnt es in mir. *Von wegen automatische Rufnummererkennung! Du hättest skeptisch werden sollen, als sein Telefon den Hotelnamen angezeigt hat!*

Aber was für eine Frechheit! Er hat mich telefonieren lassen, meinen Namen gehört. Er wusste, wer ich bin, wohin ich fahre, hat sich verständnisvoll gegeben, mich aber im Prinzip ausgefragt. Kein Wunder, dass Jeff Roomer so reserviert war. Sein Sohn, Neffe, kleiner Bruder, oder wer auch immer dieses Arschloch ist, hat sich beeilt, vor mir im Hotel zu sein, und ihm alles brühwarm erzählt. Der Kuss war nichts anderes als Hohn.

Innerlich bebend vor Empörung, folge ich ihm ins Zimmer, wo er die Überdecke vom Bett hebt und zur Seite fleddert.

»Nennen Sie das ein gemachtes Bett?« Er klingt so sauer, wie ich selbst es bin, wenn auch aus anderem Grund.

Ich presse die Lippen aufeinander, um nicht herauszuplatzen, dass das, was ich sehe, durchaus in Ordnung und mir egal ist, wie er das nennt. Er deutet auf das Decklaken, das ich vorhin unter die Matratze gestopft habe. Nicht so, dass es ganz straff und glatt ist, aber es steckt darunter und wird heute Abend sowieso mühsam wieder hervorgezogen.

»Das ist ein Witz!«, knurrt er und zerrt das Decklaken unter der Matratze hervor. Dann geht er durchs Zimmer, schaut zu Boden und macht mich bei jedem Schritt auf ein weiteres lächerliches Versäumnis aufmerksam: »Krümel, Fluse, Haar, Krümel, Fleck.«

Mit einer Kopfbewegung gibt er mir zu verstehen, ins Bad voranzugehen. Inzwischen zittere ich vor lauter Ärger, und zornige Tränen kitzeln unter meinen Augen. Ich hebe das Kinn und spaziere ins Bad, wo mir beim Blick auf den Spiegel schon klar ist, was er mir als Nächstes vorhalten wird.

»Schlieren«, sagt er dann auch. »Wahrscheinlich konnte man noch reingucken, bevor Sie sich darum gekümmert haben, Miss Lawrence.«

Nenn mich noch ein Mal Miss Lawrence, und ich klatsch dir

eine!, grolle ich in mich hinein und verschränke die Arme vor der Brust.

Er klappt den Klodeckel samt Brille hoch. »Aber das hier …« Er zeigt auf die Kloschüssel. »Das ist richtig übel.«

»Da stimme ich Ihnen absolut zu, Mister Roomer!« Mit besonderer Betonung sieze ich ihn. »Eine absolute Unverschämtheit, eine Toilette so zu hinterlassen. Da ich einen solchen Anblick nicht jeden Morgen haben möchte, habe ich es so gelassen.«

»Sie sind nicht hier, um unsere Gäste zu erziehen.«

»Ich bin auch nicht hier, um mich demütigen zu lassen.«

»Das war ganz sicher nicht die Absicht unserer Gäste, und wir werden keine Beschwerde riskieren aus Rücksicht auf Ihren Stolz.«

Ich höre wohl nicht richtig. Das ist ja lächerlich.

»Glauben Sie wirklich, Mister Roomer, diese Gäste hätten sich darüber beschwert, dass niemand ihr Klo sauber gemacht hat, das sie selbst bis unter den Rand zugeschissen haben?« Ich schnicke in Richtung des zur freien Verfügung stehenden Hilfsmittels. »Das da ist eine Klobürste und keine Dekoration, oder?«

Seine Augen funkeln vor Zorn. Er kommt zu mir, Schritt für Schritt, baut sich vor mir auf und spiegelt meine Körperhaltung, indem er seine Arme ebenfalls vor der Brust verschränkt.

»Das haben Sie gut erkannt, Sie Leuchte. Es ist keine Dekoration. Und deshalb werden Sie diese Bürste auf der Stelle benutzen und Ihre Arbeit erledigen, oder ich schwöre, ich sorge dafür, dass Sie hochkant rausfliegen. Jemand mit Ihrer Einstellung ist hier tatsächlich fehl am Platz.«

Nicht nur erpresst er mich, sondern wiederholt ganz bewusst auch meine Worte von gestern. Nur haben sie aus seinem Mund eine ganz andere Bedeutung. Ein paar sprachlose Sekunden starre ich zu ihm hoch und versuche, die in mir brodelnde Wut unter Kontrolle zu bringen. Meine Kiefer schmerzen schon, weil ich die Zähne so fest aufeinanderbeiße. Dann gebe ich mir einen Ruck, gehe zum Klo, rempele ihn dabei an – wenigstens das, wenn ich schon nicht kontern darf, schließlich steht er mir und meiner Arbeit im Weg. Das Gefühl der Erniedrigung erreicht seinen Höhepunkt, als er mir beim Kloputzen zuschaut und mir empfiehlt, die Schüssel erst mit Lysol zu putzen und anschließend mit Clorox zu desinfizieren. Auf dem Weg zu meinem Putzwagen, wo der ganze Scheiß steht, rempele ich ihn gleich noch einmal an. Als ich zurückkomme, hat er mir vorsichtshalber Platz gemacht, lehnt an einer Wand, schaut mir weiter zu und inspiziert das Ergebnis am Ende.

Nach einem »Na bitte, es geht doch« verlässt er das Bad. »Bringen Sie alles in Ordnung, Miss Lawrence, auch in dem anderen Zimmer, das Sie bereits als *gereinigt* gecheckt hatten. Und erledigen Sie das bitte in der Hälfte der Zeit.«

Du kannst mich mal!, rufe ich ihm gedanklich nach und pfeffere die Klobürste in die Dusche, um meiner Wut ein Ventil zu geben.

* * *

Nach neun Stunden, einem Anschiss von Catalina und einer genäselten Rüge der Gäste aus der Acht, die sich darüber ärgerten, dass ich noch in ihrem Zimmer beschäftigt war, als sie am späten Nachmittag vom Strand zurückkamen, bin ich nicht nur körperlich, sondern auch emotional am Ende. Kraft- und mutlos schiebe ich meinen Putzwagen aus dem nur vom Personal genutzten Fahrstuhl ins Untergeschoss und den Gang entlang zu dem Raum, in den er gehört. Daran angrenzend ist der Aufenthaltsbereich des Putzpersonals mit den Spinden. Während ich die Eimer und Lappen säubere, heule ich Rotz und Wasser, schleppe mich dann zum kleinen Tisch und plumpse auf einen der beiden Stühle. Als die Tür zum Bad geöffnet wird, erschrecke ich, wende mich ab und wische mir mit den Handrücken über die Wangen. Im Augenwinkel sehe ich, wie der zweite Stuhl zurückgezogen wird und sich jemand setzt. Zum Glück nicht Catalina. Es ist bloß das andere Zimmermädchen.

»Harter Tag, was?«, fragt sie und überprüft den Sitz des Badehandtuchs, das sie um ihren Körper geschlungen hat.

Ich hefte meinen Blick auf den von Sonnenlicht gefluteten Garten hinter dem Fenster, an dem der Tisch steht.

»Morgen wird's besser sein«, sagt sie, als ich nicht antworte. »Dann weißt du ja, wie alles geht.«

Was nicht bedeutet, dass es mir dann Freude machen oder weniger anstrengend sein wird. Aber das sieht sie sicher anders. Bestimmt geht sie ganz in ihrer Aufgabe auf.

»Ich hab gehört, Lina hat gemeckert, aber sie ist eigentlich echt nett. War für alle ein bisschen stressig heute, weil du … na ja, du hast halt etwas länger gebraucht, aber wird schon.«

Trotzig zucke ich mit den Schultern. Wieso verschwindet sie nicht einfach?

»Hast keine Erfahrung als Zimmermädchen, oder?«

»Nein«, grummele ich. »Davon abgesehen ist das keine Erfahrung, auf die ich besonderen Wert lege.«

»Mach einfach das Beste draus«, zwitschert sie, als hätte ich nicht gerade echt unfreundlich reagiert. »Mit der Zeit wirst du schneller. Dann hast du einen Teil vom Nachmittag frei und kannst was Schönes unternehmen.«

Haha, was denn? Und von welchem Geld? Für diese Schufterei bekomme ich ein lächerliches Taschengeld, von dem ich gerade mal das Nötigste bezahlen kann. Aber was weiß sie schon? Ihre Ansprüche sind sicher nicht mit meinen zu vergleichen. Wahrscheinlich ist sie schon glücklich, wenn sie Eis essend am Strand hockt.

»Komm schon, Jessica, lass den Kopf nicht hängen.« Sie legt eine Hand an meine Schulter, zum Trost offenbar.

Ich sehe sie an. Sie ist etwa in meinem Alter, achtzehn oder vielleicht schon neunzehn, hat auf Kinnlänge gekürzte pechschwarze Haare, gefärbt ohne Zweifel. Der Ansatz wächst etwas heller heraus. Wahrscheinlich hat sie schon viele Nachmittage am Meer verbracht, denn ihre makellose Haut ist so schön gebräunt, wie es meine niemals sein kann. Weder sehe ich eine Sommersprosse noch einen Leberfleck. Beneidenswert. Make-up trägt sie kaum, nur ein bisschen Mascara, womit sie ihre treu dreinblickenden braunen Augen betont.

»Jazz«, sage ich endlich. »Niemand nennt mich Jessica.«

»Cool! Wie die Musik. Hörst du gern Jazz?«

»Nein.«

Sie nimmt die Hand wieder weg, zieht die fein geschwungenen, dunklen Brauen hoch. »Warum nennst du dich dann Jazz?«

»Hab ich gesagt, dass ich mich so nenne? Alle anderen machen es einfach, als Abkürzung für Jessica halt. Und ich find's okay, hab mich daran gewöhnt.«

»Ah.« Sie grinst. »Wie bei mir. Mich nennt auch keiner Suzanne.«

»Sondern?«

»Na, Sunny.« Das sagt sie, als müsste ich es wissen, und mir dämmert, dass Catalina sie am Morgen mit diesem Namen vorgestellt hat.

»Aber ich mag auch, wenn es sonnig ist«, fügt sie fröhlich an.

»Wer nicht.« Ich seufze. Meine Güte, sie ist nicht die Hellste, und das wird langsam anstrengend.

»Du bist echt hübsch.« Sie stützt die Ellenbogen auf den Tisch und den Kopf auf beide Hände. »Das ist deine Naturhaarfarbe, stimmt's? Ich wollte immer so rote Haare haben.«

»Warum färbst du sie dann schwarz?«

»Rot steht mir nicht. Sieht merkwürdig aus. Aber bei dir ist es top, vor allem mit den ganzen Sommersprossen.« Sunny beugt sich ein bisschen näher, um mich noch besser betrachten zu können, und kichert. »Voll süß. Wie Emma Stone in *La La Land*.«

Ich muss schmunzeln. »Na danke, das höre ich ständig.«

»Kann ich mir vorstellen. Machst du viel Sport, dass du so schlank bist? Oder eine Diät?« Mit einem missmutigen Schnaufen hebt sie die Schultern und lässt sie wieder fallen. »Ich halte keine Diät durch.«

Wird Zeit, ein Kompliment zurückzugeben. »Sieh's positiv, du hast sehr weibliche Rundungen. Ist doch auch schön. Viele

Jungs mögen das.« Ach ja, der Sport … »In Monty, wo ich lebe, gehe ich regelmäßig laufen.«

Mit wachsender Wehmut denke ich an unsere Laufrunde, Marcs und meine. Wir starten immer bei seiner Wohnung, laufen durch den Powder Magazine Park, ein ganzes Stück am Fluss entlang und zurück. Auch das werde ich hier vermissen, wobei ich bei diesem Job sicher kein schlechtes Gewissen haben muss, den Sport zu vernachlässigen.

Sunny sagt, dass Laufen nicht ihr Ding ist. Dann steht sie auf und geht zu den Spinden. Während sie einen Monolog über Catalinas angeblich ach so nettes Wesen hält, nimmt sie das Handtuch ab. Ohne Scham, nackt vor mir zu stehen, zieht sie einen Slip an, der türkisfarben ist und damit überhaupt nicht zu ihrem simplen weißen BH passt. Die Jeans, die sie bald aus dem Spind nimmt, will nicht so leicht über ihre kräftigen Oberschenkel und ihren runden Hintern. Mit ein paar Verrenkungen und Hüpfern bekommt sie das Ding schließlich an, hält die Luft an, zieht den Bauch ein und den Reißverschluss hoch. Plaudernd schlüpft sie in ein gelbes, ärmelloses Top und schiebt die Füße schließlich in Flipflops.

»Catalina ist meine kleinste Sorge«, sage ich, sobald sie wieder bei mir sitzt.

Sunny winkt ab. »Ach, Mr Roomer ist auch voll okay.«

»Gestern war er's nicht, aber ihn meine ich auch nicht. Dieser Noah, ist das sein Sohn?«

Sie grinst. »Du bist ihm schon begegnet. Er ist heiß, stimmt's?«

»Ist wohl Geschmackssache. Mein Typ ist er nicht.« Freundlich ausgedrückt.

»Dann bist du ja safe. Wenn er da ist, sag ich mir immer wieder …« Sie hebt den Finger und verleiht ihrer Stimme etwas Belehrendes, womit sie echt niedlich wirkt. »Sunny, verlieb dich nicht in ihn, egal, wie cool er ist. Denk an seine Freundin, gegen die du nicht den Hauch einer Chance hast.«

Interessant. Insbesondere vor der Tatsache des gestrigen Kusses. »Was ist denn so toll an seiner Freundin?«

»Cleo ist einfach …« Auf der Suche nach den passenden Worten zieht sie eine abschätzende Schnute. »Sie hat einen echt coolen Stil. Außerdem ist sie superintelligent, studiert Medizin, und dann ist sie auch noch voll hübsch.«

Bevor ich sie stoppen kann, zückt sie ihr Handy und loggt sich bei Facebook ein, wo sie offenbar mit dieser Cleo befreundet ist. Wenig später präsentiert sie mir das Bild einer attraktiven Blondine.

»Schön für Noah«, sage ich und schaue Sunny wieder an, damit sie das Telefon wegnimmt.

»Er und sie haben sich an der UA in Tuscaloosa kennengelernt. Sie ist zwei Semester weiter als er, also ein Jahr älter oder so, einundzwanzig.«

»Ist Noah oft hier?« Ich hoffe nicht. Gut wäre auch, er würde bald wieder verschwinden. Dass er mir ab sofort jeden Tag beim Kloputzen zuguckt, brauche ich wie ein Loch im Kopf.

»In den Semesterferien eigentlich immer. Cleo kommt dann auch oft her.«

»Gerade sind aber keine Ferien.«

»Nein, natürlich nicht. Momentan macht Noah ein Praktikum, das er für sein Studium braucht. Drei Monate dauert das, glaube ich, also bleibt er bis zum Ende des Semesters.«

Na klasse! Die vollen zwei Monate habe ich ihn also an der Backe.

Sunny steht auf und nimmt ihre Tasche. Sie nickt in Richtung des kleinen Bades.

»Handtücher findest du dort. Nimm eine lange, heiße Dusche. Die tut deinen Knochen gut.«

Auf mein Brummeln antwortet sie mit einem fröhlichen »Bis morgen dann« und geht.

Ich sehe wieder aus dem Fenster, bis mein Blick im Grün des Gartens verschwimmt und meine Augen trocken werden.

Ich will nach Hause. Richtig dringend.

Kapitel 3

Jedes andere Zimmermädchen hätten sie längst rausgeschmissen. An jedem der vergangenen sieben Tage hat mich Catalina Estralàs beiseitegenommen, um mich auf einen Fleck an einem Spiegel, einen Knick im Laken, ein Haar im Waschbecken oder eine andere Nachlässigkeit hinzuweisen. Sie hat verlangt, dass ich mir mehr Mühe gebe. Das könnte ich tun. Ich will aber nicht.

Von Tag zu Tag fühle ich mich mehr wie in einem Albtraum. Und das an einem Ort, der in den Augen anderer ohne Zweifel traumhaft ist. Das Roomer's ist eigentlich wunderschön, nicht allein wegen seiner Lage unmittelbar am Golf von Mexiko. Vier Etagen hat das aus robustem Holz gefertigte Haus. Seine marineblaue Grundfarbe wird durch das strahlende Weiß der Fensterbögen und Türrahmen, der Balkone und des Daches abgesetzt. Die Front schaut zur Küstenstraße, während die Rückseite auf der zweiten und dritten Etage über Terrassen verfügt, von denen zwei geschwungene Treppen zum feinsandigen Strand und türkisfarbenen Wasser führen. Im Parterre befinden sich der Frühstücksraum mit Blick auf den Strand sowie die Rezeption mit Lobby und Bar. Die Küche, Büros und einen Schulungsraum der hauseigenen Tauchschule gibt es dort außerdem. Im Keller liegen Aufenthaltsräume für das Personal, Lagerräume und der Nassbereich der Tauchschule mit den Utensilien. Um die Reinigung dieser Bereiche kümmert sich eine Aushilfe, die nur zweimal pro Woche nachmittags kommt. Manchmal übernimmt das auch Sunny, wenn sie mit den Suiten fertig ist. Zwei davon liegen unter den Giebeln des Spitzdaches, die dritte ist in der zweiten Etage. Heute werde ich dort zum ersten Mal arbeiten, denn Sunny hat den ersten ihrer beiden freien Tage.

Die meisten der Gäste sind zum Surfen oder Tauchen in Orange Beach. Jüngere Paare und Gruppen waren es in der vergangenen Woche. Manche blieben nur drei Tage, andere von Montag bis Sonntag. Senioren und Familien wohnen vermutlich lieber in Ferienhäusern, wie den kleinen Nachbarhäusern des Roomer's, oder in den unansehnlichen, in den Himmel ragenden Hotelklötzen, die sich in Richtung Downtown entlang der Küste aufreihen wie Perlen an einer Schnur.

Kurz vor achtzehn Uhr bringe ich den Putzwagen schnaufend zurück. Im Aufenthaltsraum will ich mir gerade den Kittel ausziehen, da kommt Catalina herein und bittet mich, sie zu einer kurzen Unterredung zu begleiten. Ihre harte Miene und der kühle Ton prophezeien nichts Gutes. Also wappne ich mich und folge ihr in Jeff Roomers Büro. Leider ist es nicht der Hotelbesitzer, der mich dort erwartet, sondern sein Sohn. Er lehnt sich gegen die Kante des Schreibtisches, der, wie die meisten Möbelstücke im Roomer's, aus weißem Holz gefertigt ist. Die langen, in einer grauen Slimfit-Hose steckenden Beine hat Noah überschlagen, die Arme aufgestützt. Sein Jackett und die Krawatte trägt er nicht mehr, nur noch die zur Hose passende Weste. Die oberen beiden Knöpfe des darunter sitzenden weißen Hemdes sind aufgeknöpft. Seine dunklen, eigenwilligen Haare hat er etwas gebändigt, um sie aus dem Gesicht zu haben.

Seit meinem grauenvollen ersten Arbeitstag habe ich ihn nicht oder nur aus der Ferne gesehen und war froh darüber. Seine Nähe macht komische Sachen mit mir, sowohl Herzrasen als auch Nervosität beschert sie mir. Zugegeben, Noah Roomer schüchtert mich ein, wie es noch keiner getan hat, und gerade deshalb regen sich mein Trotz und das Bedürfnis, ihm zu zeigen, dass er mir den Buckel runterrutschen kann. Wenn ich nur an seinen verlogenen Kuss denke und dann an den Befehlston hier im Hotel, ist das, wie Öl ins Feuer meines Ärgers zu gießen, doch sein Blick, dieses eiskalte Flackern im Graublau, und generell sein Anblick, der nicht vermuten lässt, dass er eigentlich ein verlotterter Punk ist, ersticken meinen Mut.

»Mein Vater musste zu einem Termin«, sagt er statt einer Begrüßung. »Deshalb werden Miss Estralàs und ich diese Angelegenheit mit Ihnen klären.«

Catalina stellt sich neben Noah an den Schreibtisch. Weder sie noch er bieten mir an zu sitzen, also bleibe ich stehen, verschränke die Arme hinter dem Rücken und fühle mich wie ein Angeklagter kurz vorm Schuldspruch. Als mir Catalina den Zettel vor die Nase hält, höre ich das Urteil im Geiste schon.

Packen Sie Ihre Sachen und verschwinden Sie!

Damit hätte ich, was ich will: meine Untauglichkeit für diesen Job bewiesen. Immerhin habe ich ein paar Tage durchgehalten. Niemand kann behaupten, ich hätte es nicht wenigstens versucht.

»Diesen Zettel haben uns die Gäste aus Zimmer zwei gegeben, als sie vorhin ausgecheckt haben«, sagt Catalina und wartet offenbar, dass ich lese. Das ist nicht nötig, schließlich habe ich diese Notiz selbst geschrieben. Stur schaue ich am Zettel vorbei und sie an, bis sie das Ding endlich herunternimmt.

»Toilettenbürste«, liest sie. »Kratzen Sie sich damit den Kopf und überlegen Sie, wozu sie gut ist? Versuchen Sie es doch mal mit der Kloschüssel.«

Ich beiße mir auf die Wangen, um nicht zu grinsen. Ich fand's witzig.

»Um es kurz zu machen, Miss Lawrence«, höre ich von Noah und überwinde mich, ihn anzusehen. »Lassen Sie solche Aktionen, machen Sie Ihren Job, und zwar so, dass es keinen Grund zu Beanstandungen gibt. Sie wollen nicht länger als unbedingt nötig hier sein, richtig?«

Das ist eine rhetorische Frage, also spare ich mir eine Erwiderung, weiche seinem Blick aber nicht aus.

Er fährt fort: »Mein Vater und ich haben beschlossen, dass Sie ab morgen jeden Tag, an dem Sie nicht leisten, was Sie leisten können, an Ihre reguläre Zeit anhängen. Wenn Sie Anfang Juni also nach Montgomery zurückmöchten …«

»Grandiose Idee!« Ich balle die Fäuste hinter dem Rücken, um die überwältigende Frustration, die seine Worte in mir auslösen, zu kontrollieren. Als ich das Zittern in mir spüre, das Kribbeln der Tränen, das Beben meiner Unterlippe, drehe ich mich um und gehe mit dem letzten Rest Selbstbeherrschung zur Tür.

»Jessica!«, ruft Catalina, da bin ich schon aus dem Raum und halte mich mit Mühe davon ab, die Tür zuzuknallen. Ohne zu wissen, wohin – der Aufenthaltsraum ist so wenig eine Option wie mein Zimmer in Catalinas Haus –, verlasse ich das Hotel und durchquere den Garten, an den der Strand anschließt. Tränen verschleiern meine Sicht, meine Wut und Verzweiflung tun ihr Übriges. Erst als ich am Wasser stehe, sehe ich wieder klarer. Wolkenlos und sanftblau ist der Himmel. Die Sonne steht schon tiefer. In einer Stunde wird sie untergehen, doch bis dahin wärmt sie die Boote, die auf den türkisfarbenen Wogen schaukeln, in ihrem Abendlicht. Möwen segeln krächzend auf dem warmen Wind. Wellen rauschen ans Ufer. Irgendwo zu meiner Rechten, bei den Ferienhäusern, lachen Kinder. Alles wie zum Hohn.

Der Anblick und die Geräusche sind unerträglich, das Blau, die Sonne, das Meer – so beschaulich alles. Schrecklich. Weinend halte ich mir die Ohren zu, schaue zu Boden und schluchze beim Anblick der hässlichen Stoffschuhe. In einem Impuls ziehe ich erst den linken, dann den rechten aus und werfe sie nacheinander in hohem Bogen ins Wasser. Sie schwimmen, gehen nicht unter und werden von Welle zu Welle wieder zum Ufer getragen.

»Marc«, schniefe ich leise und schlinge die Arme um meinen Oberkörper, um mich selbst zu umarmen. Ich hätte doch zu Catalina laufen und mein Telefon holen sollen. Meine Eltern haben mir ein neues geschickt, damit ich sie jeden Abend anrufen und ihnen von meinem Tag erzählen kann. Das können sie vergessen!

Als mir einfällt, was Marc mir gestern erzählt hat, nämlich, dass er heute einen Auftritt in einem Café hat, weine ich noch heftiger, und ein Schluchzen schüttelt mich. Er wird keine Zeit für ein Telefonat haben. Aber ich brauche ihn irgendwie. Wenn ich schon nicht bei ihm sein kann, will ich wenigstens seine Stimme hören.

Oder die von Olivia. Gestern habe ich mich getraut und ihr eine Nachricht gesendet.

Hey, Livi, ich bin am Arsch, im Exil im Süden, Zimmer in einem Boutique-Hotel am Strand putzen. Alles Horror hier. Du hast keine Vorstellung. Können wir reden? War einiges Scheiße von mir.

Das habe ich ihr geschrieben und bis heute Morgen keine Antwort bekommen. Ich kann verstehen, dass sie sich dafür Zeit lässt. Ich war in letzter Zeit nicht gerade die beste Freundin aus dem Bilderbuch. Ich habe Fehler gemacht, aber wäre ich an ihrer Stelle, dann würde ich mich verdammt noch mal trotzdem melden und nicht ewig auf stur schalten. Wir kennen uns schließlich nicht erst seit gestern, sondern seit zehn Jahren.

Ein Schatten fällt neben meinen in den Sand. Ich wende mich nicht um, weil ich nicht will, dass, wer auch immer das ist, mich so sieht. Während ich durchatme, um mich zu beruhigen, halte ich mein Gesicht in den Wind, damit er die Tränen trocknet. Meine Selbstumarmung korrigiere ich, indem ich die Arme vor der Brust verschränke.

»So geht das nicht«, sagt er nach einer Weile.

Noah. Dachte ich es mir. Toll!

Ich antworte nicht. Dass es so nicht geht, weiß ich selbst.

»Miss Lawrence, Sie …«

»Ich flippe aus, wenn du mich noch ein Mal Miss Lawrence nennst«, knurre ich.

Der Schatten bewegt sich. Dann steht Noah vor mir, mit dem Rücken zum Meer. Ich sehe ihn an. Der Wind spielt in seinen dunklen Haaren. Die Farbe seiner Augen wirkt wärmer, was am Abendlicht liegen mag. Er hat die Hände in die Hosentaschen geschoben. Die Ärmel seines Hemdes sind jetzt umgeschlagen, sodass das Tattoo, ein reinschwarzes Tribal, auf seinem gebräunten, kräftigen Unterarm zu sehen ist. Barfuß ist er außerdem.

»Jazz …«, sagt er, und ich fröstele, weil er damit wieder klingt wie der Noah, der mich geküsst hat. »Tut mir leid, wenn ich so hart war, zu hart vielleicht. Aber ich kenne nun einmal deine Einstellung, und du kannst deinen Ärger nicht an unseren Gästen auslassen.«

»Du hast mich ausgehorcht, als wir im Stau gewartet haben.« Das verdient eine gute Portion Verachtung. »Hast es nicht abwarten können, es deinem Vater zu erzählen.«

Er schüttelt den Kopf. »Kein Wort.«

Das glaube ich ihm nicht, und mein Blick verrät das wohl, also fügt er ein »Wirklich nicht!« an.

Auf einer Frage kaue ich ein paar Sekunden herum, bringe sie aber schließlich heraus, weil sie einfach gestellt werden muss.

»Was sollte der Kuss? Du hast so getan, als würden wir uns nicht wiedersehen. Dabei wusstest du es besser.«

»Das hast du nur so verstanden«, gibt er zurück und wagt es, zu lächeln.

»Wie hätte ich es sonst verstehen sollen?«

Er zieht eine Braue hoch und antwortet mit einer Gegenfrage: »Was meinst du, sollte ich hier mit einem Zimmermädchen anbandeln?«

Was bildet er sich ein? Ich bin doch kein Zimmermädchen. Okay, ich bin kein normales Zimmermädchen. Und er ist bloß der Sohn des Hoteliers, nicht der Chef persönlich.

»Vielleicht spielt deine Position hier weniger eine Rolle als deine Freundin in Tuscaloosa.«

Seine Braue wandert noch höher. »Du bist gut informiert. Hat Sunny dir das erzählt?«

Als ich schweige, zuckt er mit den Schultern. »Immerhin unterhältst du dich, knüpfst Kontakte. Es wäre nett, wenn du das auch mit Lina machen würdest. Sie hat mir erzählt, dass du dich in deinem Zimmer einigelst, am liebsten auch dort essen würdest.«

Jetzt reicht es aber! »Was ich an meinen Feierabenden mache, darf ich selbst entscheiden, oder nicht?«

»So war es nicht gemeint. Lina ist …«

»Ich fühl mich dort nicht wohl.« Mit diesem Geständnis steigen neue Tränen auf. »Nirgends fühle ich mich hier wohl.«

»Das liegt aber an dir. Du machst es dir schwerer, als es ist. Zwischen zwei und drei könntest du deine Arbeit locker erledigt haben. Okay, alle zwei Wochen montags und dienstags nicht, aber …«

»Und dann? Was soll ich dann tun? Welchen Anreiz hab ich denn? Ist ja nicht so, als würde ich hier so viel verdienen, dass ich mir im Anschluss ein schönes Leben machen könnte.«

»Das machst du von Geld abhängig?« Er klingt ehrlich verwundert.

Die Antwort erspare ich mir. Überhaupt habe ich keine Lust, diese Unterhaltung fortzusetzen, und schaue übers Meer, das sich allmählich in der Farbe der untergehenden Sonne zu färben beginnt.

»Bist du schon mal getaucht?«, fragt Noah.

»Geschnorchelt«, gebe ich zurück und verdränge die mit dieser Erinnerung geweckte Wehmut.

Im vergangenen Herbst sind Marc und ich spontan für ein paar Tage auf die Bahamas geflogen und haben dort geschnorchelt. Wie andere Ausflüge haben wir uns diesen natürlich mit Geld ermöglicht. Praktisch gesehen war es das Geld meiner Eltern. Nachher bekam ich eine Menge Ärger, mit ihnen und mit der Highschool, weil ich den Unterricht verpasst hatte, aber den habe ich gern in Kauf genommen.

Noah holt mich ins Jetzt zurück. »Hat es dir gefallen, unter Wasser zu sein?«

»Das war toll, ja.« Ich sehe ihn wieder an. »Wieso?«

»Hast du Lust, tauchen zu lernen?«

»Ähm …« Keine Ahnung, wie ich auf diese Frage, die wie ein Angebot klingt, reagieren soll. Tauchen zu können mit dieser Flasche auf dem Rücken, ist absolut kein Traum von mir. Es hat nicht die Leichtigkeit des Schnorchelns, ist zu technisch, gefährlich außerdem. »Ich weiß nicht. Vielleicht. Wo sollte ich das lernen, in der Tauchschule des Roomer's?«

»Das bietet sich an, oder nicht? Momentan vertrete ich den eigentlichen Tauchlehrer, der bis zum Start der Hauptsaison im Juni Urlaub macht. An ein paar Nachmittagen könnte ich mir Zeit für dich nehmen.«

Das würde er tun? Für mich?

»Wir beginnen hier am Strand.« Er nickt zum Wasser hin. »Die Flut geht dann wahrscheinlich schon wieder zurück, aber das macht nichts. Schauen wir, wie du in geringer Tiefe zurechtkommst. Wenn es klappt und dir Spaß macht, zeige ich dir ein paar coole Spots, die anspruchsvoller sind.« Als er mich wieder anschaut, wirkt er seltsam zufrieden. »Was meinst du?«

»Ähm …«, sage ich noch einmal und schicke ein von Kopfschütteln begleitetes »Wieso?« hinterher.

Er hebt die Schultern. »Für den Anreiz. Es ist ein Deal, wenn du so willst. Du erledigst deinen Job, und zwar richtig. Keine schlecht gemachten Betten mehr, keine dreckigen Spiegel oder Toiletten. Vor allem keine Notizen mehr an Gäste.«

Immer noch skeptisch, mustere ich ihn. Verkohlt er mich? Lacht er mich innerlich jetzt schon aus?

»Ich kann's versuchen«, gebe ich zögernd zurück.

Noah nickt und wendet sich zum Gehen. »Gut. Übermorgen, sechzehn Uhr. Vorausgesetzt, … na, du weißt schon.«

Natürlich, nicht nötig, es noch mal zu sagen, antworte ich ihm im Stillen. Ich muss besser arbeiten. Auch das werde ich versuchen.

* * *

Als ich Catalinas Haus eine Stunde später betrete und mich in mein Zimmer verdrücken will, ruft sie mich in die Küche. Ich wappne mich, lehne mich in den Türrahmen und hoffe, dass ich nicht noch eine Moralpredigt zu hören bekomme.

Catalina hat ihr Hausdamenkostüm gegen legere Klamotten getauscht, wie sie sie abends scheinbar immer trägt, heute sind es ein dunkelgrünes ärmelloses Schlabbershirt, darunter ein Bustier, und eine kakifarbene Pluderhose. Sie ist barfuß, hat den strengen Haarknoten gelöst und ihre Haare zu einem lockeren Bun gebunden. Wie ein Öko sieht sie so aus, jünger als dreißig auch. Sunny hat mir Catalinas Alter verraten, mir außerdem erzählt, dass sie ihren Posten im Roomer's schon seit fünf Jahren hat und aus Mexiko stammt. Sie spricht ohne Akzent, doch ihr Teint, ihre dunklen Haare und Augen, nicht zuletzt ihr Name lassen auf ihre Herkunft schließen.

»Hey!« Sie mustert mich.

Ich war noch schnell im Hotel, habe geduscht und den hässlichen Kittel gegen meine Kleidung getauscht. Die Schuhe, die ich aus dem nassen Sand aufgesammelt habe, baumeln von meinen Fingern. In der Abendsonne im Garten hinter dem Haus werden sie bis morgen trocknen.

»Hey«, gebe ich zurück und beobachte, wie Catalina zum Kühlschrank geht. Sie nimmt verschiedene Sachen heraus. Hähnchenfleisch, Frischkäse und eine Flasche Salsa.

»Hast du Lust, mir mit dem Abendessen zu helfen?«

Nicht wirklich. Aber okay. »Was gibt's denn?«

Sie lacht trocken. »Machst du deine Hilfe davon abhängig?«

»Nein, Quatsch. Hab interessehalber gefragt und um abzuschätzen, ob ich dir tatsächlich helfen kann.«

»Keine Sorge. Enchiladas sind easy.«

»Na gut …« Ich bringe die Schuhe in den Garten, kehre in die Küche zurück und wasche meine Hände. »Was kann ich tun?«

Catalina legt mir zwei Zwiebeln hin. »Würfel die bitte.«

Ausgerechnet!

Fünf Minuten später heule ich erneut. Eigentlich bloß wegen der Zwiebeln, aber die Tränen stimmen mich abermals melancholisch.

»Alles in Ordnung, Jessica?«, höre ich von Catalina, die die Hähnchenbrust schneidet.

»Jepp.« Ich schniefe und wische mir mit dem Handrücken über die Nase. »Im Übrigen nennt mich niemand Jessica.«

»Sondern?«

»Einfach Jazz.«

»Okay, Jazz. Mich nennt auch niemand Catalina.«

»Ich weiß. Alle sagen Lina.«

Das war eine Aufforderung. Meinetwegen.

Lina kommt herüber und begutachtet meine Zwiebelwürfel. »Ein bisschen feiner müssen die noch sein.«

Oh Mann, wieso denn? »Ich kann kaum noch aus den Augen gucken, so sehr brennen die. Muss das echt sein?«

»Absolut.« Durch den Tränenschleier hindurch sehe ich Lina schmunzeln. »Ich dachte, du hättest Erfahrung in der Küche. Hab gehört, deine Eltern haben eine Steakhauskette.«

»Lawrence Prime«, gebe ich verdrießlich zu. »Ich hab aber nie in der Küche geholfen.«

Im Service hab ich gearbeitet, aber das ist schon eine Weile her. Lawrence Prime ist der Lebenstraum und -inhalt meiner Eltern. Nicht meiner. Um das nicht zu diskutieren, kümmere ich mich wieder um die Zwiebeln und heule noch ein bisschen.

»Wie viele Restaurants sind es? Eins in Montgomery, eins in Birmingham …«

»Zwei in Montgomery«, korrigiere ich sie. »Sechs insgesamt. Die anderen vier sind in Birmingham, Tuscaloosa, Huntsville und Mobile.«

»Das Essen soll fantastisch sein, hab ich gehört.« Sie schnalzt genüsslich mit der Zunge. »Ich liebe ein gut zubereitetes Steak. Medium rare, mit Gemüse, einer Ofenkartoffel und Sour Cream. Einfach lecker.«

Ich lasse das so stehen, und Lina bohrt auch nicht weiter nach. Während wir die Enchiladas vorbereiten, summt sie zuerst vor sich hin und schaltet bald Musik an. Nach ihrer Anweisung rühre ich die Füllung für die weichen Tortillas an, rolle dann ein paar auf und lege sie in die Auflaufform.

Ohne mich wäre Lina wahrscheinlich doppelt so schnell. Dass ich ihr helfe und wir dabei reden, soll nur verhindern, dass ich mich in mein Zimmer verdrücke. Es ist ein blödes Gefühl, dass ich hier beschäftigt werde wie ein Kindergartenkind, dem sonst langweilig wäre oder das Unsinn anstellen könnte.

Während sie die Soße über die Tortillarollen gibt, sehe ich in meinem Zimmer nach meinem Telefon. Drei Anrufe von meinen Eltern und eine Nachricht von Marc. Dass er aufgeregt ist und sich auf den Auftritt im Café freut, schreibt er. Dass er mich vermisst, lese ich außerdem. Noch immer keine Nachricht von Livi. Leise drücke ich die Tür zu, lege mich aufs Bett und stecke das Gesicht ins Kissen.

Kapitel 4

Flossen an, Brille über Augen und Nase, Flasche auf und los geht's! Dachte ich. Passiert aber nicht. Und die Reihenfolge ist auch falsch.

Neben der Handkarre mit dem Tauchzubehör sitzen wir seit einer Stunde vis-à-vis im Sand. Die Sonne sinkt schon, und allmählich frage ich mich, ob wir heute tatsächlich noch zur Praxis schreiten.

»Also, diese Sauerstoffflasche …«

Noah lacht. »Druckluftflasche, oder besser Scuba. Eine Sauerstoffflasche bekommst du nur, wenn du im Krankenwagen in die Klinik chauffiert wirst.«

»Aber es ist doch Sauerstoff drin, oder nicht?«

Noch immer amüsiert, schüttelt er den Kopf. »Kein reiner, der würde dich vergiften. Es ist gefilterte und gepresste Luft, Atemgas.«

Ich verstehe nicht, wo der Unterschied ist, und prinzipiell ist es mir egal. Auch so klingeln mir die Ohren schon. Lungenautomat zum Atmen, Tarierung mit Bleigewichten, Inflator zum Auf- und Ausblasen des Tarierjackets, Finimeter zur Kontrolle der Luft in der Flasche, Oktopus zur Notversorgung. Das kann ich mir niemals alles merken! Ich werde Panik bekommen, ganz sicher, alles verwechseln und mir irgendetwas Falsches in den Mund stecken. Ich schaffe das nicht. Ich mag nicht mehr! Zugeben will ich das aber nicht, höre Noah weiter zu und nicke, als würde ich alles verstehen.

»Ganz wichtig ist die richtige Atmung.«

Meine Güte, sogar dabei kann man etwas falsch machen?

Nicken, Jazz, einfach nicken! Richtig atmen. Check.

»Wenn du falsch atmest, verbrauchst du zu viel Luft. Die meisten machen diesen Fehler.«

Ich beobachte, wie sich sein Brustkorb unter seinem weißen T-Shirt hebt und er die Luft ein paar Sekunden lang anhält, ausatmet und gleich wieder einatmet.

»Das Anhalten machen die meisten automatisch, weil ihnen ihr Unterbewusstsein befiehlt, unter Wasser die Luft anzuhalten.«

»Überlebenstrieb«, murmele ich, aber Noah übergeht es und zeigt mir, wie es richtig geht. Dann soll ich es nachmachen. Als er näher rutscht und seine Hände auf meinen Bauch und Rücken legt, befiehlt mir mein Unterbewusstsein, die Luft anzuhalten, obwohl ich gar nicht unter Wasser bin. Außerdem will es mir einreden, ihn erschrocken, empört oder tadelnd anzuschauen, wird diesbezüglich aber von meiner Vernunft umgestimmt.

Das gehört so, Jazz. Er muss dich jetzt anfassen. Tu so, als würde es dich überhaupt nicht kratzen.

»Tief in den Bauch atmen«, höre ich ihn sagen und atme ein.

»Nicht in die Brust, in den Bauch. Viele Frauen machen das falsch.« Um mir klarzumachen, wohin mein Atem gehen soll, verstärkt er den Druck seiner Hände ein wenig. »Hier will ich was spüren.«

Ich fröstele. Ein Glück, dass er nicht spüren kann, was sich neben der Atmung unterhalb seiner Hände abspielt. Dieses Flattern, als hätten Libellen ihre Flügel ausgebreitet und wollten gleich starten.

Noch einmal versuche ich es.

»Sehr gut. Genau so. Jetzt die Luft nicht halten, sondern sie gehen lassen. Das sollte doppelt so lange dauern wie das Einatmen.«

Ich ersticke zwar fast dabei, aber gut.

»Und jetzt den Atem kurz anhalten.«

Schon klar, aber versuch das mal mit Libellen im Bauch, die gerade abheben wie kleine Hubschrauber.

»Und von vorn.«

Nimm deine Hände weg!

Meine eigenen Hände muss ich gar nicht erst auflegen, um zu merken, wie mein Bauch beim Einatmen zittert.

»Du bist angespannt«, stellt Noah fest und lässt endlich von mir ab. »Sei locker. Es ist gar nicht so schwer.«

Im Augenwinkel sehe ich, wie er sich auf die Arme stützt, und versuche, mich auf das richtige Atmen zu konzentrieren. Dabei fällt mein Blick auf eine Gruppe Gäste, deren Zimmer ich am Morgen perfekt, und ohne Notizen zu hinterlassen, aufgeräumt und gereinigt habe. Obwohl ich jede Menge Zettel hätte beschriften können. Die drei Frauen und Männer legen Handtücher auf die Liegen des Hotels und schließen zwei Schirme, um die Abendsonne zu genießen. Hin und wieder linsen sie neugierig zu mir und Noah herüber.

»Okay, gehen wir rein«, beschließt Noah, nachdem ich mehrmals zu seiner Zufriedenheit geatmet habe.

Er steht auf und hält mir seine Hand hin, um mir aufzuhelfen. Sie ist warm und weich, ein bisschen Sand klebt noch daran. Ich kann ihn nicht anschauen. Sobald ich stehe, wende ich mich zum Karren um und überlege, was als Nächstes zu tun ist. An etwas Wichtiges erinnert mich Noah, indem er sich das T-Shirt über den Kopf zieht und über den Rand der Handkarre wirft. Seine Badeshorts trägt er schon.

Ausziehen.

»Ähm, diese Anzüge …« Vergeblich halte ich nach denen Ausschau.

»Neopren brauchen wir heute nicht.« Er kommt an meine Seite und schnappt sich eine der Flaschen. »Wir gehen ja nicht tief, also wird es auch nicht kalt.«

Befangen ziehe ich mein Shirt aus und knöpfe die Shorts auf. Meiner Figur bin ich mir eigentlich bewusst und habe kein Problem damit, mich im Bikini zu zeigen, schon gar nicht am Strand, wo es völlig normale Kleidung ist. Trotzdem, und obwohl Noah mich nicht mal anschaut, habe ich Hemmungen, als ich schließlich aus den Shorts steige, und werfe ihm einen verstohlenen Blick zu. Dabei sehe ich das Tattoo, dessen einzelne Bänder sich auf seiner gebräunten Haut über seine Muskeln schlängeln, in seiner ganzen Pracht. Vom linken Arm läuft es zur Schulter und streckt sich über den Großteil seines oberen Rückens. Nach unten hin wird es schmaler und verschwindet in einem einzelnen Strang unter dem Bund seiner Hose. Über den Hintern reicht es also auch.

Aliens, Jazz, denk an gruselig aussehende Aliens!, brüllt es in mir. *Blassgrau, schrumpelig, wie E. T., aber nur ein Auge. Denk an so was und starr Noah nicht so an!*

Sosehr ich mich bemühe, ich bekomme sie nicht in meine Vorstellung und starre weiter, als Noah sich umdreht, und ich sehe, dass das Tattoo auch über seine linke Brust und seinen Bauch reicht, sodass es jeden der linken Bauchmuskeln ziert. Er hält mir das Jacket mit der Flasche hin, damit ich hineinschlüpfe.

»Die zuerst, okay«, brabbele ich verwirrt und als hätte ich eben bei der Theorie nicht aufgepasst. Nutzlos hängen meine Arme an den Seiten, als Noah die Schnallen schließt und festzurrt.

»Das kommt dir jetzt erst mal schwer vor«, murmelt er dabei. »Im Wasser merkst du das Gewicht dann logischerweise nicht mehr.«

Mit Logik sollte er jetzt wirklich nicht auch noch anfangen. In Logik bin ich ganz, ganz schlecht. Und momentan nahezu unfähig.

»Hey, Noah, gibst du Privatunterricht?«, ruft einer der Typen auf den Liegen. Die Frauen lachen darüber.

»So ist es«, antwortet Noah gut gelaunt.

»Also können wir nicht mitkommen?«

»Naaa, Tom, ihr würdet euch langweilen. Morgen Vormittag fahren wir wieder raus.«

Während er Small Talk mit der Gruppe hält, versorgt er mich mit allem, was ich brauche, legt mir den Bleigurt um und bestückt ihn mit Blei. Schließlich drückt er mir Taucherbrille und Flossen in die Hand und legt seine eigene Ausrüstung an.

Auf dem Weg zum Wasser steuert mein Puls gefühlt auf fünfhundert zu, und ich habe keine Ahnung, wie ich gleich kontrolliert atmen soll.

»Wir gehen rückwärts rein«, beschließt er nach einem Blick auf die heranrauschenden Wellen. »Mit dem Gewicht auf dem Rücken werden wir sonst umgeworfen.«

Seite an Seite gehen wir Schritt für Schritt rückwärts ins Wasser, bis es mir bis zur Hüfte reicht.

»Jetzt zieh die Flossen an, spül die Brille aus und setz sie auf, versorg dich mit Luft.«

Nur die Gewissheit, dass ich hier noch nicht ertrinken kann, beruhigt mich einigermaßen. Schritt für Schritt gehe ich tiefer, wage es dann, gebe Noah, der ebenfalls bereit ist, mein Okay und lasse mich unter Wasser sinken, indem ich etwas Luft aus dem Jacket lasse.

Der Boden ist sandig, von den Wellen geformt und unspektakulär. Ein Riff wie das auf den Bahamas beschnorchelte hatte ich natürlich nicht erwartet, und zugegebenermaßen beschert mir diese schlichte Unterwasserumgebung sogar ein wenig Ruhe. Abgesehen von meinem eigenen Atem und einem leisen Knistern, das vom Wasser auszugehen scheint, ist es still – auf andere Weise als über Wasser. Ich atme, wie ich soll, und gebe Noah ein zweites Okay. Dicht über dem Grund tauchen wir weiter hinaus; durch sanfte Flossenschläge bringe ich mich voran, während Noah seinen ganzen Körper einsetzt und sich wie ein Delfin bewegt, ganz locker und als wäre das Wasser sein Element. Je weiter wir vorankommen, desto leichter und sicherer fühle ich mich, und hätte ich kein Mundstück zwischen den Zähnen, müsste ich grinsen.

Nach einer Weile gibt mir Noah das Zeichen, anzuhalten und mich zu setzen, was mit noch etwas weniger Luft im Jacket möglich wird. Ich kann mir denken, was folgt, und da fordert er mich auch schon dazu auf. Wie er es mir an Land erklärt hat, nehme ich die Brille vom Kopf und schaue ihn an, was durch das Salzwasser eine ziemliche Herausforderung ist. Die nächste folgt, nachdem ich die Brille mit geschlossenen Augen wieder aufgesetzt habe. Indem ich kräftiger durch die Nase ausatme, versuche ich das Wasser aus ihr rauszublasen. Dass ich nicht ganz erfolgreich war, wird mir klar, als ich die Augen öffne und mich fühle wie auf der falschen Seite eines zu einem Viertel vollen Aquariums. Unten in der Brille schwimmt noch Wasser, was ich eher witzig finde, als dass es mich frustriert. Belustigt gucke ich den dicken Luftblasen hinterher, die am Mundstück vorbei und über uns hinweg zur im Abendlicht schillernden Wasseroberfläche aufsteigen. Als ich Noah wieder ansehe, amüsiert er sich ebenfalls, was vor allem das Funkeln seiner Augen verrät, deren Grau unter Wasser heller zu sein scheint. Mit einer Handbewegung gibt er mir das Zeichen für den Rückweg. Wir geben unseren Jackets wieder etwas Luft und schwimmen zurück. Sobald das Wasser flach genug für mich ist, tauchen wir auf.

»Das war cool«, pruste ich, sobald ich das Mundstück nicht mehr zwischen den Zähnen habe.

»Du scheinst Talent zu haben«, gibt er zurück, zieht sich die Brille vom Kopf und streicht sich die Haare zurück.

Ich setze die Brille auf die Stirn und ziehe die Flossen aus. Ich will etwas antworten, doch meine Gedanken sind so durcheinandergewürfelt, dass ich keinen fassen und in Worten ausdrücken kann.

* * *

Fünf verpasste Anrufe von Marc zeigt mir mein Telefon. Seit heute Mittag hat er versucht, mich zu erreichen, zuletzt vor einer halben Stunde. Als Lina im Türrahmen lehnt und fragt, wie das Tauchen mit Noah war, stehe ich bereits in einer Wolke des schlechten Gewissens und antworte ihr patziger, als ich will, dass ich gerade keine Zeit zum Schwatzen habe. Sie zieht eine Braue hoch, sagt mir damit, was sie von meinem Ton hält, lässt mich aber allein. Ich schließe die Tür und lehne mich von innen dagegen. Gerade will ich ihn zurückrufen, da geht eine Nachricht von Mom ein. Sie will wissen, wie es mir geht. Ich werde später antworten, bevor ich schlafen gehe, vielleicht. Jetzt rufe ich erst einmal Marc an.

Nach dem ersten Klingeln nimmt er ab.

»Hey, wo warst du denn?« Er klingt aufgeregt.

»Wo schon, arbeiten«, gebe ich zurück. Das ist nur halb geschwindelt.

»Darfst du da zwischendurch nicht mal telefonieren?«

»Ich darf das Telefon gar nicht erst mit ins Hotel nehmen.«

»Echt, was ist das denn für ein Laden?«, ächzt er, ohne eine Antwort darauf zu wollen, und kommt auf den Punkt: »Der Auftritt gestern war echt klasse. Das Café war so voll, dass die Leute ihre Sitzplätze aufgegeben haben. Ich weiß nicht, wie viele da waren. Hundert oder hundertfünfzig vielleicht.«

»Wow, das ist eine Menge für so eine kleine Location.«

»Echt, war der Hammer. Mir tun jetzt noch die Finger weh vom Signieren.«

Und ich war nicht dabei!

Im Geiste sehe ich Marc vor mir. Auf einer kleinen provisorischen Bühne, auf einem Hocker, mit seiner Gitarre vorm Bauch, den Mund am Mikro, die Augen geschlossen, während er singt. Und alle mitnimmt, sie leise begeistert, sie mit seiner Stimme einlullt und ihnen das Gefühl gibt, glücklich zu sein.

Beinahe frage ich, ob Annie da war, verkneife mir das aber. Annie sollte mich überhaupt nicht interessieren. Annie kann es mit mir nicht aufnehmen. Und Marc weiß das. Ich sollte ihn nicht zum Zweifeln bringen, indem ich sie thematisiere.

»Das Beste ist nachher passiert«, sagt er und scheint vor Freude fast zu platzen.

Ach ja? Sex mit Annie?

Aus, Jazz! »Was denn?«

»Ein paar Leute haben mich angesprochen, drei Jungs und ein Mädel. Rate mal, woher die waren?«

»Keine Ahnung, von einem Plattenlabel? Sony, Universal?«

»Nein, Quatsch!« Er lacht. »Aus Orange Beach.«

»Ah.« Die Glücklichen. Sie konnten dabei sein.

»Zweien von denen gehört ein Strandrestaurant in Orange Beach«, erzählt Marc weiter, »also eigentlich deren Eltern, aber egal. Stell dir vor, sie haben mich gefragt, ob ich da auftreten würde.«

»Echt?« Mein Herz macht einen Satz. »Wann denn?«

»Nächste Woche Samstag.«

»Wow!« Und wieder hüpft mein Herz. Noch ein bisschen höher diesmal bei der Aussicht, Marc bald zu sehen. »Und? Machst du's?«

»Ja, klar. Das ist eine echt coole Location, und davon abgesehen …«

»Was denn?« Ich lauere und bitte ihn im Stillen, es endlich zu sagen.

»Na ja, du bist dort. Wäre mir nicht im Traum eingefallen, das abzulehnen. Ich könnte schon am Freitag kommen.«

Und ich könnte ihn küssen, möchte ihn küssen, sehne mich nach seinem Kuss. Und seufze. Noch neun Tage.

»Das wäre toll, Marc. Ich freu mich echt.«

»Ich mich auch. Gut, dann lass uns mal auflegen. Ich muss los.«

»Okay.« *Och nöö!* »Was hast du denn vor?«

»Ach, ich treffe ein paar Freunde.«

Nein, Jazz, du fragst ihn jetzt nicht, welche Freunde, ob es Jem und Matt sind. Du hältst die Klappe.

Es fällt schwer, aber ich schaffe es.

»Also dann, wir hören uns.«

»Ja, bis dann.«

Und weg ist er. Ich lege das Telefon weg, atme durch und erschrecke, als es an meiner Tür klopft.

»Jazz«, ruft Lina. »Sunny ist hier.«

Sunny? Wieso das denn?

Verwundert öffne ich. Sunny winkt schüchtern und sagt: »Hey, ich wollte dich mal besuchen.«

Freu dich, Jazz! Tu einfach so, als wäre das eine echt nette Überraschung!

»Ähm, schön …«

Ich weiß nicht, wohin mit ihr. Mein Zimmer ist so winzig, dass wir nur auf dem Bett sitzen könnten. Kurzerhand führe ich sie in den kleinen Garten, der sich an das Wohnzimmer anschließt. Die Sonne ist vor ein paar Minuten untergegangen, aber es ist noch warm. Sunny setzt sich in einen der beiden Gartenstühle, schaut sich mit einem Seufzen um und lächelt beseelt.

»Schön wohnst du hier.«

Keine Ahnung, was ich darauf antworten soll. Linas Garten ist nichts Besonderes. Der Rasen müsste mal wieder gemäht werden. Rabatten mit Blumen, die alles etwas fröhlicher gemacht hätten, gibt es nicht. Am Stamm des einzigen, knorrigen Baumes schlängeln sich Ranken hoch und greifen schon auf den mannshohen Bretterzaun über, der einem das Gefühl gibt, eingepfercht zu sein. Mir zumindest. Sunny offenbar nicht.

»Klein, aber gemütlich«, säuselt sie weiter.

»Willst du was trinken?«, frage ich sie, um das Thema abzuhaken.

Sie will. Also hole ich Eistee und zwei Gläser aus der Küche.

»Ich habe gehört, Noah bringt dir das Tauchen bei«, sagt sie, als ich zurück bin und uns beiden einschenke.

Ich setze mich auf den zweiten Stuhl, brumme: »Ich versuche es zumindest mal«, und trinke einen Schluck.

»Das ist echt nett von ihm.«

»Ja.« Voll nett. Und noch ein Thema, das ich abhaken möchte.

»Deine Begeisterung hält sich ja in Grenzen. Sei doch froh, dass er sich die Zeit dafür nimmt. Ich würde ausflippen vor Freude, würde er mir das anbieten.«

»Und dich trotz seiner Freundin in ihn verlieben?«

Sie winkt ab. »Nein, so verrückt bin ich nicht. Aber, hey …« Sie kneift ein Auge zu. »Ist es vielleicht so, dass du ihn eigentlich toll findest und das mit dieser grantigen Art verbirgst?«

Beinahe muss ich lachen, schnaube aber nur. »Im Leben wird das nicht passieren.«

Ganz sicher nicht! Dass ich vorhin an Aliens gedacht habe, um beim Anblick von Noahs Muskeln nicht ins Schwärmen zu kommen, war aus rein körperlichen Gründen nötig. Jede würde bei Noahs Body ins Schwärmen kommen. Ich bin aber nicht jede, und ich vergesse auch nicht, wie er vor ein paar Tagen noch mit mir umgesprungen ist. Egal, wie nett es mit ihm während des Trainings und unter Wasser war. Im Geiste sehe ich ihn da wieder, und auch an das Funkeln in seinen zugegeben schönen Augen muss ich denken.

Vergiss die verflixten Augen. Er ist ein Arsch, Jazz!, schimpft es in mir. *Ein unsensibler Trampel. Kein Vergleich zu Marc!*

Zeit, Sunny den Wind ganz aus den Segeln zu nehmen und Klartext zu sprechen: »Ich habe einen Freund in Monty. Dem kann Noah nicht das Wasser reichen.«

Es fühlt sich gut und richtig an, das zu sagen, insbesondere, weil Marc das Angebot angenommen hat, um bei mir zu sein.

Sunny wird neugierig, natürlich. »Erzähl! Wie ist er?«

»Er ist einfach klasse, er ist was Besonderes und …« Hm, wirklich schwer, Marcs Charakter in Worte zu fassen. »… und er kommt in neun Tagen her.«

»Wow, das ist ja toll. Ihr könnt hier echt viele coole Sachen unternehmen.«

»Dafür wird nicht so viel Zeit bleiben. Er hat einen Gig, irgendwo am Strand in einem Café.«

»Er ist Sänger?« Sunny stellt ihren Eistee auf dem Tischchen ab, vorsichthalber scheinbar, falls sie gleich ausflippt. »Wie toll ist das denn! Ist er bekannt?«

»In Monty schon«, gebe ich nicht ohne Stolz zu und verdränge das leise schlechte Gewissen, das mich daran erinnert, dass ich gerade Sunny Marc als meinen festen Freund vorgaukele.

Freund ist Freund, egal jetzt!

»Außerhalb der Stadt noch nicht so sehr. Aber das ändert sich. Darauf verwette ich meinen Hintern.«

»Oh mein Gott, The Gulf! Garantiert tritt er dort auf. Da gibt es an Samstagen oft Livemusik. Meine Güte, Jazz, diese Location ist so angesagt! Eine echte Ehre, dort zu spielen.«

Ich verstehe nicht, was sie meint, sehe sie fragend an.

»The Gulf!«, wiederholt sie, als würde das etwas ändern. »Die Beachbar zwischen dem Bayou und dem Meer. Nie davon gehört?«

»Ich bin nicht mal zwei Wochen hier und habe außer dem Hotel nicht viel gesehen.«

»Gehen wir da hin, wenn dein Freund auftritt?«

»Na ja, ich auf jeden Fall.«

»Klar, aber du nimmst mich doch mit, oder?« Wie ein bettelndes Hündchen schaut sie mich an. Irgendwie ist sie süß.

Ich muss lachen. »Okay, so machen wir das.«

»Cool! Das wird so toll, Jazz. Wie heißt er denn? Und was für Musik macht er?«

Weil keine Erklärung Marcs Musik und vor allem nicht seiner Stimme gerecht wird, zeige ich ihr einen Clip von meinem Lieblingssong auf seinem YouTube-Channel.

Sunny ist vollkommen geflasht.

»Der Typ ist ein Engel«, raunt sie hinter vorgehaltener Hand, während ihr Blick geradezu auf dem Display klebt.

»Wieso hast du ihn nicht eher erwähnt? Hätte ich so einen Freund, würde ich den ganzen Tag mit ihm angeben.«

Damit wäre sie nicht die Einzige.

Der Song ist gerade zu Ende, da kommt Lina auf die Terrasse und lädt Sunny ein, zum Essen zu bleiben. Sie will Pizza bestellen. Sunny nimmt gern an, und ich finde es auch irgendwie schön, dass sie bleibt.

Kapitel 5

Die freien Tage sind eher ein Fluch als ein Segen. Gestern habe ich den ganzen Tag im Garten herumgegammelt und versucht, eines von Linas Büchern zu lesen. Heute Vormittag habe ich vor lauter Langeweile im Haus aufgeräumt. Das muss man sich mal vorstellen! Ich habe frei, müsste nicht putzen. Und mir fällt nichts Besseres ein, als genau das zu tun. Die Langeweile verschwand zwar, doch dafür kam der Ärger. Ich habe mich sozusagen in Rage geputzt. Wegen Marc in erster Linie, und dass er einen Gig braucht, um mich hier zu besuchen. Ich hätte es cool gefunden, wenn er sich gestern oder heute ins Auto gesetzt und mich besucht hätte. Einfach so, wo ich schon mal freihabe. Spontan. So spontan, wie ich ihn auf die Bahamas oder zu einer Aufnahme begleitet habe – weshalb ich nun dieses Kackjahr wiederholen muss. Darum bitten wollte ich ihn nicht. Ich habe gewartet, dass er selbst auf die Idee kommt. Aber natürlich ist ihm das nicht eingefallen. Stattdessen hat er mir geschrieben, dass er sich darauf freut, mich am Wochenende zu vögeln.

Deshalb total angesäuert, habe ich meiner noch immer stur schweigenden Livi vorhin in einer zweiten Nachricht getextet, dass ich es echt nicht okay finde, wie sie mich hängen lässt.

Keine Reaktion.

Aus dem Ärger wurde Selbstmitleid, in dem badend ich sogar den Rasen in Linas Garten gemäht hätte, wüsste ich, wie das geht. Vorsichtshalber habe ich es also gelassen, eine Runde geheult und mittendrin einen Schreck bekommen, weil mir der Tauchtermin mit Noah einfiel. Während ich mich hektisch dafür umzog, vertrieb ein Gefühl alle anderen: Nervosität!

Hand aufs Herz: Es ist ein Unterschied, ob man drei Meter Wasser über sich hat oder zwanzig.

Das Gefühl blieb. Es waberte in mir, als ich die Haustür hinter mir zuzog. Es kribbelte, als ich zu Noah ins Auto stieg. Jetzt, auf der Fahrt zum Hafen, pikt es mich.

Noah hat die Fenster seines Mustangs heruntergekurbelt. Mein Blick wandert über die Golfküste des Atlantiks. Vom türkisblauen Wasser und den Stränden fliegt er zum Dunkelblau, das sich in schier unendlicher Weite bis zum Horizont erstreckt.

Ich muss von allen guten Geistern verlassen gewesen sein, als ich Noahs Angebot angenommen habe. Trotz und leise Neugier haben mich damals geritten. Jetzt ist da nichts als eine gehörige Portion Ehrfurcht vor dem Ozean. Unvorstellbar, dass ich gleich so weit draußen so tief unter Wasser sein werde.

Noah wird doch dabei sein, versuche ich mich zu beruhigen, aber das macht alles irgendwie noch schlimmer. Er und ich werden auf dem Boot und unter Wasser völlig allein sein.

Ich hatte mich daran gewöhnt, ihn hinter dem Hotel zu treffen und nicht mehr zu beachten, als es nötig war. Zwei Mal noch in der letzten Woche, am Freitag und Sonntag, haben wir dort geübt, und alles war easy. Ich bin zum Strand gegangen, ins Wasser, hab getan, was ich von ihm gelernt habe, bin wieder ans Ufer gewatet, habe meine Sachen angezogen und bin nach

Hause, oder besser gesagt, zu Lina gegangen, um mit Marc zu telefonieren.

Noah holt mich aus meinen Gedanken, indem er erzählt, wie er in einem Urlaub, als er vierzehn war, sein Faible fürs Tauchen entdeckt hat. Ein riesiger Manta ist ihm da unter Wasser begegnet. Er sagt, dass er im ersten Moment dachte, da käme ein Bus auf ihn zu. Darüber lacht er, wirft mir einen Blick zu, schaut dann wieder auf die Fahrbahn und redet weiter. Mein Blick huscht über sein Profil, über seine Sonnenbrille, die gerade Nase und den geschwungenen Mund. Der Fahrtwind zerzaust seine dunklen Haare und bläst unter den Stoff seines weißen Leinenhemdes, dessen Ärmel er bis zu den Ellenbogen umgeschlagen hat. Seine schlanken Hände umfassen das Lenkrad, seine gebräunten Arme kontrastieren den hellen Stoff des Hemdes.

Ich würde lügen, wenn ich behaupte, dass Noah Roomer nicht gut aussieht. On top kommt, dass er nicht der Arsch ist, für den ich ihn zu gern halten würde. In den vergangenen Tagen, seit unserer ersten Übungsstunde in der Bucht, ist er wie ausgewechselt. Er motzt nicht mehr, wenn ich ein Bettlaken nicht so straff gezogen habe, wie er es gerne hätte, und behandelt mich nicht mehr von oben herab. Weil jemand im Hotelrestaurant ausgefallen ist, musste ich vorgestern, nachdem ich mit den Zimmern fertig war, beim Eindecken der Tische für das Abendessen helfen. Statt mich herumzukommandieren oder anzutreiben, hat er mit angepackt.

Ich will ihn nicht mögen. Es war leichter, als ich ihn klaren Kopfes in die Arsch-Kategorie einordnen konnte. Jetzt weiß ich nicht, wohin ich ihn stecken soll, und während ich noch überlege, driftet mein Geist zum Strand hinter dem Roomer's. Ich sehe Noah in seinen roten Badeshorts. Damit habe ich auch die Tattoos auf seiner muskulösen Haut vor Augen und seine definierten Hüftknochen, die Wassertropfen, die von seinen Schultern über seine Brust rinnen.

»Bist du schon mal Motorboot gefahren?«

Wie ertappt sehe ich auf.

»Was denn?« Er schaut mich an. »Hast du einen Geist gesehen, oder ist dir gerade bewusst geworden, dass du noch nie raus aufs Meer bist?«

»Ich bin bloß …« … in schmutzigen Gedanken unterwegs gewesen, unfreiwillig und unverständlicherweise.

Schalt dein Hirn an, Jazz, und antworte!

»Ich bin gerade nicht sicher, ob ich alles richtig machen werde.«

Ganz davon abgesehen, dass ich tatsächlich noch nie Motorboot gefahren bin. Flussdampfer auf dem Mississippi, okay. Kreuzfahrtschiff in die Karibik, jepp. Ruderboot auf dem Lake Purdy, klar. Motorboot, never.

»Das schaffst du. Bisher warst du talentierter als die meisten anderen Tauchanfänger.«

»Na ja, aber die Bucht, in der man ins Wasser läuft, ist etwas anderes als das offene Meer, in das man sich fallen lässt.«

Noah schüttelt den Kopf. »Glaub mir, du schaffst das, und du wirst es lieben.«

Wenig später biegt er von der Hauptstraße ab und fährt auf das Gelände des Jachthafens, das schlichtweg beeindruckend ist. Zu Seiten mehrerer schnurgerader Wasserstraßen befinden sich Grundstücke mit luxuriösen Ferienhäusern und Hotels mit Pools, edle Restaurants und Bars mit bestuhlten Außenterrassen. Palmen und in zarten Farben blühende Pflanzen spiegeln sich im Wasser. Ihr Duft vermischt sich mit den Aromen von Gegrilltem.

Ein Parkplatz ist schnell gefunden. Wir steigen aus, ich schultere meinen Rucksack und nehme Noah die Sporttasche aus dem Kofferraum ab, damit er die beiden Scubas tragen kann. Nach wenigen Schritten erreichen wir die von weißen Spitzdächern geschützten Liegeplätze. Am Ende eines Stegs schaukelt das Boot der Roomer's Tauchschule auf dem Wasser. Sein Name, *Days Like These*, prangt in Blau an der Bugseite.

Noah macht einen Schritt vom Steg aufs Deck, stellt die Flaschen ab und reicht mir die Hand, um mir hinüberzuhelfen. Ich nehme sie, lasse sie aber los, sobald ich auf dem Boot bin, und schaue mich um. Die Badeplattform, auf der wir stehen, ist mit Holz ausgelegt. Es gibt eine Sitzecke, die durch eine Plane geschützt ist. Eine schmale Treppe führt in den Bauch des Bootes.

Noah geht zum gläsernen Windschutz, wo sich zwei im Boden befestigte Drehsessel befinden. Hinter dem rechten ist das Steuer. Noah überprüft Daten auf dem Display und bittet mich, die Taue zu lösen. Sobald ich das erledigt habe, hole ich ebenfalls auf seine Anweisung hin die am Heck und an den Seiten befestigten Fender ein, die den Bootskörper vor Beschädigung durch Anstoßen schützen.

»Die kommen in die Kiste dort.« Er zeigt, welche er meint, startet den Motor und manövriert das Boot vom Steg und den anderen Jachten weg.

Die Fender sind mit Karabinern am Boot befestigt und lassen sich leicht lösen. Ich lege sie in die Kiste.

»Noch was anderes?«

»Nein.« Er deutet auf den Sessel links von sich. »Setz dich, sonst haut's dich um, wenn ich beschleunige.«

»Wie weit fahren wir raus?«, frage ich, sobald ich sitze und meinen Rucksack in einem Fach vor dem Sessel verstaut habe.

»Fünfzehn Meilen. Dauert etwa eine Dreiviertelstunde.«

Wir tuckern gemächlich unter einer großen Autobrücke durch. Dann gibt er Gas. Der Motor des Bootes brüllt auf, der Bug hebt sich ein Stück aus dem Wasser, und ich werde in den Sitz gedrückt.

Du wirst nicht schreien wie ein verängstigtes Äffchen, Jazz!, befehle ich mir, kneife die Zähne zusammen und starre durch die Gläser meiner Sonnenbrille angestrengt geradeaus.

Glücklicherweise senkt sich der Bug wieder ins Wasser, sobald das Boot in Gleitfahrt kommt und durch die Wellen pflügt. Gerade werde ich ruhiger, erschrecke aber schon wieder, als Noah eine scharfe Kurve einschlägt, um einem uns entgegenkommenden Boot auszuweichen.

Dann geht es nur noch geradeaus, und mit jeder Meile löst sich meine Angst weiter auf, als würde der Fahrtwind sie wegpusten. Die türkisfarbenen Abschnitte liegen schon hinter uns. Tiefblau und gleißend erstreckt sich das offene Meer vor mir. Salzige Luft prickelt auf meiner Haut. Der Wind löst Strähnen aus meinem fürs Tauchen geflochtenen Zopf und lässt sie um mein Gesicht flattern. Ich kann gar nicht anders, als zu lachen, denn die Endorphine, die durch meine Blutbahnen sausen, kitzeln mich. Im Augenwinkel bemerke ich, dass Noah zu mir rübersieht, und ich erwidere seinen Blick. Sein Lächeln ist eine Wucht.

»Das solltest du öfter machen«, ruft er mir über das Brummen des Motors hinweg zu.

Ich weiß nicht, was er meint. »Boot fahren?«

»Nein. Nicht in erster Linie, zumindest. Du solltest öfter lachen. Steht dir echt gut.«

Noch immer lächelnd, schaut er wieder nach vorn und lenkt das Boot der Sonne entgegen.

Dito!, denke ich mir und entspanne in meinem Sessel, bis wir unser Ziel erreichen. Noah bremst das Boot und schaltet den Motor ab. Ich stehe auf und beobachte, wie sich der Anker ins Wasser senkt. Schemenhafte Umrisse zeichnen sich in der Tiefe ab.

»Was erwartet uns dort unten?«

»Rome«, höre ich ihn sagen und werfe ihm einen verwunderten Blick über die Schulter zu.

»Rome?«

»Jepp.« Über meine Verwirrung schmunzelt er. »Der Spot heißt so, weil dort unten die Brückenpfeiler des alten Perdido Pass stehen.«

»Der Perdido Pass ist diese Brücke, die von Alabama nach Florida führt, oder? Da sind wir eben drunter durchgefahren.«

»Genau. Ein paar der Teile wurden hier draußen versenkt.«

Warum man sie nicht auf gewöhnliche Weise entsorgt hat, will ich noch fragen, doch Noah geht zur Badeplattform. Zuerst löst er die mit Druckknöpfen befestigte Schutzplane von der Sitzecke, faltet sie zusammen und verstaut sie in einer weiteren Kiste. Dann öffnet er die Tasche und packt die Tauchutensilien aus.

Es wird ernst!

Er reicht mir einen Neoprenanzug und beginnt, sich das Hemd aufzuknöpfen. Ich wende mich ab und ziehe den Jumpsuit aus, unter dem ich meinen Bikini trage. Bald schlüpfe ich in den Anzug, ein sogenannter Shorty mit kurzen Armen und Beinen, und fummele nach dem Strick, mit dem ich den Reißverschluss auf dem Rücken zuziehen kann. Ehe ich ihn zu greifen bekomme, ist Noah bei mir und erledigt das. Als ich mich umdrehe, hält er mir das Tarierjacket hin. Ich ziehe es über, schließe die Gurte und lasse mir von Noah beim Aufhucken der Scuba helfen.

»Wo ist der Atemregler?«, fragt er, sobald die Flasche auf meinem Rücken sitzt.

Ich fummele nach dem Ding und halte es hoch. »Der kommt in den Mund«, sage ich in bester Ich-hab-was-gelernt-Manier und hebe den gelben Oktopus an. »Der hier nicht. Und das dritte Teil ist der Tiefenmesser. Keine Sorge, ich hab aufgepasst.«

Mit einem »Dann ist's ja gut« holt er sich die zweite Scuba und setzt sie über sein Jacket.

Ich tappe zum Bootsrand und werfe einen Blick in die tiefblaue, von kleinen Wellen aufgeraute Flut, in die ich gleich hüpfen soll. Um nicht zu intensiv darüber nachzudenken, setze ich mich auf die Kiste, in der die Fender liegen, und zwänge meine Füße in die Flossen. Währenddessen klärt mich Noah über die Bedingungen des Spots auf. Dass er wegen guter Sicht und kaum vorhandener Strömung perfekt für Anfänger ist, sollte mich beruhigen. Tut es aber nicht. Als ich aufstehe und mir die Tauchermaske auf die Stirn ziehe, zittern meine Hände und verraten mich.

»Hey, Jazz …« Mit seinen Flossen in der Hand kommt Noah zu mir.

Nahe vor mir bleibt er stehen und schaut mir forschend in die Augen. So lange, dass ich es fast nicht mehr aushalte. Wegzuschauen verbiete ich mir aber auch.

»Alles okay«, murmele ich schließlich und schüttele mich unter einem Frösteln. »Ich schaffe das.«

Er nickt. »Ganz sicher. Und Aufregung ist völlig okay. Die hat jeder bei den ersten Malen.«

Er zieht sich die Flossen an und bittet mich, zu ihm an den Bootsrand zu kommen. Ich fühle mich ein bisschen dämlich, weil ich wegen der Flossen wie ein Frosch auf ihn zupatsche.

»Maske über die Augen«, sagt er. »Wenn du im Wasser bist, nimmst du sie noch mal ab und spülst sie aus, damit sie nicht beschlägt. Halt sie fest, wenn du reingehst. Atemregler in den Mund und los.«

Damit dreht er sich mit dem Rücken zum Meer, nimmt den Regler zwischen die Zähne, hockt sich an die Kante und lässt sich mit einer Rolle, vom Gewicht der Flasche gezogen, ins Wasser fallen.

Mit gemischten Gefühlen, teils erschrocken, teils beeindruckt, beobachte ich, wie er unter- und wieder auftaucht.

»Du machst einfach einen Schritt«, ruft er mir zu, steckt sich den Regler erneut in den Mund und wartet.

Mein Herz schlägt mir bis zum Hals. Meine Hände zittern immer noch, als ich mit einer meine Maske halte und die andere wie schützend an meinen Bauch lege.

Drei, zwei, eins, zähle ich, kratze die Überbleibsel meines

Mutes zusammen und mache den letzten Schritt, der in den Ozean führt. In sprudelndes Blau. Platsch.

Wie Noah zuvor lässt mich die Tarierung des Jackets gleich wieder auftauchen. Ich erledige die Sache mit der Maske und setze sie erneut auf. Dann fordert Noah das Okay von mir und lässt sich absinken. Ich tue es ihm gleich und bin Sekunden später unter Wasser.

Winzige silbrige Luftblasen steigen um uns auf, und ein Schwarm Tausender schillernder Fischchen huscht vorbei. In der geringen Tiefe ist das Blau des Wassers noch hell und schimmert kristallklar, Sonnenstrahlen fallen hindurch und verlaufen sich nach unten hin, wohin ich noch keinen Blick wage. Ich konzentriere mich ganz auf Noah, der jetzt mein einziger Verbündeter ist und mir nach etwa fünf Metern das Zeichen für den Druckausgleich gibt. Es knackt in meinen Ohren, als ich ihn durch eine bestimmte Schluckbewegung herbeiführe. Wieder will Noah mein Okay und mustert mich durch die Gläser seiner Maske. Nachdem ich ihm versichert habe, dass es mir gut geht, werfe ich einen Blick zur Oberfläche, von der wir uns immer weiter entfernen. Sie glitzert unruhig, wie ein Spiegel, in den man nicht hineinschauen kann. Schließlich überwinde ich mich, sehe nach unten und entdecke die Säulen. Wie Erinnerungen an eine versunkene antike Stadt ragen sie aus sandigem Grund – ein zu gleichen Teilen gruseliger wie faszinierender Anblick, der mir ein Schaudern beschert. Als wir näher kommen, entdecke ich die Pflanzen, die am alten Gestein wachsen. Dazwischen tummeln sich Fische, viele kleine, deren Schuppen in Neonfarben leuchten, aber auch größere, rötliche, die ein so gemeines Aussehen haben, dass ich auf Distanz bleibe. Noah hat keine Hemmungen und taucht zu ihnen, wobei er sich, wie ich es inzwischen von ihm kenne, mit der Leichtigkeit eines Delfins bewegt. Nicht nur die Flossenschläge bringen ihn voran, sondern sein gesamter Körper, an dem der Neoprenanzug wie eine zweite Haut sitzt.

Die roten Fische dulden seine Nähe nur kurz, dann schwimmen sie gelassen davon und verschwinden in der Ferne. Noah winkt mich heran, also mache ich mich zu ihm auf. Als er seine Hand nach mir ausstreckt und ich ihn anfasse, fühlt sich das merkwürdig an. Oben an Deck hat er mir so auf das Boot geholfen, doch hier hat es nichts mit Hilfe zu tun. Sondern mit dem gemeinsamen Erleben, mit dem Teilen einer Erfahrung.

Lass ihn los, Jazz!, ruft meine Moral, da dreht sich Noah aus der Waagerechten in die Senkrechte – und mich mit ihm. Kopfüber tauchen wir an einem der alten Brückenpfeiler hinab. Zuerst Seite an Seite, dann kommt Noah vor mich und gibt mir das Zeichen, ihm in die Augen zu sehen. Natürlich will er damit bloß kontrollieren, ob bei mir alles klar ist, doch dass er mir bei diesem Blick so nahe ist, mich bei der Hand hält, lässt mein Herz einen eigenwilligen Takt schlagen. In sachten, wellenlinienförmigen Bewegungen berühren sich unsere Körper manchmal. Als würden wir tanzen, gleiten wir weiter und weiter Richtung Grund. Dort angelangt, drehen wir uns in die Waagerechte. Noah lässt meine Hand los, schaut mich aber immer noch an. Ein Funkeln, ein warmer Glanz in seinen Augen verraten, wie glücklich er ist.

So verrückt es klingt und sosehr mich dieses Gefühl überrascht, aber ich bin es auch. Ich kann mich nicht erinnern, wann ich zuletzt so voller Ruhe und Zufriedenheit gewesen bin, wann ich so bei mir selbst war, frei von Zwängen oder Wünschen. Letztere sind ganz weit weg, noch jenseits der kühlen Schwerelosigkeit, die mich so sanft wiegt, obwohl ich in sie eingedrungen bin.

Noah umkurvt die Säulen in einem Slow-Motion-Slalom. Weil ich mehrere besonders hübsche blau-gelbe Fische entdecke, bummele ich hinterher, da kehrt er zurück und macht mich auf etwas aufmerksam. Die beiden gescheckten Fische, jeder sicher einen Meter lang, schieben sich wenige Meter von uns entfernt träge durch das Wasser. Ihre Augen glotzen starr, ihre Mäuler sind nach unten gezogen. Zuerst erschrecke ich und lege meine Hand auf die Brust, doch Noah schüttelt den Kopf, um mich zu beruhigen. Ungefährlich sind diese Gestalten also, trotz der Größe. Dann zeigt er mit dem Daumen nach oben – das Zeichen zum Auftauchen.

* * *

Tauchen macht hungrig. Mein Magen knurrt beim Anblick der Sandwiches, die Noah aus der kleinen Kühltasche nimmt, die sich ebenfalls in der Sporttasche befunden hat.

Er überrascht mich damit. Ich hatte erwartet, dass er den Anker einholt, das Boot startet und nach Orange Beach zurückdüst. Still für mich bin ich froh, dass wir bleiben, denn ich glaube, auf einer rasanten Rückfahrt in den Hafen würde ich im Fahrtwind das eben gewonnene Gefühl der Ruhe viel zu schnell verlieren. In Gedanken noch halb unter Wasser, die nur von meinem Atem durchbrochene Stille in den Ohren, hocke ich mich in die Sitzecke und wickele ein Sandwich aus der

Frischhaltefolie. Während ich abbeiße, fliegt mein Blick über den Ozean, dem der Abend ein sanftes Blau verleiht.

Noah verschwindet im Bauch des Bootes. Wenig später dringt Musik aus Boxen, die ich nirgends entdecke. Es ist Musik, die ich nicht mag. Zehn Pferde würden mich nicht in einen Rockclub bringen, egal, wie gut sein Ruf auch sein mag. Genau genommen haben diese harten Stimmen, das aggressive Gekreische, die dröhnenden Gitarren und Drums für meinen Geschmack rein gar nichts mit Musik zu tun. Das zu sagen verkneife ich mir geflissentlich, als Noah zurückkommt. Er stellt Wasser und Limo auf den Tisch und setzt sich mir gegenüber. Die Sonnenbrille steckt in seinen Haaren, die schon fast trocken sind, wohingegen aus der Spitze meines Zopfes noch immer Wasser tropft.

»Du warst gut.« Er schraubt eine Wasserflasche auf. »Wie erwartet.«

»Danke«, gebe ich zurück und spüre leisen Stolz in mir.

»Kurz hatte ich befürchtet, du flippst aus, als uns diese beiden dicken Burschen Gesellschaft geleistet haben.«

Das wäre ich beinahe, verkneife ich mir zu sagen und mache stattdessen einen Joke. »Was waren das, Miniwale?«

Noah schmunzelt. »Zackenbarsche nennt man die auch«, murmelt er und beißt von seinem Sandwich ab.

»Oh, okay … dass die so groß werden«, höre ich mich sagen und möchte es im selben Moment zurücknehmen. Ich wollte ihm einfach antworten, doch das klang megadumm. Wie es mit solchen Sätzen immer ist, hallt dieser wider und wider in mir, also kille ich ihn mit einem neuen Thema.

»Warum wurden die alten Brückenteile überhaupt im Meer

versenkt? Wusste man nicht, wohin damit, oder sollte bloß ein cooler Tauchspot geschaffen werden?«

Noah kontert mit einer Gegenfrage. »Ist dir aufgefallen, wie der Boden aussieht?«

»Sandig?«

»Genau. Überall ist Sand und sonst nichts. Deshalb haben sie nicht nur die alten Brückenteile versenkt, sondern auch Schiffe. Zuletzt einen ausgemusterten Flugzeugträger der Air Force.«

Einen Moment lang bin ich sprachlos. »Ah, toll. Das sind natürlich spektakuläre Abwechslungen zu all dem langweiligen Sand«, frotzele ich und spüre leisen Ärger. »Für die Brückenpfeiler habe ich ja Verständnis, aber Schiffe? Erzählt ihr den Tauchtouristen, dass die Dinger gesunken sind, damit sie glauben, den Ort einer Tragödie zu besuchen?«

»So ähnlich haben die von Greenpeace auch reagiert.«

»Klar haben sie. Und völlig zu Recht. Ich finde es absolut –«

»Schon mal was von künstlichen Riffen gehört?«

Ich schlucke herunter, was ich sagen wollte.

»Ohne die Brückenpfeiler und Schiffe wäre hier nichts«, erklärt er. »Kein Leben mehr.«

»Wegen der globalen Erwärmung«, vermute ich. »Das wärmere Wasser sorgt doch weltweit für das Korallensterben.«

»Zum einen deshalb und zum anderen wegen der toxischen Substanzen, die über die Flüsse in den Golf von Mexiko gelangt sind.« Mit angewiderter Miene nickt er in Richtung Land. »Die für Fast-Food-Ketten produzierende Fleischindustrie ist dafür verantwortlich. Dieses Wasser hier gilt inzwischen als weltweit größte Todeszone.«

»Aber alte Schiffe zu versenken, macht es das nicht schlimmer?«

»Natürlich wurden die Schiffe gereinigt, bevor sie auf den Grund gelassen wurden, und dann hat man Korallenpopulationen darauf gezüchtet.«

»Das geht so einfach?«

»Nein, und es gab auch keine Garantie dafür, dass es funktioniert. Man hat es einfach versucht, nachdem es am Great Barrier Reef geglückt war. Es wurde Korallenlaich gesammelt und ausgebrütet. Die schlüpfenden Larven hat man auf die Pfeiler und Schiffe verteilt.« Noah zuckt mit den Schultern. »Wie du siehst, hat es funktioniert.«

Das ist gut, aber dass solche Maßnahmen ergriffen werden müssen, stimmt mich doch ein wenig traurig. »Gibt es keine natürlichen Riffe mehr?«

»Nur zwei sehr kleine. Dutch Banks und Trysler Grounds.«

»Machen wir dorthin auch einen Ausflug?«

»Am Samstag, wenn du möchtest. Eher schaffe ich es diese Woche leider nicht, bin ziemlich ausgebucht mit Kursen.«

Schon will ich zustimmen, da fällt mir ein, worauf ich mich seit über einer Woche freue. Unfassbar, dass ich Marcs Gig vergessen habe, während ich unter Wasser war.

»Da kann ich nicht«, sage ich Noah.

Er wirkt überrascht. »Nach der Arbeit? Echt nicht? Unternimmst du was mit Sunny?«

»In dieser einen Bar am Strand, The Gulf, ist ein Konzert. Mein Freund tritt da auf.«

Ah, jetzt hast du es schon wieder getan, Jazz!, schimpft

meine Moral. *Wieso erzählst du Noah, dass Marc dein fester Freund ist?*

»Ah, cool.« Er nickt. »Klar, das willst du nicht verpassen. Was für Musik macht er denn?«

»Na ja … Ein bisschen andere als die, die du so hörst. Ruhiger.«

Er beißt von seinem Sandwich ab, kaut und betrachtet mich dabei. Dann schluckt er und zieht eine Braue hoch. »Na, was ist es denn? Folk, Indie, Fahrstuhlmusik?« Er lacht. »Oder gibt er Mozart auf einer Violine?«

»Pop am ehesten.«

»Kuschelpop?«

»Gefühlvoller Pop.«

Das amüsierte Funkeln, das seinen Blick kurz erhellt, ärgert mich ein wenig. Als Noah von meinen Augen aber zu meinem Mund sieht, verliert sich seine Belustigung. Auch mein Blick huscht zu seinem Mund, und es kribbelt in meinem Bauch.

Nein! Ich will Noah Roomer nicht küssen. Und ich will es doch. Genau genommen gibt es nichts, das ich lieber täte in diesem Moment.

»Sonntag?«, fragt er und zerrt mich aus meinen Gedanken.

Ich blinzele. Keine Ahnung, was er meint. »Sonntag?«

»Tauchen wir am Sonntag, wenn du Samstag nicht kannst?«

»Ach so, ja. Können wir gern machen.«

Er steht auf. »Sollen wir zurück?«

Nein! Sollen wir nicht!

Ich zucke mit den Schultern, nicke, bringe ein gleichgültiges »Klar« hervor und ohrfeige mich innerlich, damit ich zur Vernunft komme.

Kapitel 6

Noch so einige innerliche Ohrfeigen habe ich mir in den vergangenen Tagen geben müssen. Wann immer ich Noah gesehen habe, hat mich ein leiser Blitz durchzuckt und meinen Herzschlag angetrieben. Und das alles nur, weil er mir auf den Mund geguckt hat!

Auf den Korridoren des Roomer's sind wir uns in geschäftiger Eile begegnet und haben nicht mehr als »Hey, wie geht's?« gesagt. Er hatte nicht einmal Zeit, meine Arbeit zu kontrollieren, denn er rotierte zwischen den Tauchausflügen und der Vorbereitung einer Hochzeit, die heute im Hotel gefeiert wird. Die Hochzeits-Suite hätte ich wirklich gern mit Sunny vorbereitet, doch Lina hat sich darum gekümmert und mich wie gewohnt auf die regulären Zimmer verbannt.

In keinem Laken habe ich eine Falte gelassen, an keinem Spiegel den winzigsten Spritzer, keine Fluse auf irgendeinem Boden, doch es ist niemandem aufgefallen. Für Stichproben ist Lina durch manche Zimmer gerauscht, hat sich umgeschaut und sich kommentarlos wieder davongemacht.

Das hat mich deprimiert, obwohl mir klar war, dass im Roomer's niemand gelobt wird, wenn er seine Arbeit ordentlich erledigt. Für außergewöhnliche Leistungen darf man hier wie in jedem anderen Job Lob erwarten. Ich habe nichts Außergewöhnliches geleistet. Ich habe die Dinge lediglich so erledigt, wie sie erledigt werden sollen – für mich fühlt sich das schon ziemlich besonders an. Und deshalb wollte ich ein Lob. Von Lina. Noch viel mehr aber von Noah. Außerdem wollte ich für ihn nicht nur ein Zimmermädchen sein, auf unserem letzten Tauchausflug schien ich doch schließlich mehr gewesen zu sein, doch wann immer wir uns begegneten, war ich eines der Mädchen im grauen Kittel. Eine graue Maus sozusagen. Noahs Lächeln war freundlich, aber nicht die Spur herzlich, eher distanziert. Sein Blick war aufmerksam, aber frei von jedem Funkeln.

Auch das hat mich deprimiert.

Er hat eine Freundin, und ich habe Marc, habe ich mir jedes Mal wie ein Mantra gesagt und mich außerdem daran erinnert, dass er nicht mein Typ ist. Weder im hoteltauglichen Slimfit-Anzug noch in der Freizeitkleidung. Weder mit gestriegelter Frisur noch mit wilden Locken. Die Erinnerung an den Tauchgang und wie wir Hand in Hand kopfüber tauchten, unsere Körper nahe beieinander, aneinander manchmal, konnte ich trotzdem nicht löschen. Immer wieder hatte ich ihn und mich so vor Augen, aber auch andere Momente. Insbesondere den, als wir zurück auf Deck waren und Noah sich aus seinem Neoprenanzug schälte. Während ich mich abtrocknete, beobachtete ich mit verstohlenen Blicken, wie das Wasser aus seinen dunklen Haarspitzen auf seine kräftigen Schultern tropfte und in kleinen Bächen über seine Haut rann.

In diesen Momenten und in jeder Erinnerung daran ist es irgendeiner hirnlosen Emotion meines Selbst vollkommen egal, dass er nicht mein Typ ist.

Aber heute ist alles wieder gut. Heute bin ich wieder ganz

bei mir. Und vor allem bei Marc. Nur bei Marc. Wohin ich gehöre. Noah ist nett anzuschauen, okay, aber nicht mehr. Anschauen ist okay, völlig normal. Damit entschuldige ich meine gedanklichen Aussetzer der letzten Tage vor mir selbst und atme durch, um meine Nervosität unter Kontrolle zu bringen. Als ich aus dem Hotel kam, habe ich gesehen, dass Marc versucht hat, mich zu erreichen. Gegen siebzehn Uhr hat er mir geschrieben, dass er nun in Orange Beach ist und sich freut, mich zu sehen. Wie ausgemacht, um achtzehn Uhr dreißig.

Noch zehn Minuten.

Er wird mich bei Lina abholen, die wegen der Hochzeit als Ansprechpartnerin für die Zimmer fungiert und deshalb heute länger im Hotel bleibt. Marc hat vorgeschlagen, in einem Strandrestaurant zu essen, und ich freue mich darauf, wie ich mich als Kind auf die Weihnachtsbescherung gefreut habe. Endlich gehe ich wieder aus.

Vor lauter Vorfreude ganz zittrig, trage ich Mascara auf und schimpfe über das unzureichende Licht in Linas Bad. Einen extra Kosmetikspiegel hat sie nicht, braucht sie vielleicht auch nicht. Lina trägt kaum Make-up. Ich selbst habe in den vergangenen Wochen wie gewünscht kaum welches aufgelegt, bin aber gewiss nicht aus der Übung und schaffe das auch bei ungünstigen Lichtverhältnissen. Schließlich will ich top aussehen und endlich nicht mehr die graue Maus sein, deren Kittel hinter mir über der Badewanne hängt. Mit einem verächtlichen Blick strafe ich das Teil, das ich bis vor zwei Stunden noch getragen und in dem ich geschwitzt habe, weil ich am Ende von A nach B hetzte, um rechtzeitig fertig zu werden.

Marc soll mich sehen und in diesem Moment noch einmal

mehr verstehen, wie sehr ich ihm gefehlt habe, wie wichtig ich ihm bin, wie sehr es Zeit für eine feste Beziehung ist. Von Kopf bis Fuß sehe ich aus, wie er mich mag: Ich trage das schulterfreie petrolfarbene Kleid, dessen Chiffonlagen sanft bis zu meinen Knien fallen, und perfekt dazu passende Sandaletten mit Absätzen. Meine Haare werden nicht in einem Zopf oder Dutt gebändigt; mit einer großen Bürste habe ich sie frisiert, sodass sie in Wellen um meine Schultern fallen. Eine Kur sorgt dafür, dass ihr Rot schön schimmert. Meine Ohrhänger mit den kleinen silbernen Blättern passen zum Armband. Eine Kette braucht mein Dekolleté nicht.

Als es klingelt, zucke ich wie unter einem elektrischen Schlag zusammen und trage schnell Lippenstift auf. Ein paar Spritzer Parfüm noch, dann werfe ich einen letzten Blick in den Spiegel, verlasse das Badezimmer und eile zur Haustür.

Ein Blick auf Marc genügt, um jede Frage nach meinem Typ Mann zu klären. Er ist so was von mein Typ! Seine blonden Haare fallen lässig um sein Gesicht, sein Blick aus sanften braunen Augen streichelt mich. Ein Mundwinkel ist zum Lächeln hochgezogen. Er trägt ein dunkelblaues Hemd, das in einer Jeans steckt. Seine Hände hat er in die Hosentaschen geschoben. Der vertraute Duft seines Parfüms wabert mir entgegen.

»Hey«, sagt er, zieht die Hände aus den Taschen und nimmt mich in die Arme.

Ich umarme ihn auch, gebe ein »Hey« zurück und schnuppere an seinem Hals. »Du riechst gut.«

»Du auch. Wie immer. Und wie immer siehst du Hammer aus.«

Ich schaue ihn an und will Danke sagen, komme aber nicht dazu, weil er mich küsst. Sachte zuerst, doch mit jeder Sekunde gieriger. Dazu streichen seine Hände über meinen Rücken, über meine Arme. Auf meinem Po bleiben sie liegen und holen mich näher an seinen Körper heran.

»Bist du allein?«, murmelt er an meinen Lippen, ohne den Kuss wirklich zu unterbrechen.

»Ja«, gebe ich zurück.

»Gut.« Küssend dirigiert er mich rückwärts ins Haus. »Zeig mir dein Zimmer.«

»Ich dachte, wir gehen was essen«, necke ich ihn.

»Später.« Er zieht den Saum meines Kleides hoch, packt meinen Po fester. »Zuerst will ich nachsehen, ob du darunter auch Petrol trägst.«

Natürlich tue ich das. »Das kannst du später immer noch.«

»Ich will es aber jetzt.«

Seine Worte wecken ein Summen in meinem Unterleib, das mich jeden Gedanken an Essen oder sonst etwas vergessen lässt. Weil wir schon bei meinem Zimmer stehen, muss ich nur den Arm ausstrecken, den Knauf umschließen und die Tür öffnen.

Binnen Sekunden liege ich rücklings auf meinem Bett. Marc stützt sich über mir auf, betrachtet mich kurz, dann küsst er mich wieder und schiebt das Unterteil des Kleides über meine Hüften. So bleibt es nicht lange. Nachdem er mir das Kleid ausgezogen hat, betrachtet er die petrolfarbene Wäsche, die er so mag, mit einem Lächeln und beschließt dann scheinbar, dass er mich ohne sehen will. Wenig später bin ich den BH los. Vergeblich versuche ich, seinen Gürtel zu öffnen. Er erledigt das schließlich selbst, zieht sich bei dieser Gelegenheit gleich völlig aus und lässt auch mein Höschen folgen. Aus seiner Hosentasche holt er ein Kondom, reist die Packung auf, streift das Gummi über sein erigiertes Glied.

Mit einem Keuchen dringt er in mich ein. Ich hebe ihm die Hüfte entgegen, um ihn noch intensiver zu spüren, doch er dreht sich mit mir um, sodass ich auf ihm sitze.

»Mach, wie du es magst, Jazz«, murrt er, also tue ich, worum er mich gebeten hat.

Dass ich lauter werde, ist jetzt egal. Im Gegenteil. Es gefällt ihm und bringt ihn näher zum Höhepunkt. Wie kurz er davor ist, spüre ich an seinen fester werdenden Griffen und der Spannung in seinen Muskeln, sehe es in seinem wegdriftenden Blick. Wenig später ist es so weit. Er keucht und hält mich fest, damit ich mich nicht mehr bewege.

Ich weiß, dass ich nicht weiter kommen werde. Marc weiß es auch. Noch nie hatte ich einen Orgasmus, wenn er in mir war, nur die Stimulation der Klitoris bringt mich dahin, wohin er es mit so viel Leichtigkeit schafft.

Ich bleibe auf Marc sitzen und beobachte, wie er allmählich zu sich findet, selig trotz allem. Ich liebe den Sex mit ihm – auch ohne Orgasmus.

* * *

Die Gewissheit, zu sein, wer ich bin, und auch als Ich wahrgenommen zu werden, beschert mir während des Essens eine kleine Euphorie. Endlich bin ich nicht mehr die graue Maus im Putzfrauenkittel, die man herumkommandiert und dazu verdonnert, das verschissene Klo noch einmal und gefälligst richtig und zwar pronto sauber zu machen. Ich bin eine attraktive, selbstbewusste, intelligente Frau – die Marc begehrt. Das eine Mal war ihm nicht genug, und jetzt, wo all die leckeren Meeresfrüchte, die uns in Bubba's Seefood House serviert wurden, verspeist sind, wird er wieder ungeduldig.

»Gehen wir zu dir?«, fragt er.

Ich schüttele den Kopf. »Lina wird jetzt zu Hause sein.«

»Mist.« Er denkt nach. »In unser Hotel können wir auch nicht. Matt und Jem könnten jederzeit reinkommen.«

Seine besten Freunde haben ihn hierher begleitet. Weil Matt fürchterlich schnarcht, teilen sich Jem und Marc das Doppelzimmer.

Marcs Miene erhellt sich plötzlich. »Wir haben es nie am Strand getan«, raunt er über den Tisch hinweg und grinst dazu.

»Ich glaube, in der Vorstellung ist dieser Ort für Sex viel besser als in der Realität.«

»Wieso? Ist doch romantisch.«

»Eher nicht. Ich habe gehört, der Sand klebt dann überall. Auch an Stellen, an denen du ihn ganz sicher nicht spüren willst. Außerdem, wenn wir erwischt werden …«

»Ach, Jazz, sei keine Spielverderberin«, mault er, da gibt sein Handy aus der Hosentasche heraus einen Ton ab. Wieder mal. Schon vier dieser Töne habe ich gehört, seit wir im Restaurant sind.

»Wer schreibt dir denn da ständig?«

Marc zuckt mit den Schultern. »Weiß nicht. Matt oder Jem vielleicht. Die wollten heute irgendeine Bar unsicher machen.«

»Schau doch nach.«

»Nein, völlig egal, wer mir jetzt was auch immer zu sagen hat.«

Ihm vielleicht. Mir aber nicht. Als sein Handy abermals tönt, wächst die Unruhe in mir.

Marc kommt auf sein Verlangen zurück: »Dann morgen, nach dem Gig, irgendwo. Okay?«

Das unangenehme Ziehen im Unterleib prognostiziert, dass Sex morgen aus anderen Gründen unmöglich sein wird. Meine Menstruation ist wie jeden Monat pünktlich.

»Morgen beginnen die Erdbeertage.«

»Och nö, Baby! Sag, dass das nicht wahr ist.«

»Sorry, es wird garantiert so sein.«

Marcs Handy klingelt. Er grummelt etwas und holt das Gerät aus der Tasche. *Annie ruft an,* lese ich bei einem verstohlenen Blick auf das Display, und spüre prompt Ärger in mir. Marc lehnt das Gespräch ab.

»Warum ruft sie an?« Alle Mühe gebe ich mir, das nicht wie ein Knurren klingen zu lassen.

»Was weiß ich? Bestimmt will sie wissen, ob wir gut angekommen sind.«

»Warum will sie das wissen?«

»Keine Ahnung, Baby!« Er klingt gereizt. »Ich hab sie nicht um einen Anruf gebeten.«

Das vielleicht nicht, denke ich mir. *Aber vielleicht hast du ihr während meiner Abwesenheit Anlass dazu gegeben.*

»Lass uns den Abend nicht verderben«, sagt er wieder versöhnlicher. »Wir können wenigstens am Strand spazieren gehen.«

Ich weiß nicht, ob das ein ernst gemeinter Vorschlag oder

in erster Linie ein Themenwechsel ist. Meine Zustimmung gebe ich, weil ich nicht die eifersüchtige Freundin geben will. Dann schiebe ich Annie aus meinen Gedanken und erinnere mich außerdem daran, dass Marc und ich ja gar nicht richtig zusammen sind und so ein Verhalten ihn ganz sicher nicht davon überzeugt, sich auf eine feste Beziehung mit mir einzulassen.

Nachdem er die Rechnung beglichen hat, verlassen wir das Restaurant und überqueren den Perdido Beach Boulevard. Zwischen in den Nachthimmel ragenden Bettenburgen gehen wir hindurch und erreichen den Strand. Ich ziehe die Schuhe aus und nehme sie in eine Hand. An Marcs Seite gehe ich durch das seichte Wasser, das von heranrauschenden Wellen immer wieder erfrischt wird. Er behält die Sneakers an und bleibt auf dem Trockenen. Mit der Kulisse, die illuminierten Hotels auf einer Seite und der Ozean auf der anderen, mit Wasser und Sand unter meinen Füßen, in meinem Kleid und mit diesem Mann an meiner Seite beschleicht mich ein Urlaubsgefühl, von dem ich mich für den Moment zu gern trügen lassen würde. Der Gedanke an meinen Wecker, der um sechs Uhr dreißig klingelt, vertreibt es viel zu schnell.

»Vielleicht finden wir doch einen ungestörten Platz«, höre ich Marc sagen.

»Wir müssten ziemlich weit laufen.« Ich nicke in Richtung der Bettenburgen. »Wie du siehst, steht hier ein Hotel am anderen.«

Er lässt nicht locker. »Dort hinten werden es weniger.«

»Da sind Ferienhäuser und kleinere Hotels. Eins davon ist das Roomer's.« Ich zeige auf das mit weißen Balken abgesetzte, blaue Spitzdach, das schon hinter Büschen zu sehen ist. »Das dort ist es.«

Je näher wir kommen, desto klarer hören wir die Musik der Hochzeit. Am Strand scheint gerade eine Feuershow stattzufinden, für die es Applaus gibt. Ich entdecke die Braut, die sich bei ihrem Bräutigam unterhakt. Sie trägt ein lässiges Kleid im Vintage-Stil, das perfekt zu einer Strandhochzeit passt. Die Leute vom Restaurant gehen mit getränkebeladenen Tabletts herum.

»Das sind also deine Kollegen«, schlussfolgert Marc.

»Na ja, prinzipiell schon, aber ich habe mit ihnen nicht viel zu tun. Ich bin nur aushilfsweise im Restaurant.«

Er lacht leise. »Stimmt, du arme Sau musst ja die Klos putzen.«

Seine Formulierung kränkt mich. Ich will etwas dazu sagen, da entdecke ich Noah, der mit seinem Vater etwas abseits steht und spricht. Jeff Roomer wendet uns den Rücken zu, aber Noah schaut in unsere Richtung. Als er mich und Marc entdeckt, halte ich seinem Blick noch ein paar Sekunden stand, schaue dann auf meine Füße im Wasser.

»Lass uns zurückgehen, aber über die Straße«, bitte ich Marc.

»Jetzt schon? Ist doch erst elf oder so.«

»Ich muss morgen früh raus. Morgen Abend, bei deinem Gig, sehen wir uns ja wieder.«

»Du hast keine Ahnung, wie scharf ich auf dich bin«, knurrt er, schnappt meine Hand und zieht mich aus dem Wasser an seine Seite.

»Ich habe dich auch vermisst«, antworte ich ihm halbwegs amüsiert. »Nicht sexuell in erster Linie.«

Marc schnaubt.

Kapitel 7

»Wow! Du siehst toll aus!«, raunt Sunny. »Wie ein Model, Jazz!«

»Danke«, gebe ich zurück und betrachte Sunnys Outfit. Sie trägt ein dunkelrotes Sommerkleid mit weißen Punkten, das an Brust und Taille schmal und ab der Hüfte ausgestellt ist. Der breite Gürtel, die Sneakers und das rote Band, mit dem sie ihre schwarzen Haare aus dem Gesicht hält, machen ihren Look rockabilly-perfekt. »Du schaust auch richtig gut aus.«

Sunny sieht an sich herab und streicht über ihr Kleid. »Findest du? Es ist ganz neu, hab ich mir extra gekauft.«

»Ihr seht beide klasse aus«, kommt es von Lina, die mit verschränkten Armen im Türrahmen zur Küche lehnt.

Für Marcs Gig am Strand habe ich mich für ein dunkelblaues, bodenlanges Sommerkleid entschieden. Darunter trage ich strandtaugliche Zehentrenner-Sandalen.

Sunny dreht sich zu Lina um. »Komm doch mit.«

Ich beiße mir auf die Unterlippe, um die Klappe zu halten. Prinzipiell hätte ich nichts dagegen, aber wenn wir jetzt noch warten müssen, bis Lina fertig angezogen ist, kommen wir zu spät. Ich will da nicht erst aufschlagen, wenn Marc schon singt, sondern von Anfang an da sein und am besten einen Platz in der ersten Reihe ergattern.

Lina winkt ab, zum Glück. »Nein, geht ihr nur. Ich bin froh, dass ich mein Leben wiederhabe nach dieser Woche.«

»Glaub ich«, gibt Sunny mitfühlend zurück. »Aber die Hochzeit war gut, oder? Habt ihr schon Feedback bekommen?«

»Die Braut hat heute Mittag aus dem Honeymoon gemailt, und ein paar Gäste haben sich gestern noch für unseren Service bedankt.«

Während Sunny Details erfragt, knurre ich im Stillen vor mich hin und trete auf der Stelle. Ich fände es wirklich super, wenn wir jetzt loskönnten! Bitte!

Lina scheint meine Unruhe nicht zu entgehen. Sie nickt in Richtung Tür. »Jetzt raus mit euch. Ich will meine Ruhe haben.«

Sunny erinnert sich daran, dass wir noch etwas vor- und nicht alle Zeit der Welt haben. Zum Abschied drückt sie Lina, was mich verunsichert. Das hat sie schon beim letzten Besuch hier gemacht, doch da war es mir egal, denn ich bin ja geblieben. Anders als jetzt, wo ich Lina etwas unschlüssig gegenüberstehe. Bevor ich mit einem simplen »Bis nachher dann« verschwinden kann, nimmt sie mich ebenfalls in die Arme und murmelt »Viel Spaß mit deinem Schatz, genieß die Zeit« in mein Ohr.

Ich erwidere die Umarmung kurz, befreie mich dann sachte daraus und gebe ein »Danke!« zurück.

Sobald wir außer Hörweite sind, frage ich Sunny: »Wieso hast du Lina von Marc und mir erzählt?«

»Ich wusste nicht, dass es ein Geheimnis ist.« Sie klingt überrascht und ein bisschen beleidigt. »Und außerdem: Von mir weiß sie nichts. Ich hab ihr nur erzählt, dass wir heute im Gulf sind.«

»Okay, sorry.«

»Wieso ist dein Freund ein Geheimnis?«

»Ist er nicht.« Er ist nur nicht mein Freund, nicht mein Schatz. »Ich bin halt nicht gern Gesprächsthema. Bei Leuten, die ich nicht so gut kenne, erst recht nicht.«

Sunny wirft mir einen spöttischen Blick zu. »Du nimmst dich zu wichtig.«

Bitte was? »Tue ich überhaupt nicht.«

»Und ob!« Sie kichert und hakt sich bei mir unter. »Aber macht nichts. Ich mag dich trotzdem. Oh verdammt, ich bin fast einen Kopf kleiner neben dir. Und du trägst nicht mal hohe Schuhe.«

»Warum trägst du keine mit Absätzen? So ein paar richtig hohe rote oder weiße Pumps hätten zu deinem Outfit noch besser gepasst.«

»Weder besitze ich solche Schuhe, noch könnte ich darin laufen.«

»Alles eine Sache der Übung.«

Eine Erinnerung flimmert in meinem Kopf und versetzt meinem Herzen einen Stich. Livi und ich waren fünfzehn, als wir in unseren ersten High Heels laufen geübt haben. Die Freshmen-Zeit der Highschool war geschafft, und wir waren Sophomores, Zehntklässler also. Nicht länger die Babys der Highschool. Zwei Juniors, Zwillinge ausgerechnet, hatten Livi und mich um Begleitung zu einem Highschool-Dance gebeten. Zu den schicken Kleidern, die man auf diesen Veranstaltungen trug, waren High Heels praktisch verpflichtend, aber wir trauten uns nicht in die Shops von Montgomery. Stattdessen gaben wir eine Bestellung bei einem Onlineshop auf und eierten auf den Absätzen von etwa zehn Paar Schuhen schließlich durch Livis Haus. Sie fiel sogar fast die Treppe hinunter. Ich knickte ständig um und rutschte auf dem Boden aus, weil ich den Absatz nicht gerade aufsetzte. Es war ein Heidenspaß. Wir bekamen Schluckauf vom Lachen, hielten uns bei den Händen und stolperten kreischend umher. Livis Mutter machte dem irgendwann ein Ende. Sie verlangte, dass wir uns für je ein Paar Schuhe entschieden und gefälligst auf der Straße weiterübten.

»Das können wir trainieren«, sage ich Sunny und verdränge die Erinnerung, damit sie mir nicht mehr so zusetzt.

»Echt?« Sunny scheint zu grübeln, ob ich es ernst meine. »Du würdest mit mir üben? Wieso?«

»Weil ich dich auch mag.« Mit einem Grinsen spüre ich dem guten Gefühl nach, das dieser Satz mit sich bringt.

»Cool.« Sie grinst, wird dann aber nachdenklich und fragt: »Hast du Noah von Marc erzählt?«

»Hab ich. Letzten Dienstag nach dem Tauchgang.«

»Dann weiß Lina es sicher von ihm.«

Das habe ich mir bereits gedacht. Allerdings kann ich mir keinen Zusammenhang ausmalen, bei dem dieses Thema zwischen den beiden relevant sein sollte.

* * *

Die Beachbar The Gulf ist schöner, als ich sie mir vorgestellt habe. Viel größer auch. Das aus Holz und Glas errichtete zweistöckige Gebäude ist kräftig blau, die obere Etage besteht aus von hellen Holzgeländern eingefassten Terrassen. Lichterketten und Lampions sorgen in der einsetzenden Dunkelheit für anheimelnde Beleuchtung. Atmosphäre schaffen auch der sachte, warme Wind und das Rauschen der Wellen – sowieso die Lage am Meer. Der blutrote Himmel spiegelt sich auf dem Wasser. Auf der unteren Terrasse ist die Elektronik für den Gig aufgebaut. Boxen, Kabel, ein Tisch für das Tablet, auf dem die Begleitmusik gespeichert ist, ein Mikro, ein Hocker. Rundherum stehen weiße, gemütlich mit Kissen drapierte Rattan-Sitzgarnituren. Allesamt von Gästen belegt. Dasselbe gilt für die ersten Tische auf der anschließenden Rasenfläche.

Ich hatte gehofft, möglichst weit vorn zu sitzen, und begnüge mich jetzt mit einem Platz an einer Bierbank auf dem hinteren Rasen, dessen Halme hier schon vom Sand des anschließenden Strandes durchzogen sind. Im Sand stehen weitere, viel bequemere Rattan-Garnituren, aber die Entfernung zur Bühne ist mir dort definitiv zu groß.

»Wir hätten eher kommen sollen«, brumme ich, als Sunny und ich sitzen.

»Wie hätten wir das schaffen sollen?«, kontert sie.

»Weniger quatschen.«

»Blödsinn, Jazz! Die zwei Minuten mit Lina haben uns ganz sicher nicht die vorderen Plätze gekostet. Die sind schon lange belegt, glaub mir. Das Gulf ist immer voll.«

»Schon gut …«

Sunny dreht sich zum Gebäude. »Man sieht doch prima von hier aus.«

»Ich sagte ja: Schon gut!« Es stimmt ja, ich habe einen top

Blick zur Bühne und werde Marc sehen können. Dass er mich auch sieht, stelle ich aber gerade infrage.

Eine Kellnerin kommt und nimmt unsere Bestellung auf. Mit größter Selbstverständlichkeit bestellt Sunny einen Virgin Mojito – natürlich, kein Alkohol für Leute unter einundzwanzig. Das ist eines von einigen Gesetzen, um die ich mich, bis ich hier gelandet bin, überhaupt nicht geschert habe. Jetzt füge ich mich und bestelle einen Virgin irgendwas. Über die Schulter beobachte ich dann einen Schwarm Frauen, die eine benachbarte Bank schwatzend und schrill lachend belegen. Ich hoffe, die halten gleich die Klappe. Ich will Marc hören und nicht, welche blöden Diskussionen diese Tussis mit ihren Ehemännern führen.

Jazz, jetzt gifte nicht so rum!, schimpft es in mir.

»Hab doch nicht so miese Laune«, sagt Sunny wie ein Echo. »Nur weil wir ein bisschen weiter hinten sitzen.«

»Hab ich doch gar nicht«, schwindele ich.

Ich ringe mir ein Lächeln ab, ärgere mich im Stillen aber weiter über mich selbst. Nicht nur, weil Sunny mich durchschaut, sondern auch, weil mir bewusst ist, dass meine Gedanken Gift für meine Stimmung sind. Wie bei einer hysterischen Braut, die am Tag ihrer Hochzeit zu motzen beginnt, weil ihr ein einziger Regentropfen auf die Nase fällt. Marc ist hier, und ich bin hier. Das wäre doch eigentlich genug, um mich das glücklichste Mädchen an diesem Strand sein zu lassen.

Die Bedienung bringt unsere Drinks. Sunny und ich stoßen an und trinken. Während sie mir erzählt, nach welchen Kriterien sie ihr Kleid ausgesucht hat, rühre ich in meinem Glas. Da ertönt eine bekannte Stimme.

»Hey, Jazz!«

Ich sehe auf und entdecke Jeremy und Matthew, Marcs Freunde.

»Er legt gleich los«, sagt Matthew, als er und Jeremy sich zu mir und Sunny setzen. Ich stelle Sunny vor und muss grinsen, weil sie Jeremy anschaut wie eine Lichtgestalt, die gerade aus einer Wolke herabgeschwebt ist.

»Ähm, wie war dein Name noch mal?«, fragt sie mit plötzlich piepsiger Stimme.

»Jeremy«, antwortet er ihr mit einem Zwinkern. »Aber sag einfach Jem. Das machen alle.«

»Immer das Gleiche«, raunt Matthew mir spaßig zu. »Er guckt sie nur an und sagt ihnen, dass sie ihn Jem nennen sollen. Funktioniert mit Matt irgendwie nicht.«

»Schweres Schicksal«, necke ich ihn. »Aber bestimmt kommt irgendwann eine, die deinem irischen Charme bedingungslos erliegt.«

»Nett, dass du mich zu trösten versuchst.«

»Ich geb mein Bestes. Wie geht's Marc? Ist er sehr aufgeregt?«

Matt wiegt den Kopf hin und her. »Wie immer eigentlich. In der einen Sekunde kann ihm keiner das Wasser reichen, in der anderen muss er hören, dass er wirklich gut ist.« Er zieht eine seiner irisch roten Augenbrauen hoch und grinst sein charmant schiefzahniges Grinsen. »Richtig, richtig gut, du weißt schon. Ed-Sheeran-gut. Da braucht er die doppelte Dosis.«

Über Matts so treffende Einschätzung muss ich lachen. Ich mag seinen Humor. Ich mag Matt. Er und Marc sind schon sehr lange befreundet, und Matt schafft es immer, Marc ein wenig zu erden, wenn er abheben will. Er ist ein guter Kerl, der auch dann noch lacht, wenn er nach einer Party allein nach Hause geht. Was meistens der Fall ist. Um das zu bedauern, ist er dann meist – auch typisch irisch – zu betrunken.

»Was habt ihr gestern Abend noch so gemacht?«, frage ich ihn.

»Was gefuttert«, sagt er. »Was getrunken. Mädels gecheckt. Das Übliche halt.«

»Und? War's gut?«

»Gibt schon gute Mädels hier. Da war diese eine …«

Während er von dieser einen erzählt, die am Ende doch wieder bei Jem gelandet ist, füllen sich weitere Tische rundherum und auch die paar, die im Sand stehen.

»Ist es okay, wenn wir uns zu euch setzen?«, höre ich jemanden fragen und drehe mich um.

Mein Herz holpert beim Anblick von Noah. Er ist mit den beiden Jungs da, deren Zimmer ich vorhin sauber gemacht habe. Sie sind gestern angereist und übers Wochenende hauptsächlich zum Tauchen da.

Nicht dein Typ, Jazz!, wispert meine innere Stimme. *Bring dein Herz unter Kontrolle! Das ist offenbar ein bisschen gestört.*

»Klar«, antwortet Matt, bevor ich einen Ton hervorbringe. »Ist doch frei, oder wartet ihr noch auf wen?« Er schaut mich an.

Ich schüttele den Kopf und drehe mich wieder zum Tisch, da erklingt Marcs Stimme.

Er sitzt schon auf dem Hocker, trägt ein weißes Hemd, dessen Ärmel aufgeschlagen sind. Es fällt lässig über seine helle, schmal geschnittene Hose. Um seine Gitarre besser fassen zu können, stellt er einen Fuß auf die Querstrebe des Hockers. Dabei gleitet sein Blick über das Publikum, von Gast zu Gast – auf der Suche. Er sieht mich nicht, schaut sich weiter um und erzählt nebenbei, wie spontan er zu der Ehre kam, heute hier spielen zu dürfen. Am liebsten möchte ich aufspringen und winken, doch Noahs Anwesenheit hemmt mich. Mein Nacken kribbelt, als würde er daraufstarren. Als er sich rechts neben mich setzt, rutsche ich ein bisschen dichter zu Matt und nagele meinen Blick auf Marc fest.

Der schlägt die ersten Akkorde an, bringt dann den Mund vor das Mikro und beginnt zu singen. Normalerweise bin ich ab dem ersten Ton bei ihm, jetzt bin ich viel zu sehr bei Noah, dessen Nähe mit jeder Sekunde störender ist. Als ich einen Blick mit Sunny tausche, schüttelt sie den Kopf. Zuerst glaube ich, dass das irgendetwas mit Noah zu tun hat, begreife dann aber, dass es sich auf Marc bezieht und wohl so viel wie *Unfassbar gut!* bedeutet.

Reiß dich zusammen!, faucht es in mir. *Dann sitzt Noah halt neben dir, na und? Er war dir schon näher, und das hat dich nicht so gaga gemacht.*

Und das wirkt irgendwie. Es klappt nicht schlagartig, aber es klappt.

Mit jedem Ton, jedem Wort, jedem Chorus und jedem Lied holt mich Marc weiter zu sich, und meine Umgebung verblasst. Natürlich kenne ich jeden Song. Ich weiß, wann er ihn geschrieben hat oder wann ich ihn zum ersten Mal gehört habe. Im Stillen summe ich mit und freue mich auf bestimmte, besonders emotionale Passagen, die beim Publikum genau so ankommen, wie sie sollen. Sie jubeln und belohnen Marc am Ende eines jeden Songs mit viel Applaus.

Die Zeit vergeht viel zu schnell. Als Marc das letzte Stück ankündigt, bin ich traurig, dass es schon fast vorbei ist.

»Das ist ein brandneuer Song«, sagt er ins Mikro und fährt sich mit einer Hand durch seine im diffusen Licht der Location silbrig schimmernden Haare, um sie zurückzustreichen. Ein paar Strähnen fallen ihm aber gleich wieder in die Stirn.

»Ich habe ihn vor zwei Wochen geschrieben. Eine blöde Zeit irgendwie. Ich hatte einige Auftritte, habe viel Zeit im Studio verbracht, aber eine gute Freundin, die mich sonst immer begleitet, war nicht dabei.« Nach einem frustriert klingenden Atemstoß redet er weiter. »Sie ist hier und putzt Hotelzimmer zur Strafe für unartiges Benehmen.«

Gelächter ertönt und verhallt in meinem Bewusstsein.

Oh! Mein! Gott! Marc hat mir einen Song geschrieben? Und mir das die ganze Zeit verheimlicht, damit es jetzt eine Überraschung ist?

Mein Blick klebt an ihm, und plötzlich, als hätte er die ganze Zeit gewusst, wo ich bin, schaut er über all die Leute zwischen uns hinweg, direkt zu mir. Ein Schauer rauscht über meine Haut.

»Der Song heißt *Up all Night*, und er ist für dich, du rothaariger Teufel. Komm bald wieder nach Monty. Mit dir sind die Nächte einfach besser.«

Matt knufft mich in die Seite, und Sunny greift über den Tisch hinweg nach meiner Hand.

Marc haut in die Saiten seiner Gitarre, stimmt einen temporeichen Song an, dessen Text die Partys beschreibt, auf denen wir im vergangenen Jahr gefeiert haben.

Zugegeben, ich hatte etwas Romantischeres erwartet, aber hey, ein Song für mich ist ein Song für mich! Nach dem Kuss, der uns nicht im Bett landen lässt, war das mein zweiter sehnlicher Wunsch: ein Song, den er mir schreibt, ohne dass ich ihn darum bitte.

Und es ist ein guter Song. Die Gäste feiern, stehen von ihren Plätzen auf und beginnen zu tanzen. Der Chorus ist so eingängig, dass ihn ein paar Leute bei der zweiten Wiederholung schon mitsingen. Bald zupft Marc den letzten Ton von einer Saite.

Der Applaus ist noch nicht verklungen, da nimmt Marc seine Gitarre ab und stellt sie beiseite. Er steht auf, geht die Stufen der Terrasse hinunter und hält direkt auf mich zu. Mein Herz überschlägt sich. Ich komme nicht ohne Weiteres von der Bank weg, weil Matthew so dicht zu meiner Linken und Noah so dicht zu meiner Rechten sitzt. Also steige ich auf die Sitzfläche. Im nächsten Moment ist Marc schon bei mir und hebt mich unter noch lauterer Zustimmung des Publikums auf seine Hüfte. Ich schlinge meine Arme und Beine um ihn, als er mich küsst. Wie halb verhungert beißt er in meine Unterlippe, leckt dann darüber und setzt mich ab, ohne mich loszulassen.

»Du siehst toll aus«, murmelt er in mein Ohr, und ich lächele noch darüber, da fällt mein Blick über Marcs Schulter auf Noah, der uns, wie sicher jeder im Gulf, anschaut. Sein Blick ist ernst, beinahe kritisch und so kühl wie während meiner ersten Tage als Zimmermädchen. Fröstelnd bringe ich etwas Distanz zwischen mich und Marc, da dreht sich Noah zurück zum Tisch und sagt etwas zu den Jungs, mit denen er da ist. Sie nicken und stehen auf. Noah tut das auch und kommt zu mir und Marc, der seinen Arm gerade um meine Schulter gelegt hat und Matt ein High five gibt.

»Morgen, sechzehn Uhr«, sagt Noah. »Bleibt es dabei?«

»Wobei bleibt es?«, will Marc wissen, bevor ich zu Wort komme.

Noah sieht ihn an und zieht eine Braue hoch. Auf Antwort wartend, wendet er sich erneut an mich, und sein Blick taucht so tief in meinen, dass sich in meiner Brust ein klammes Gefühl ausbreitet. Natürlich habe ich Marc von meinen Tauchstunden beim Sohn des Hoteleigentümers erzählt. Ich habe es beiläufig erwähnt, als eine zusätzliche Verpflichtung.

»Klar bleibt es dabei«, antworte ich Noah und bringe dann auch Licht in Marcs Dunkel: »Der Tauchunterricht, du weißt doch.«

»Ah, richtig.« Marc schaut von mir zu Noah. »Du bist das also.«

Noah streckt ihm die Hand hin. »Noah Roomer. Gut gesungen.«

Marc erwidert den Handschlag, was ein seltsames, unrealistisches Bild ist. »Danke. Echt cool mit dem Tauchen. Kann ich mitkommen morgen?«

What?

»Ich dachte, du willst morgen nach dem Frühstück zurück nach Monty?«, frage ich Marc. »Ich muss doch arbeiten.«

Er winkt ab. »Ich kann auch abends fahren. Da sind die Straßen wenigstens frei. Und so einen Tauchgang lass ich mir nur ungern entgehen.«

»Kannst du denn tauchen?«, will Noah von ihm wissen. »Für die Basics haben wir morgen nämlich keine Zeit, und das offene Meer ist auch nicht der richtige Ort dafür.«

»Klar, ich bin ein guter Taucher.« Marc zieht mich noch ein bisschen fester an sich. »Sonst hätte ich den Vorschlag kaum gemacht.«

Noah nickt knapp. »Dann treffen wir uns am Hafen.« Abermals nimmt er mich in den Fokus und verleiht seiner Stimme jene Schärfe, auf die ich allergisch reagiere. »Bis morgen. Mach nicht zu lange heute. Morgen Punkt sieben Uhr dreißig warten zehn Zimmer auf dich.«

Da hätten wir wieder Noah, das Arschloch, grummele ich im Stillen und erspare mir eine Antwort. Jedes Grübeln über seine Rückverwandlung verbiete ich mir allerdings auch.

»Komm, feiern wir noch ein bisschen«, beschließt Marc und lässt mich los, um sich zu Jem, Matt und Sunny zu setzen. Ich hocke mich an Sunnys Seite.

Kapitel 8

Ich habe absolut kein gutes Gefühl bei der Sache. Den ganzen Tag schon macht mich die Vorstellung, mit Marc und Noah gemeinsam zu tauchen, so nervös, dass ich bei der Arbeit ständig geschusselt habe. Zum Glück ist es mir selbst aufgefallen und nicht Noah, als er in das Zimmer kam, in dem ich gerade arbeitete, um mir zu sagen, dass er die Tauchutensilien für Marc auf dem Boot dabeihaben wird.

Viertel vor vier steige ich zu Marc ins Auto.

»Bekomme ich keinen Kuss?« Er zieht die Braue hoch, über den Rand seiner Sonnenbrille, durch deren Gläser ich seine Augen nicht sehe. »Ganz toll! Gestern keinen Sex, heute nicht mal einen Begrüßungskuss.«

Vor lauter Aufregung habe ich den Kuss tatsächlich vergessen und beuge mich jetzt schnell zu ihm. Er grinst und küsst mich.

»Na bitte, es geht doch«, sagt er dann, klingt zufrieden und fährt los.

»Was hast du heute so getrieben?«, frage ich, als wir auf die Straße biegen.

»Ausgeschlafen erst mal. Bin erst um zwölf aus dem Bett gekommen. Jem, Matt und ich waren im Gulf, bis es geschlossen hat, und haben dann mit ein paar Leuten am Strand abgehangen. Matt ist irgendwann auf die Idee gekommen, schwimmen zu gehen, und wär fast abgesoffen, weil er ganz schön einen im Tee hatte.«

»Mal wieder«, seufze ich und verwette meinen Hintern, dass die paar Leute Mädels waren.

»Nach dem Frühstück haben wir uns in der City umgeschaut. Echt cool hier.« Marc sieht mich kurz an, konzentriert sich dann wieder auf die Fahrbahn. »Wenn ich du wäre, würde ich bleiben. Mit dem Meer so direkt vor der Nase lässt es sich doch super leben.«

»Als mies bezahltes Zimmermädchen nicht unbedingt. Außerdem muss ich meinen Highschool-Abschluss machen.«

Er lacht. »Stimmt, da war ja noch was.«

Bisher habe ich nicht groß darüber nachgedacht, die Vorstellung vielleicht auch von mir geschoben. Dass ich mit den jetzigen Juniors eine neue Runde in der Schule drehen muss, während Livi und die anderen aufs College gehen, ist ein echt unangenehmer Gedanke. Ich hätte es mir sparen können. Mit Leichtigkeit. Ich war zu cool für Schule, hielt es für wichtiger, mit Marc in seinem Studio zu sein … oder sonst wo.

Nachdenklich betrachte ich Marc. So gern ich ihn habe, ich war einfach nur dumm.

Als wir den Hafen erreichen, zerre ich meinen Geist aus meinen Sorgen und sage Marc, wo er parken kann. Ein paar Minuten später sind wir bei der *Days Like These*. Noah ist schon an Deck, aber nicht allein. Einer der beiden Jungs, die ihn gestern Abend begleitet haben, sitzt auf dem zweiten Platz vorn beim Steuer. Gordon heißt er, wenn ich mich richtig erinnere.

Diesmal soll ich nicht helfen, was mich ein bisschen kränkt.

Während Marc und ich in der Sitzecke Platz nehmen, machen Noah und Gordon das Boot startklar, lösen die Taue und holen die Fender ein. Als es losgeht, legt Marc den Arm um mich.

»Das wird cool.« Er lächelt und gibt mir einen weiteren Kuss.

Noah steuert die *Days Like These* aus dem Hafen und beschleunigt hinter dem Perdido Pass wieder so hart, dass sich die Bootsspitze aus dem Wasser hebt. Mit Tempo lassen wir Orange Beach hinter uns und fahren aufs offene Meer. Marc wird still neben mir. Sein Arm liegt noch um meinen Schultern, seine Finger streichen über meine Haut und tippen hin und wieder. Typischerweise tut er das, wenn er mit einem neuen Song beschäftigt ist, in Gedanken textet oder eine Melodie findet. Es ist vertraut und beruhigt mich. Es gibt mir das Gefühl, dass ich doch mehr zu ihm gehöre, als er mir sagt, und löscht die Verwirrung, die Noah mir in den vergangenen Tagen beschert hat. Ich nehme Marcs freie Hand, lehne meinen Kopf gegen seine Schulter und schließe die Augen.

Nach einer Weile regt er sich. Ich schaue auf und ihn an. Sein Blick, immer noch hinter der Sonnenbrille, ruht schon auf mir.

»Was hältst du davon?«, sagt er und bringt seinen Mund nahe vor mein Ohr, damit er das Röhren des Bootes nicht so mühevoll übertönen muss. »Leaving all the noise behind, making all the ropes unwind. Come escape, I do, by sailing into blue.«

Ich muss lächeln. Dieser Text ist wundervoll, magisch. »Das ist dir gerade eingefallen?«

Er nickt. »So weit erst mal. Der Rest sind noch Fragmente, aber ich hab das Gefühl, das wird echt gut.«

»Denke ich auch. Mit der richtigen Melodie. Ein bisschen träge, gelassen.«

»Ja, die Gitarre hauptsächlich, mehr als die braucht es erst mal nicht. Für diesen Chorus höre ich auch sanfte Drums, eine zweite Stimme vielleicht oder eine Violine. Das werde ich oben im Studio mal ausprobieren.«

Noah stoppt das Boot. »Ankunft am Spot«, ruft er zu uns nach hinten.

Weil ich den Bikini noch nicht anhabe, steige ich nach unten, in den Bauch des Bootes, um mich umzuziehen. Bei der Gelegenheit kann ich auch die Menstruationstasse neu einsetzen. Zwar blutet es heute nicht mehr so stark wie gestern, doch jedes mögliche Malheur möchte ich mir natürlich ersparen, und diese Tasse ist eine ganz sichere Nummer.

Als ich zurück nach oben komme, erklärt Noah, was wir vom Spot zu erwarten haben: »Wir gehen auf dreißig bis fünfunddreißig Meter zu den Trysler Grounds.«

Hat er sein Versprechen also gehalten und zeigt mir eines der natürlichen Riffe.

»Ein abwechselnd felsiger und sandiger Grund, etwas trübe Sicht wahrscheinlich, wenig Strömung«, erzählt er weiter. »Der Spot ist auch bei Speerfischern beliebt, aber wie ihr seht, sind keine anderen Boote da, also haben wir das Wasser für uns.«

»Was jagen die dort unten, die Speerfischer?«, will Gordon wissen.

»Feuerfische vor allem. Wir werden auch Rotbarsche, Zackenbarsche und ein paar Kugelfische sehen. Vielleicht sogar einen Hai.«

»Ähm, es gibt hier Haie?«, fragt Marc mit einigem Argwohn. Als er mich anschaut, ahne ich noch nicht, worauf er hinauswill. Erst als er weiterspricht, wird es mir klar. »Dann ist es vielleicht keine so gute Idee, wenn du ins Wasser gehst, oder?«

Das glaube ich nicht! Verärgert, aber auch peinlich berührt, beschieße ich ihn mit Blickblitzen. Wie kann er meine Menstruation vor Noah und dem anderen zum Thema machen?

»Es ist … ich hab …«, stottere ich und spüre, wie ich rot werde, als ich Noah ansehe.

Der schüttelt den Kopf. »Es sind kleine Haie, die eher Angst vor Menschen haben. Auch größere sind eigentlich vorsichtig und zurückhaltend. Und davon abgesehen ist ihnen unser Blut herzlich egal, da wir nicht in ihr Beuteraster fallen.«

»Es ist kaum noch … und ich benutze etwas«, stammele ich weiter, um klarzumachen, dass ich nicht einfach so ins Wasser gehe.

»Alles gut«, sagt Noah und reicht mir meinen Neoprenanzug.

Marc will mir damit helfen, doch ich schicke ihm einen weiteren bösen Blick und drehe mich weg. Ohnehin kann ich mich selbst anziehen, und dank der Schnur bekomme ich auch den Reißverschluss im Rücken ohne Hilfe zu. Für den Rest ist Noah an meiner Seite. Als ich meine Flossen anziehe, fällt Marc ein neuer Kommentar ein.

»Ich mache das immer erst im Wasser. Das geht leichter.«

»Wenn du vom Strand aus tauchst, ist das sinnvoll, ja«, kontert Noah. Ich höre eine Prise Schärfe in seiner Stimme.

»Springst du aber von einem Boot, dann drückst du deine Brille mit einer Hand vors Gesicht. Wie willst du die Flossen halten? Mit der anderen Hand? Dann riskierst du, dass du eine oder beide verlierst.« Er nickt zu den Flossen hin, die er für Marc mitgebracht hat. »Zieh sie an.«

Vor dem Sprung bin ich nicht so aufgeregt wie zuletzt, vielleicht, weil ich noch zu sauer auf Marc bin. Gordon rollt sich zuerst ins Wasser, Noah folgt ihm in gleicher Weise, auch Marc macht die Rolle rückwärts. Kurz überlege ich, es zu versuchen, entscheide mich dann aber doch für den nicht ganz so elegant aussehenden Sprung.

Noah verlangt uns das Okay ab, dann lassen wir uns sinken. Je tiefer wir gelangen, desto grüner wird das Wasser, und die Sicht ist tatsächlich recht eingeschränkt. Wir sehen Silhouetten von Fischen und unter uns schließlich das Riff. Als wir uns mit langsamen Flossenschlägen darüber hinwegbewegen, erkenne ich ein paar seiner Bewohner. Besonders faszinierend sind die rot- und braun-weiß-gestreiften Feuerfische mit ihren großen, fächerförmigen Brustflossen und den vielen Flossenstrahlen, die sie aufrichten, weil sie sich von uns bedroht fühlen. Gegen diese Fische sehen die Barsche ziemlich gewöhnlich aus.

Marc, der neben mir taucht, streckt einen Arm in Richtung eines Feuerfisches aus, doch Noah ist schnell bei ihm, hält Marcs Arm fest und schüttelt den Kopf. Dann überkreuzt er die Zeigefinger zu einem X, was nur bedeuten kann, dass diese Meeresbewohner giftig sind. Allein die Stacheln hätten mich darauf schließen lassen. Ich mache Marc ein anderes, unmissverständliches Zeichen, indem ich mit der Hand vor meinem

Gesicht wackele und ihn damit frage, ob er noch alle Tassen im Schrank hat. Er winkt ab und taucht voran. Noah ist jetzt an meiner Seite, schaut mich an und verlangt mein Okay-Zeichen. Ich gebe es ihm, und wir schwimmen zu Gordon, der am Grund einen Hummer entdeckt hat. Eine kleine Weile beobachten wir das Tun dieses Tieres, bis Noah plötzlich alarmiert wirkt. Den Grund sehe ich gleich: Marc ist nur noch als Silhouette erkennbar. Er ist weiter vorangetaucht und erkundet das Riff auf eigene Faust. Noah signalisiert mir und Gordon, an Ort und Stelle zu bleiben, dann schwimmt er zu Marc. Gordon und ich tauschen einen Blick. Er schüttelt den Kopf, und ich ärgere mich einmal mehr über Marc. Hätte ich ihn bloß nicht mitgenommen!

Hätte Marc einen Kragen, hätte Noah ihn sicher daran gepackt und zurückgeschleift, so aufgebracht wirkt er, als er und Marc zurück sind. Aber auch Marc hat es die Laune verhagelt. Noah gibt das Zeichen, über das Riff zurück zum Anker zu schwimmen und aufzutauchen. Und das, obwohl wir sicher noch eine Viertelstunde unter Wasser gehabt hätten.

* * *

»Du nennst dich einen guten Taucher?«, fährt Noah Marc an, sobald wir wieder auf dem Boot sind. Er zerrt sich die Brille von der Stirn und pfeffert sie weg. »Ein guter Taucher weiß, dass er bei seinem Buddy respektive der Gruppe zu bleiben hat.«

»Alter, reg dich ab«, motzt Marc und öffnet sein Tarierjacket. »Ich war nicht einmal zehn Meter von euch entfernt.«

»Bei guten Bedingungen ist das okay, aber nicht, wenn es so diesig ist.«

»Vielleicht hättest du einen anderen Spot aussuchen sollen. Über diesem Kackriff war es nicht nur trübe wie Erbsensuppe, sondern auch öde. Wenn ich so was will, kann ich in einen Tümpel bei Montgomery springen. Meine Fresse, da hab ich schon ganz andere Sites gesehen …«

Über seine Reaktion erschrocken, falle ich ihm mit einem harschen »Marc, was soll das denn?« ins Wort, doch er ignoriert mich und geht zur Sitzecke, um sich umzuziehen.

»Niemand hat dich gebeten, mitzukommen«, ruft Noah ihm nach. »Das war deine Entscheidung.«

Marc zuckt mit den Schultern. »Fehlentscheidung.«

Ich sehe Noah an, um mich zumindest mit einem Blick für Marc zu entschuldigen, doch er ignoriert mich ebenfalls, zieht sich das Jacket aus und beginnt mit Gordon ein Gespräch über Feuerfische.

»Würdest du mir bitte helfen?«, frage ich ihn mit einer schärferen Stimme als beabsichtigt, als es um das Absetzen der Scuba geht.

»Sicher doch«, entgegnet er in kontraststarker Freundlichkeit, und dann entschuldigt er sich auch noch für seine Unaufmerksamkeit.

Dieser Ausflug ist eine Katastrophe! Und ich habe heute rein gar nichts gelernt. Außer, dass Marc und Noah so gut harmonieren wie Wasser und Feuer. Ich hätte auf mein Bauchgefühl hören und diese Sache abblasen sollen. Wäre es nicht so weit bis Orange Beach, würde ich von Bord springen und zurückschwimmen.

Nachdem ich den Neoprenanzug ausgezogen und in die Kiste mit den Utensilien gepackt habe, gehe ich zu Marc, bei dem meine Sachen liegen. Er schweigt trotzig, ich tue es auch. Während ich mich abtrockne und den Jumpsuit einfach über den nassen Bikini ziehe, holt Noah den Anker ein. Ich sitze kaum, da startet er den Motor und scheucht das Boot in Richtung Hafen.

Mir platzt der Kragen.

»Was war das für eine Show unter Wasser?«, fahre ich Marc an. »Und was sollten diese Beleidigungen eben?«

Er schiebt sich seine Sonnenbrille in die Haare und betrachtet mich aus zusammengekniffenen Augen. »Ich lasse mich nicht herumkommandieren. Schon gar nicht von so einem tätowierten Affen. Für wen hält er sich?«

»Er hat nichts falsch gemacht, im Gegenteil. Und er ist sozusagen mein Chef.«

»Ich dachte, sein Vater ist das. Aber hat er dir die Anweisung gegeben, mit ihm tauchen zu gehen? Ist das Teil deines Vertrags? Nützt es dem Hotel etwas, wenn du es kannst?«

»Noah hat es mir angeboten, um mich aufzumuntern«, fauche ich. »Mir ging es nicht gut, und davon abgesehen …«

»Wie großmütig von ihm«, unterbricht mich Marc.

Obwohl ich immer wütender werde, übergehe ich seinen Hohn und bringe meinen Satz zu Ende. »Und davon abgesehen kann ich ihn auf den Tauchgängen mit den Hotelgästen als Assistentin unterstützen, wenn ich fit genug bin.«

Das ist jetzt einfach so dahergesagt, es war nie ein Thema zwischen Noah und mir.

»Da bin ich schon mal hier«, schimpft Marc weiter, »und

habe gar nichts von dir. Gestern Abend wolltest du ins Bett, allein. Heute hast du Zimmer geputzt, dann dieser Tauchgang. Hättest du den nicht absagen können?«

»Ich dachte nicht, dass du so lange bleibst.« Dass ich immer tiefer in den Verteidigungsmodus gehe, wühlt mich innerlich auf. »Ich dachte, du, Jem und Matt fahrt nach dem Frühstück zurück nach Monty.«

»Das wär dir nur recht gewesen, oder? Dann hättest du in aller Ruhe mit diesem Affen tauchen gehen können.«

»So ein Quatsch, Marc! Du hast mir gestern nicht einmal die Gelegenheit gegeben, den Ausflug abzusagen, sondern gleich beschlossen, dass du mitkommst.«

Das kann er nicht bestreiten und auch kein anderes Argument anbringen. Die Frage, die er mir deshalb stellt, ist eigentlich keine, sondern vielmehr eine Unterstellung.

»Läuft da was zwischen dir und …«, in einer ruppigen Bewegung nickt er zu Noah hin, »deinem sozusagen Chef?«

Scheinbar bis in jede Pore sauer, wartet er auf meine Antwort. Seine blonden, schon fast trockenen Haare wirbeln im Fahrtwind um sein hübsches Gesicht. Ein sanftes Gesicht ist es eigentlich, jetzt aber nicht. Ich bin erschrocken, schüttele nur den Kopf, fühle mich aber auch ertappt – nur wegen meiner Verwirrung, in die ich bis gestern verstrickt war.

»Ich sehe doch, wie er dich anguckt.« Marc nimmt die Sonnenbrille vom Kopf und setzt sie sich auf die Nase.

»Ach ja, wie denn?«, gebe ich trotzig zurück und möchte ihm die Brille am liebsten wieder abziehen, damit ich seine Augen weiter sehen kann.

»Mit diesem Blick eben …«

»So ein Blödsinn! Du hast ja keine Ahnung, wie er sich mir gegenüber im Hotel verhält.«

»Wir haben eine Freundschaft Plus, keine feste Beziehung, Jazz, aber ich teile nicht gern. Wenn du ihn vögelst, okay, das wüsste ich nur gern, denn dann würde ich dich ganz sicher nicht mehr anfassen.«

»Dann dürfte ich dich schon lange nicht mehr vögeln.«

Er stöhnt genervt. »Jetzt fang nicht wieder mit der Annie-Geschichte an. Das war ein einziges Mal.«

»Trotzdem hängt sie dir am Arsch wie eine Klette, ruft spät am Abend an …«

»Sie ist einfach eine Freundin«, unterbricht er mich. »Mehr nicht.«

Er will scheinbar noch etwas anfügen, lässt es aber, weil wir in den Hafen einfahren und der Motor nicht mehr so laut ist. Wenig später legt Noah an; Gordon kümmert sich ums Festmachen. Ohne ein Wort springt Marc auf den Steg und geht ein paar Schritte den Steg entlang. Dann wendet er sich um und wartet auf mich.

»Trotz allem … danke«, sage ich zu Noah. »Und sorry!«

Sein Mund ist verkniffen, in seinen hellen Augen funkelt Ärger, aber er nickt. »Bis morgen dann.«

Ich verabschiede mich auch von Gordon und verlasse die *Days Like These*. Schweigend gehen Marc und ich zum Parkplatz und steigen in seinen Wagen. Er düst los.

»Wann fahrt ihr los?«, frage ich, als wir Downtown verlassen, und versuche es im Versöhnlichen.

»Na, wann schon, jetzt gleich«, gibt er zuerst patzig zurück, ändert seinen Ton dann aber. »Ich will nicht mit dir streiten, Jazz.«

»Ich auch nicht mit dir. Schon gar nicht, wo du gleich fährst.«

»Ich komme an einem anderen Wochenende wieder, okay? Ohne Gig hier. Vielleicht kannst du dann ja freinehmen.«

»An den Wochenenden wird es schwer. Die Nächste links«, sage ich ihm, weil er nicht bremst und scheinbar auf der Hauptstraße bleiben will.

Er biegt ab und hält wenig später vor Linas Haus. Er schaltet den Motor nicht aus, nimmt die Sonnenbrille ab und sieht mich an, als würde er darauf warten, dass ich aussteige.

»Gute Fahrt!« Ich greife nach dem Türgriff. »Kommt heil an.«

»Nicht ohne richtigen Abschied«, knurrt er, legt seine Hand in meinen Nacken und zieht mich zu sich. Sein Kuss ist hart, nass und leidenschaftlich. Seine Zunge dringt in meinen Mund und spielt mit meiner. Als er an meiner Unterlippe knabbert, prickelt es in meinem Schoß, doch ich löse mich sachte von Marc und öffne die Tür.

»Denk an das, was ich dir eben gesagt habe«, murmelt er danach mit einem schiefen Grinsen.

»Ich vergesse es schon nicht«, verspreche ich und steige aus.

Er fährt los und hupt kurz. Ich bleibe vor Linas Haus und beobachte, wie er auf der vom Licht der untergehenden Sonne gefluteten Straße davonfährt.

Kapitel 9

Neue Woche. Alter Scheiß!

Ich bin wieder die graue Maus, die ihren verflixten Putzkarren durch die Gänge des Roomer's schiebt und den Dreck fremder Leute wegmacht. Die graue Maus ohne Aussicht, sich in einen Paradiesvogel verwandeln zu können. Ich bin das Aschenputtel ohne Zaubernüsse, sozusagen. Das ist höchstgradig deprimierend und im selben Maße demotivierend.

Zu allem Überfluss hat Sunny heute und morgen ihre freien Tage, was nicht nur doppelt so viel Arbeit, sondern auch niemanden zum Quatschen bedeutet.

Gerade markiere ich Zimmer vier auf meinem Service-Pad als erledigt und trete auf den Gang, da pralle ich in eine graue Weste mit grauer Krawatte und weißem Hemd darunter. Erschrocken mache ich einen Schritt zurück, hebe den Kopf und sehe Noah an.

»Komm mit«, sagt er.

Ich mag seinen Ton nicht. Mein Kinn hebt sich praktisch von allein, und auch meine Stimme klingt automatisch kalt. »Kann das nicht warten? Ich will hier rechtzeitig …«

»Das war keine Bitte.«

Ohne ein neues Widerwort abzuwarten, dreht er sich um und geht den Gang entlang. Ich pfeffere das Pad auf den Putzwagen und folge ihm, knirsche mit den Zähnen und halte mich davon ab, ihm nachzurufen, was ich jetzt wieder falsch gemacht habe. Diese Frage klärt sich ohnehin von selbst, als ich neben Noah in Zimmer eins stehe.

Er zeigt auf das Bett. »Soll das ein Witz sein?«

Ungläubig starre ich auf das Bett und bringe erst einmal keinen Ton hervor. Ich habe vergessen, das Bett zu machen. Die Laken sind von der Nacht noch zerwühlt, die Kissen zerknautscht. Die Tagesdecke habe ich selbst daraufgeworfen, als ich den Boden gewischt habe.

»Ich hab es vergessen«, gebe ich schließlich zu und linse zu Noah. Das Blitzen in seinen Augen verrät, wie sauer er ist.

»Vergessen? Wie geht das denn? Das wäre, als würde ich mit dem Boot in die *Queen Mary* brettern und dann behaupten, ich hätte sie nicht gesehen.«

»Es tut mir leid. Ich weiß nicht, wie es passieren konnte. Ich war irgendwie … abgelenkt.«

»Ich will nicht, dass du abgelenkt bist. Nicht von der Trauer über dein ach so schweres Schicksal, nicht von der nächsten Designerklamotte und auch nicht von deinem Freund.« Er lacht freudlos. »Oder besser, deinem guten Freund.« Zynismus lagert auf dem Adjektiv.

Zuerst verstehe ich nicht, was er damit meint, doch dann erinnere ich mich, dass Marc mich bei seinem Auftritt als gute Freundin bezeichnet hat. Als das, was ich bin. Ich hingegen habe ihn Noah gegenüber als meinen Freund, meinen festen Partner, erwähnt.

Einerseits ist mir das peinlich, andererseits wundert mich, warum Noah diesen Unterschied so betont.

»Was soll das?«, frage ich.

»Was soll was?«, kontert er.

»Diese Bemerkung, dein guter Freund? Warum interessiert es dich, wie gut Marc und ich befreundet sind?«

»Es interessiert mich eigentlich nicht. Ich frage mich nur, warum du mir von dir und ihm ein anderes als das tatsächliche Bild vermitteln willst.« Er zieht eine Braue hoch. »An deiner Stelle würde ich mir dafür jemanden suchen, der mich nicht vor anderen lächerlich macht.«

Mehr und mehr fühle ich mich in die Ecke gedrängt und gehe in die Defensive. »An deiner Stelle würde ich nicht wie ein eifersüchtiger Dritter reagieren. Was würde deine Freundin dazu sagen?«

Noah zieht auch die andere Braue nach oben.

Ich packe noch einen obendrauf: »Cleo, so heißt sie doch, oder?«

Sein Blick ist bohrend, als wolle er hinter meine Stirn schauen. »Und wieso genau interessiert sie dich?«, murmelt er dann.

»Sie interessiert mich nicht im Mindesten. Davon abgesehen, sind wir hier wegen des ungemachten Bettes oder um unseren Beziehungsstatus zu diskutieren?«

Wenn das kein Punkt für mich war! Ich sehe, wie Noah die Kiefer aufeinanderbeißt, und fühle mich schon viel besser. Zum ersten Mal gehe ich aus so einem Disput als die Stärkere heraus. Klar habe ich mit dem Bett einen Fehler gemacht, aber dafür lasse ich mich nicht in diesem Maße kritisieren. Ich denke, das hat er jetzt verstanden.

»Erledige einfach deine Arbeit«, knurrt er und verschwindet aus dem Zimmer.

Mit Hingabe mache ich das Bett.

* * *

Olivia hat geantwortet. Beinahe vier Wochen hat sie sich Zeit gelassen für eine Nachricht, die ich im Nachhinein lieber nicht gelesen hätte.

Jazz, schreibt sie, nicht *Hallo, Jazz* oder gar *Liebe Jazz,* sondern einfach nur *Jazz. Ich weiß nicht, was ich mit deinen Nachrichten anfangen soll. Wie soll ich darauf reagieren? Soll ich dich bedauern, mit dir fühlen und dir Trost schicken? Warum sollte ich das tun? Wo warst du in den vergangenen Monaten für mich? Welchen Anteil hattest du noch an meinem Leben? Was hat es dich interessiert? Du hast meinen achtzehnten Geburtstag sausen lassen, weil ich nicht in dem Club feiern wollte, in dem Marc auftritt, und du an diesem Abend unbedingt bei ihm sein wolltest. Wie bei jedem verflixten Auftritt dieses selbstverliebten Arschlochs, für das du dein ganzes Leben an den Nagel gehängt hast. Du musst Zimmer putzen in einem Boutique-Hotel? Prima! Vielleicht wachst du dabei ja endlich auf. Bedauern kann ich dich jedenfalls nicht. Das Einzige, was ich bedauere, ist, wie die Dinge gelaufen sind und was aus unserer Freundschaft geworden ist. Du hast uns beide und all die Jahre mit Füßen getreten für einen Scheißkerl. Das war wirklich hart für mich. Das kann ich noch immer nicht glauben, aber nun ja. Es ist, wie es ist. Viel Erfolg, wo auch immer du bist.*

Jeder Satz ist wie ein Schlag ins Gesicht und wie ein Stoß vor die Brust, der einen zurücktaumeln lässt. Livis Kälte erschreckt mich. Wieso sieht sie nur ihre Seite, nicht auch nur ein bisschen meine? Wieso versteht sie mich so gar nicht mehr?

Mit zittrigen Händen tippe ich eine Antwort an sie und versuche, ihr meine Situation noch besser zu verdeutlichen. Ein zusammenhangloses Gebrabbel wird das. Angewidert von den Sätzen, die alle mit »Ich« beginnen, lösche ich den ganzen Mist und suche nach einem neuen Anfang, aber mir fällt keiner ein. Traurig lege ich das Handy weg. Tränen prickeln in meinen Augen.

Komm schon, heul doch!, ächzt mein Stolz. *Spring in deinen Pool, randvoll mit Selbstmitleid, und nimm ein ausgiebiges Bad. Danach geht es dir ganz bestimmt besser.*

Leise fluchend stehe ich auf und gehe in die Küche zu Lina. Sie bereitet ein schnelles Abendessen vor und fragt mich, ob ich ihr helfen möchte. Mühevoll verdränge ich die Erinnerung an Livis Nachricht.

Es gibt in der Pfanne gebratene Käsesandwiches. Das Brutzeln der Brotscheiben in der Butter mischt sich mit der Musik aus dem mexikanischen Onlinesender, den Lina immer hört.

In einer Viertelstunde ist alles fertig, und wir setzen uns auf die Terrasse. Lina trinkt Rotwein zum Essen, für mich gibt es wieder einmal Saftschorle.

»Wie war das Wochenende mit deinem Freund?«, fragt sie. »Hattet ihr eine gute Zeit?«

»War ganz okay«, gebe ich zurück und denke, dass ich damit genug Unwillen, darüber zu sprechen, demonstriere.

Lina hakt trotzdem weiter nach: »Wie lange macht er denn schon Musik?«

»Ein paar Jahre.«

»Und wie lange seid ihr zusammen?«

Ich nehme einen großen Bissen vom Sandwich. Fürs Kauen

lasse ich mir jede Menge Zeit. Lina isst auch, schaut mich dabei aber abwartend an.

»Wir kennen uns seit einem Jahr«, sage ich, als mein Mund leer ist. »Marc ist nicht mein fester Freund«, murmele ich dann hinterher und ärgere mich prompt darüber.

»Oh!« Lina ist überrascht. »Also seid ihr … Kumpels?«

»So was in der Art.«

Sie grinst. »Freundschaft mit Benefits, was?« Ein weiteres Mal beißt sie ab und zwinkert mir vergnügt zu. »Kann ja auch ganz schön sein, wenn sich keiner von beiden mehr erhofft.«

Mit ihrem Statement weckt sie meine Neugier.

»Klingt, als würdest du dich auskennen. Hattest du schon mal eine Freundschaft Plus?«

Lina nickt und trinkt einen Schluck Wein.

»Freiwillig? Und warst du auf Dauer zufrieden damit?«

»Auf Dauer …« Sie schätzt das kopfwiegend ab. »Eine solche Beziehung ist nicht für die Dauer. Prinzipiell ist es gar keine Freundschaft, sondern eher eine Art Unterleibsinteressengemeinschaft.«

Ich muss lachen. »Das ist ein witziges Wort.«

»Fiel mir gerade ein. Aber das trifft es doch, oder nicht? Es gibt keine Schmetterlinge im Bauch, es gibt keine anderen gemeinsamen Interessen außer dem Sex. Jeder macht sein Ding und geht keine Verbindlichkeiten gegenüber dem anderen ein. Man feiert keine Erfolge zusammen, tröstet einander nicht bei Misserfolgen, man bespricht keine Probleme, geht bei einer Erkältung ohne schlechtes Gewissen auf Distanz, um sich nicht anzustecken.« Sie zuckt mit den Schultern. »Man trifft sich abends zum Essen oder auf ein paar Drinks und landet später im Bett. Manchmal schläft man nebeneinander ein, weil man zu faul ist, wieder aufzustehen. Andere Male findet jeder in sein eigenes Bett.«

Irgendein Unbehagen packt mich. Diese Art Beziehung, die Lina da beschreibt, gefällt mir nicht, und so ist es nicht zwischen Marc und mir.

»Marc und ich sind Freunde. Wir haben nicht nur Sex. Und wenn ich ihn sehe, dann habe ich …« Sind das Schmetterlinge?

»Du willst mehr von ihm, oder?«

»Ich weiß nicht …«, antworte ich zögernd. »Anfangs wollte ich mehr. Dann hatte er etwas mit einer anderen, und ich habe eifersüchtig reagiert. Er selbst möchte auch nicht, dass ich mit anderen schlafe, aber er hat von Anfang an klargemacht, dass er gerade nichts Festes will. Er muss sich auf seine Musik konzentrieren. Das kann ich verstehen. Es ist okay für mich.«

»Hm.« Lina bedenkt das einen Moment. »Das Exklusiver-Sex-Ding ist ein Kompromiss, den viele in so einer Verbindung eingehen. Das bedeutet aber nicht, dass man auch Gefühle füreinander hat und diese vertiefen möchte.«

Während ich darüber nachdenke, erscheint es mir plötzlich merkwürdig, skurril sogar, mit Lina über dieses Thema zu sprechen. Sie ist ja meine Vorgesetzte und mehr als zehn Jahre älter als ich. Meine Mutter könnte sie zwar nicht sein, aber sie ist auch zu alt, als dass ich sie als Freundin bezeichnen würde. Dennoch tut es einfach gut, mit ihr zu reden.

Mir fällt etwas ein: »Wusstest du von Noah, dass Marc hier ist?«

Sie nickt. »Wir haben über deine Arbeit gesprochen und

dass alles inzwischen so viel besser ist. Dabei hat Noah von deinen Tauchfortschritten erzählt.«

»Was hatte Marc damit zu tun?«

Meine Frage scheint Lina zu wundern. Sie kräuselt die Stirn, antwortet mir dann aber: »Ich wollte wissen, wann ihr wieder aufs Meer fahrt. Noah meinte zuerst, dass ihr das am Samstag tun würdet, korrigierte sich dann aber auf Sonntag, weil dein Freund wegen des Gigs im Gulf in Orange Beach ist.«

Das klingt schlüssig. Für mich selbst hake ich das gesamte Thema ab, doch Lina betrachtet mich weiter skeptisch.

»Jetzt verstehe ich, glaube ich …«, sagt sie nach einer kleinen Weile.

»Was verstehst du?«

»Du stellst deine Freundschaft Plus mit Marc gerade infrage, und ein Grund dafür ist Noah. Du magst ihn, stimmt's?«

Mit dem Schreck schießt mir Hitze in die Wangen. Es ist total peinlich, dass sie das denkt.

»Noah ist ganz okay«, beeile ich mich zu sagen. »Aber nicht mehr. Es ist nett von ihm, dass er mir das Tauchen beibringt, doch das war's auch. Außerdem hab ich schon von der perfekten Cleo gehört. Die Männer anderer Frauen sind von vornherein uninteressant. So was gibt nur Ärger, auf den ich verzichten kann, und …«

Lina grinst. »Und ob du ihn magst.«

»Totaler Blödsinn«, knurre ich inzwischen verärgert. »Ich hoffe, du verbreitest das nicht.«

»Keine Sorge«, säuselt Lina, noch immer amüsiert. »Ich schweige darüber wie ein Grab. Und du hast recht, Cleo ist wirklich ein gutes Argument, auf emotionalem Abstand zu Noah zu bleiben.«

* * *

In meinem Traum spazieren Marc und ich weiter am Ufer der Golfküste entlang. Die Sonne ist noch nicht ganz untergegangen und taucht den Strand in warmes oranges Licht. Kleine Wellen umspülen meine Füße, und der Wind fährt sanft unter die Lagen meines Kleides, bringt den Saum zum Flattern. Wir lassen die Bettenburgen hinter uns, bald auch die Ferienhäuser. Marc nimmt meine Hand; seine Finger kraulen meinen Handballen und verraten, dass er nervös ist. Als ich ihm einen Blick zuwerfe, bleibt er stehen.

»Lass es uns tun«, murmelt er. »Jetzt, hier. Ich halte es echt nicht länger aus, Jazz. Wohin sollen wir denn noch laufen?«

Ohne meine Antwort abzuwarten, zieht er mich an sich, doch ich lache und gebe ihm einen Schubs, der ihn zurückstolpern lässt. Während er auf den Hintern in den Sand fällt, laufe ich los. Ich bin eine gute Läuferin, habe einige Medaillen für meine Highschool geholt, früher, bevor ich Marc kennenlernte. Um schnell voranzukommen, bleibe ich auf dem nassen Sand, wo der Grund härter ist. Muscheln und Steine piken in meine Fußsohlen, doch das stört mich nicht. Als ich einen Blick über die Schulter werfe, sehe ich, dass Marc dicht hinter mir ist. Der Ärger in seiner Miene stachelt mich an, treibt mich noch schneller voran und sorgt für ein Kribbeln in meiner Brust. Soll er sich anstrengen, wenn er mich schnappen will.

Das tut er offenbar. Ich höre seine Schritte, seinen Atem,

schließlich packt er mich am Arm, stoppt mich und wirbelt mich zu sich herum. Einen Augenblick stehen wir uns gegenüber, schwer atmend, dann zieht er mich in seine Arme und presst seinen Mund hart auf meinen. Ich lasse meine Schuhe fallen, lege meine Arme um seinen Hals und schmiege mich an ihn. Ineinander verschlungen, taumeln wir ein Stück ins Wasser, ich stolpere und falle. Marc fängt mich nicht, im Gegenteil. Er lässt sich mit mir fallen, drückt mich mit einem neuen Kuss ins Wasser. Es umspült mich, durchnässt die Rückseite meines Kleides. Wenig später trage ich es nicht mehr, und auch Marc hat sich ausgezogen. Nackt stützt er sich über mir auf, zieht mir den Slip aus und bringt sein Becken zwischen meine Beine. Ich stöhne und kralle die Finger in seine Seiten, als er in mich eindringt.

»Wer hat gleich gesagt, dass es am Strand keinen Spaß macht?«, murmelt er heiser an meinem Ohr und beißt sachte in meinen Hals.

Ich schließe die Augen, um zu genießen, wie tief er in mir ist, wieder und wieder, beuge den Rücken durch und halte ihn. Er fühlt sich vertraut an, riecht vertraut, seine Küsse schmecken vertraut. Alles an ihm ist vertraut. Ganz plötzlich – fremd. Die Unruhe, die mich packt, verdrängt die Lust zwar nicht, aber sie stört. Ich wage es nicht, die Augen zu öffnen, behalte sie geschlossen und streiche über seinen Oberkörper, der sich anders anfühlt, fester und muskulöser. Auch der Rhythmus, in dem er sich in mir bewegt, ist anders. Er ist langsamer als eben noch und bleibt länger in mir, als wolle er mich ein bisschen quälen und die leisen Schreie, die ich von mir gebe, absichtlich provozieren.

Ich muss die Augen öffnen, befehle es mir im Stillen und blinzele durch die Wimpern. Statt Marcs glatter, makelloser Haut sehe ich ineinander verschlungene schwarze Tribals. Statt der blonden Strähnen dunkle Locken. Die Augen, die mich anschauen, sind nicht braun, sondern graublau.

»Noah!«, keuche ich, da dringt er ein weiteres Mal tief in mich.

Der Schreck holt mich aus dem Schlaf. Wie gelähmt liege ich im Bett und starre durch das Dunkel an die Decke. Mein Herz rast.

»Noah!«, flüstere ich noch einmal und spüre nach, wie sich der Name anfühlt, als er über meine Lippen fliegt.

Kapitel 10

Meine Mutter hat angerufen. Das Telefon hat geklingelt, während ich mich für den Tauchausflug umgezogen habe. Ich hatte nicht viel Zeit, normalerweise wäre ich nicht rangegangen. Ich weiß nicht, wieso ich es diesmal gemacht habe. Ich wünschte, ich hätte diesen Anruf wie die anderen und wie die meisten Nachrichten ignoriert. Dann ginge es mir jetzt besser.

»Bist du so weit?«, fragt Noah, als er zu mir an den Bootsrand kommt.

Ich nicke. »Ich würde gern mal diese Rolle versuchen.«

»Klar, das ist nicht so schwer.« Er dreht sich mit dem Rücken zum Ozean, hockt sich an die Kante und überkreuzt die Arme vor der Brust. »Schau einfach noch mal zu.« Er senkt das Kinn auf die Brust, legt eine Hand vor die Brille und lässt sich fallen. Ich beobachte, wie er ins Wasser ein- und wieder auftaucht. Er schaut zu mir hoch.

»Du musst nicht mehr tun, als dem Gewicht der Scuba nachzugeben und dich fallen zu lassen. Durch deine Körperhaltung rollst du praktisch von allein.«

»Okay«, murmele ich mehr zu mir selbst, drehe mich dann um und hocke mich rückwärts an die Kante.

Konzentrier dich!, befehle ich mir selbst, als ich die Arme überkreuze, weil mein Geist nicht bei mir ist. Immer wieder führt er mich in mein Zimmer bei Lina und zeigt mir, wie ich das Telefon weglege, statt den Anruf meiner Mutter anzunehmen. Ein Kloß quillt in meinem Hals auf, als ich mich an den Klang ihrer Stimme erinnere – und an den Klang meiner Stimme.

Das Gewicht der Scuba zieht mich. Wie Noah gesagt hat, gebe ich ihm nach. Ich falle, drehe mich im Fall und platsche ins Wasser. Das war wirklich leichter als gedacht.

Noah und ich lassen uns absinken. Er ist nahe vor mir und verlangt den Blickkontakt. Den habe ich bisher vermieden, und jetzt fällt es mir schwer, ihn so lange anzusehen. Unsere Diskussion am Montag fällt mir dabei ein, dann das Gespräch mit Lina, dann der Traum, der mich auch an Marc denken lässt. Es ist zu viel, viel zu viel. Ich will nicht mehr nachdenken. Ich will die Augen schließen und sinken.

Als Noah sich in die Waagerechte dreht und neben mich schwimmt, bin ich erleichtert. Im Augenwinkel sehe ich, dass er mir seine Hand hinhält, doch ich tue so, als würde ich es nicht bemerken, und paddele ein bisschen kräftiger, um ein Stück vor ihm zu schwimmen. Im Dunst unter uns zeigt sich der Umriss des ersten der drei Schiffswracks, die Noah auf der Bootsfahrt angekündigt hat. Es handelt sich um einen an die einhundert Meter langen Frachter, der im Zweiten Weltkrieg eingesetzt wurde. Zuerst wirkt das Wrack unheimlich auf mich, mit den aufragenden Masten, der von Algen überzogenen Reling und dem von Löchern zerfressenen Deck. Das ändert sich, als Noah und ich von einem Fischschwarm eingeholt werden. Sie sausen um uns herum und verschwinden im Bauch des Wracks. Zwei große Red Snapper begegnen uns gleich darauf. Wir sind ihnen egal. Wir sind nur ein paar weitere Taucher, die kommen und gucken und wieder verschwinden.

Ich hebe den Kopf, schaue hinauf zur im Licht schillernden Wasseroberfläche, höre auf zu paddeln, drehe die Hände nach oben und lasse mich treiben, nur für einen Moment.

* * *

»Du bist ziemlich still heute«, sagt Noah, als wir wieder an Deck sitzen. Musik vermischt sich mit dem Rauschen der Wellen. Noahs Musik, Drums und Gitarren, harte Stimmen, aber doch irgendwie schöne Melodien. Beinahe habe ich mich daran gewöhnt.

Noah hat sich ein Sandwich genommen und nickt zur Box mit den restlichen. »Keinen Hunger?«

»Gerade nicht, danke«, gebe ich zurück und versuche es mit einem Lächeln.

Er betrachtet mich nachdenklich. »Alles gut?«

Ich wende den Blick ab, schaue über die schier endlos blaue Flut hinter dem Bootsrand.

»Ja, ich bin nur …« Was bin ich? Gerade ein Haufen Elend. »Ich weiß nicht.«

»Vermisst du deinen Freund?«

Mein »Nein!« kommt schneller und schärfer, als ich will. Das Wort rutscht einfach so über meine Lippen.

»Okay …« Noahs Grübeln hängt bleischwer zwischen uns.

Ich wünschte, er würde aufhören, sein Sandwich essen und mich in Ruhe lassen.

»Ist es wegen vorgestern? Dieses Gespräch im Zimmer. Ich …«

Mit einem »Kein Thema« schneide ich ihm das Wort ab.

Daran möchte ich jetzt am allerwenigsten denken und absolut nicht darüber sprechen. Damit er meine Stimmung nicht weiter auf sich bezieht, sage ich ihm, was mich wurmt: »Ich habe mit meiner Mutter telefoniert, bevor du mich abgeholt hast. Das Gespräch beschäftigt mich einfach ein bisschen. Sonst nichts.«

Sein zweites »Okay …« und dass sein Blick auf mir klebt, machen mich wahnsinnig. »Ist etwas passiert?«, fragt er dann auch noch.

»Nein! Es ist nichts.« Mehr verzweifelt als verärgert sehe ich ihn an und spüre, wie Tränen in meine Augen schießen. »Sie hat erzählt und erzählt, vom Ärger mit der Buchhaltung, von einer Veranstaltung, auf der sie und Dad waren, von einer Bedienung, die sie entlassen mussten, weil sie sich auf der Toilette Koks in die Nase gezogen hat, vom Ärger mit einem Lieferanten … sie hat einfach erzählt.«

Noah versteht nicht, warum mich das in die Stimmung versetzt, in der ich festhänge. Das könnte ich auch nicht an seiner Stelle.

»Also hat sie nur von ihren Problemen gesprochen, sich nicht erkundigt, wie es dir geht«, schlussfolgert er.

»Doch«, gebe ich zurück.

»Aber nicht interessiert genug?«

»Doch.«

Ratlos sieht er mich an.

Ich ringe mit mir und verfluche mich einmal mehr, weil ich das Telefonat angenommen habe. Abermals weiche ich Noahs Blick aus und schaue über den Ozean. Dann prasselt alles aus mir heraus.

»Dass ich ihnen fehle, ihr und Dad. Das hat sie gesagt. Und ich habe nicht darauf reagiert. Ich bin still geblieben. Dann hat sie wissen wollen, wie es mir geht, und ich habe ihr gesagt, dass alles super ist. Ob ich Heimweh habe, hat sie gefragt, und ich habe es verneint. Ich wusste, dass ich sie damit verletze. Ich wollte sie verletzen. Dass es mir gelungen ist, habe ich an ihrer Stimme gehört. Ob ich sie nicht wenigstens ein bisschen vermisse, das war ihre letzte Frage. Ich habe ihr geantwortet, dass ich niemanden vermisse, kein bisschen.«

Tränen platschen auf meine Oberschenkel. Ich komme mit dem Wegwischen nicht hinterher. Noah steht auf und geht weg. Zuerst denke ich, dass er das Boot startklar macht, doch dann kommt er zurück und hält eine Kleenex-Box in mein verschleiertes Sichtfeld. Ich zupfe ein Taschentuch heraus, putze mir die Nase, muss aber nur noch mehr heulen.

»Du bist traurig, weil du ihr nicht gesagt hast, wie es wirklich ist«, höre ich von ihm, »dass du Heimweh hast, dass du sie vermisst.«

Ich kann nicht antworten, bringe kein Wort heraus.

»Na ja …« Er setzt sich wieder mir gegenüber. »Jetzt weinst du. Schlimm wäre es, wenn es dir egal wäre.«

»Ich wollte ihr wehtun …«

»Ja, und du hast damit auch dir selbst wehgetan. Eigentlich wolltest du ihr sagen, dass du sie vermisst.«

»Ich konnte es aber nicht«, schniefe ich und stehe auf, ohne zu wissen, wohin ich will. Am liebsten möchte ich zurück unter Wasser. Dort war es gerade noch still in mir.

Vor der Reling verschränke ich meine Arme und halte das

Gesicht in den Wind. »Ich bin so eine …«, murmele ich und krümme mich vor dem Gefühl der Verachtung.

Als Noah an meine Seite tritt, straffe ich die Schultern wieder.

»So eine was?«

Ich schüttele den Kopf. Tausend Begriffe fallen mir ein … Zicke, Giftspritze, Biest, arrogantes Miststück, blöde Gans …

»Ich bin die schlimmste Tochter, die man sich nur vorstellen kann …«

»Hey, jetzt übertreib nicht.« Noah legt eine Hand an meinen Rücken.

»Aber sie vermisst mich trotzdem.«

»Klar tut sie das. Sie ist schließlich deine Mutter.«

»Ich würde mich hassen, an ihrer Stelle.«

»An dem Punkt kannst du ansetzen.« Sachte streicht er über meinen Rücken, auf und ab.

Verwundert sehe ich ihn an, und jetzt ist mir auch egal, wie verheult ich aussehe. »Wie meinst du das?«

»Wenn du dich hassen würdest, an ihrer Stelle, dann ist dir klar, wofür du dich hassen würdest. Du kennst die Gründe. Du kannst sie also auch abstellen.«

Ich kenne die Gründe, natürlich. Aber sie abzustellen ist wie ein Sprung über meinen Schatten. Einerseits widert mich der Gedanke an, dass ich es meinen Eltern damit recht machen würde. Ich bin ja sogar zu stolz, zuzugeben, dass sie mir fehlen, dass ich sie liebe. Andererseits weiß ich, dass ich mir selbst im Weg stehe.

Noah dreht sich mit dem Rücken zur Reling, um mich besser ansehen zu können, und schiebt die Hände in die Taschen seiner Shorts.

»Was hast du eigentlich angestellt, dass sie dir diese Strafarbeit aufgebrummt haben?«

»Verschiedene Dinge«, murmele ich.

»Was genau? Drogenkram?«

Schnell schüttele ich den Kopf. »Das nicht.« Ratlos, wo ich beginnen soll, ziehe ich die Schultern hoch und lasse sie wieder sinken. »Aber ich habe ziemlich oft ziemlich viel getrunken«, beginne ich schließlich. »Ich hab kein Ende gefunden, auf den Partys, wollte nicht weg. Ich war ja froh, dass ich überhaupt dabei sein konnte.«

»Was für Partys?«

»Marcs Partys, Partys von Marcs Freunden, Partys nach Gigs, alle möglichen Partys. Irgendwo findet immer was statt in Montys Musikszene.«

Mit einem »Hm!« bedenkt Noah meine Worte.

»Das waren die Nächte«, erzähle ich weiter. »Die Tage habe ich mit Marc im Studio verbracht oder bei ihm zu Hause, den Rausch ausschlafen. Die Schule ging mir nur noch auf den Geist, die Leute dort auch.«

»Also bis du nicht mehr hingegangen?«

»Zuerst nicht mehr regelmäßig, dann gar nicht mehr. Wenn es Marc und mir einfiel, sind wir zum Shopping nach New York geflogen oder für einen Kurzurlaub auf die Bahamas. Nach einer Party sind wir oft auch einfach nur in einem Luxushotel abgestiegen und haben uns morgens um vier das Champagnerfrühstück aufs Zimmer bestellt.«

»Hat Marc das alles bezahlt?«

»Ich habe meinen Part immer selbst bezahlt.« Mit einem Schaudern erinnere ich mich, mit welcher Gleichgültigkeit ich die Kreditkarte gezückt habe. »Bevor ich ihn kannte, habe ich in einem der Steakhäuser meiner Eltern als Platzanweiserin gejobbt.«

»Als Chef de Rang?«, wundert sich Noah. »Braucht es dazu nicht eine abgeschlossene Ausbildung?«

»Servus-Tante hab ich immer dazu gesagt, das trifft es eher. Aber Hand aufs Herz, für deine Position im Roomer's ist eine abgeschlossene Ausbildung doch auch Voraussetzung, oder irre ich mich?«

»Punkt für dich.« Noah lacht, ohne amüsiert zu sein. »Jedenfalls haben sie dich gut bezahlt.«

»Sie haben mich nicht direkt bezahlt, sondern mir eine Kreditkarte gegeben, mit der ich kaufen konnte, was ich wollte. Früher waren das hauptsächlich Klamotten und Kosmetik, Konzerttickets. All so was halt.«

»Und mit Marc waren es Reisen ... ohne dass du noch gearbeitet hast, nehme ich an.«

Ich wünschte, ich könnte Noah etwas anderes sagen. Kann ich leider nicht, ohne zu lügen.

»Dafür hatte ich keine Zeit mehr. Ich hätte die Partys versäumt.«

»Ich verstehe nicht, wieso deine Eltern deine Karte nicht sofort eingezogen haben. Geld gegen Leistung, so funktioniert unsere Gesellschaft nun einmal.«

»Als sie es versucht haben, bin ich abgehauen und eine ganze Woche weggeblieben, bis mich meine Mutter angefleht hat, nach Hause zu kommen.«

»Danach hast du gerade so weitergemacht wie vorher?«

»Ich wollte mir keine Vorschriften machen lassen.«

Noah nickt, als würde er verstehen. Dass er es nicht kann oder will, zeigen seine nächsten Worte: »Mein Vater hätte mich vor die Tür gesetzt, ohne mit der Wimper zu zucken. So lange, bis ich zur Vernunft komme. Aber wenn Weglaufen dein Druckmittel war, wieso bist du nicht wieder abgehauen? Wieso hast du dich überhaupt eingelassen auf die Arbeit im Roomer's?«

Wegen des Knalls, antworte ich mir zuerst im Stillen und erzähle es dann Noah: »Mit der Nachricht von der Highschool, dass ich nicht für die Abschlussprüfungen zugelassen werde, änderten sich die Dinge. Meine Eltern sind durchgedreht, und ich war geschockt.«

»Hast du wirklich erwartet, die Prüfungen machen zu können, obwohl du die meiste Zeit durch Abwesenheit geglänzt hast?«

Mein Geist driftet zurück zu diesem Tag, doch weil das damit einhergehende Gefühl unerträglich ist, zerre ich ihn wieder ins Jetzt.

»Ich hab nicht darüber nachgedacht«, mache ich mir selbst bewusst. »Die Schule war eines von vielen Dingen, die ich ausgeblendet habe.«

Noah zieht einen Mundwinkel hoch und lächelt schief. »Wenn ich das alles so höre … du hast schon irgendwie recht.«

»Womit?«

»Du bist die schlimmste Tochter, die man sich vorstellen kann.« Er lacht leise. »Ein echter Albtraum.«

Seine Worte treffen mich. Beleidigt wende ich mich ab und schlucke neue Tränen, dabei waren die alten gerade getrocknet. Als er eine Hand auf meine Schulter legt, versteife ich mich und sehe stur über das Wasser.

»Hey, das war ein Spaß«, murmelt er. »Das wird schon. Du bist auf dem besten Weg, dein Leben wieder in den Griff zu bekommen.«

Ich verziehe den Mund und versuche erst einmal, mich für den Moment in den Griff zu bekommen. Noah nimmt seine Hand weg. Er sieht mich weiter an, ich meide seinen Blick beharrlich. Unser Schweigen scheint die Musik lauter zu machen. Die Stimme ist sanft, die Melodie weich, zumindest bis zum Chorus, der hart ist und dröhnt. Die Worte ähneln denen der Strophe: Sie sind schwer, vorwurfsvoll, verzweifelt. Es geht um Drogenmissbrauch, um Ignoranz, um Einsicht.

»Wer singt das?«, frage ich, schon wieder weinend.

»*Blue October*«, antwortet Noah. »Der Song ist schon einige Jahre alt. *Hate me,* heißt er. Der Leadsänger hat ihn für seine Mutter geschrieben.«

Das wird dann wohl der erste Rocksong, den ich auf meine Playlist packe, denke ich noch, da spüre ich Noahs Hand abermals. Nicht auf meiner Schulter diesmal, sondern an meiner Taille.

»Hey …«, murmelt er, und ehe ich mich's versehe, umarmt er mich. »Das wird alles.«

Zögernd, innerlich bebend, schließe ich meine Arme um ihn. Sein Körper ist warm und fest. Als ich meine Stirn an Noahs Schulter lege, fühle ich, wie er durchatmet, und tue es auch. Das Beben in mir wird stärker. Es verwandelt sich in ein Zittern, in ein Flattern wie von Libellen, kleinen Hubschraubern.

Ich will mich von ihm lösen, kann jedoch nicht und halte ihn weiter, bis er mich freigibt. Nicht ganz aber. Ein Frösteln rauscht über meine Haut, als seine Hände von meinem Rücken zu meinen Armen wandern, zu meinen Händen dann, über meine Finger. Wie widerwillig lässt er sie gehen. Sein Blick ruht in meinem und beschert mir ein zweites Frösteln. Wenn ich es nicht besser wüsste, würde ich behaupten, dass Noah kurz davor ist, mich zu küssen. Aber das wird er nicht tun. Kein zweites Mal.

Er blinzelt und grinst.

»Jetzt, wo du das alles los bist«, sagt er, »hast du vielleicht Hunger? Da warten noch drei Sandwiches, lecker, mit Hähnchen und Avocado, aus der grandiosen Roomer's-Küche.«

Ich zwinge mein eigenes Grinsen auf meine Lippen. »Alle drei schaffe ich aber nicht.«

»Schon okay. Eins oder zwei werde ich noch verdrücken.«

Noah geht zur Sitzecke. Ich folge ihm.

Während des Essens wird mir bewusst, was ich ihm gerade alles gebeichtet habe. Eigentlich sollte mich jetzt ein Gefühl von Scham plagen. All den Kram habe ich schließlich niemandem erzählt, der mich dafür bewundert, dass ich einfach mein Ding durchgezogen habe, ohne nach links oder rechts zu schauen, ohne einen Gedanken an die Zukunft zu verschwenden. Ich habe es Noah erzählt, und zwar in dem Bewusstsein, dass er so eine Lebenseinstellung verurteilt. Aber ich schäme mich nicht, denn er verurteilt mich nicht. Vor ein paar Wochen noch wäre er der letzte Mensch auf Erden gewesen, dem ich mich anvertraut hätte, wie ich das vergangene Jahr verbracht habe.

»Ruf deine Mutter an, wenn du zu Hause bist«, sagt er mir jetzt.

Ich sehe vom halb aufgefutterten Sandwich auf. »Ich weiß nicht, ob ich das heute schon schaffe.«

»Das schaffst du«, beharrt er. »Wenn nicht heute, dann morgen. Du musst ja nicht sentimental werden. Erzähl ihr irgendwas. Vom Tauchen, meinetwegen. Sprich einfach mit ihr. Das ist ganz sicher ein Schritt in die richtige Richtung.«

Keine Sekunde bezweifle ich, dass er damit recht hat. Es klingt nur viel leichter, als es ist. Indem ich Mom vorhin so verletzt habe, habe ich es noch schwerer gemacht.

Kapitel 11

Aufgeregt begleite ich Lina über den Flur und die Treppe hinunter zu den Büros. Sie hat mich aus Zimmer fünf geholt, dem vorletzten für heute, weil Jeff Roomer mit mir sprechen möchte. Eigentlich habe ich dafür keine Zeit, denn es ist gleich fünfzehn Uhr, und die ersten Wochenendgäste reisen an, aber dem Chef des Roomer's ist meine Zeit sicherlich herzlich egal. Seit meiner Ankunft habe ich kaum ein Wort mit ihm gewechselt.

Jetzt weist er mich mit einer höflichen Geste an, auf der anderen Seite seines Schreibtisches Platz zu nehmen, und schenkt mir ein distanziertes Lächeln. Lina setzt sich auf den Stuhl neben meinem.

»Ihr erster Monat bei uns ist nun bald um, Miss Lawrence«, sagt er. »Ich hoffe, Sie haben sich gut eingelebt.«

Ist das eine Frage? Er wartet.

»Ja, danke«, antworte ich.

»Schön. Miss Estralàs hat mir berichtet, dass Sie Ihre Arbeit nach anfänglichen Schwierigkeiten zu aller Zufriedenheit erledigen. Sie sind freundlich zu den Gästen, verstehen sich mit dem übrigen Personal. Das ist alles recht erfreulich.«

»Ja«, entgegne ich nur, weil mir nichts anderes einfällt.

»Mein Sohn bildet Sie außerdem zur Tauchlehrerassistentin aus. Fühlen Sie sich wohl dabei? Tauchen ist nicht jedermanns Sache. Sie müssen das nicht tun, wenn es Ihnen nicht behagt.«

»Nein, nein, es macht Spaß«, beeile ich mich zu sagen und sortiere meine Gedanken.

Dass ich Noahs Assistentin werden könnte, war bislang lediglich eine Rechtfertigung gegenüber Marc. Noah hat das mir gegenüber bis jetzt nicht erwähnt. Ich frage mich, ob er wirklich plant, mich an seiner Seite bei den Tauchausflügen mit den Hotelgästen einzusetzen, oder ob diese Erklärung nur seinem Vater gegenüber herhalten muss.

»Gut, sehr schön. Spaß bei der Arbeit zu haben, ist wichtig.« Jeff Roomers Blick wandert von mir zu Lina. »Haben Sie noch Anmerkungen, Verbesserungsvorschläge für Miss Lawrences Arbeit in den Zimmern?«

Im Augenwinkel sehe ich, wie Lina den Kopf schüttelt. »Nein, ich bin zufrieden. Sie arbeitet gründlich und zügig. Auch an den langen Tagen schafft sie alles in der vorgegebenen Zeit.«

Das stimmt nicht ganz. Ich müsste um siebzehn Uhr fertig sein, bin es aber immer erst eine Stunde später. Dass Lina das für sich behält, bringt ihr einen Pluspunkt ein. Einen von vielen, die sie in letzter Zeit gesammelt hat.

»Erfreulich.« Jeff Roomer schaut wieder zu mir. »Nun, Miss Lawrence. Aufgrund Ihrer positiven Entwicklung werde ich Ihren Wochenlohn ab nächster Woche um fünfzig Dollar erhöhen.«

Wow, eine Erhöhung von fast einem Dollar pro Stunde. Ich werde hier noch reich.

»Danke«, gebe ich zurück. »Dann kann ich jetzt ja ab und zu ein Eis essen gehen.«

Jeff Roomer mustert mich augenscheinlich verwirrt. Als Lina lacht, lacht er aber mit.

»War ein Scherz«, sage ich mit einem Schmunzeln. »Ich freu mich echt. Vielen Dank.«

»Danke Ihnen für Ihre gute Arbeit.«

Er steht auf, was offenbar bedeutet, dass unser Gespräch beendet ist. Mit einem kräftigen Händedruck verabschiedet er mich. Lina bleibt in seinem Büro. Ich eile zurück zu Nummer fünf, dessen Bett ich bereits frisch und faltenfrei und akkurat bezogen habe. Auch das Bad ist fertig. Nur durchwischen muss ich noch. Ich betrete das Zimmer und will mir den Wischmopp schnappen.

Noah lehnt an der Wand zwischen den Fenstern. Er hat die Hände in die Taschen seiner grauen Hose geschoben und scheint schon im Feierabendmodus zu sein, denn Jackett und Krawatte hat er nicht an, nur Hemd und Weste.

»Ich bin …«, stammele ich. »Ich war bei deinem Vater. Er wollte mit mir sprechen. Deshalb bin ich hier noch nicht …«

»Ich weiß«, unterbricht er mich und grinst. »Alles gut.«

Erleichtert atme ich durch. »Meine Güte, ich dachte schon, du wolltest mich schon wieder runterputzen.«

Sein Grinsen wird breiter. »Du bekommst so einen Schreck, nur weil ich hier bin?«

»Na ja, bisher war deine Anwesenheit auf einem Zimmer immer ein böses Omen.«

»Ich gelobe Besserung.«

Verwirrt krame ich in meinem Hirn nach einer Erklärung und frage dann einfach. »Warum bist du hier? Willst du mir beim Putzen zugucken?«

»Quatsch!« Er schüttelt den Kopf. »Ich wollte schauen, wie's dir geht. Du warst vorgestern ziemlich durch den Wind.«

Es flattert im Bauch. Die Libellen. Sie starten und fliegen eifrigen Flügelschlags hinauf in die Brust, in der sich ein warmes Gefühl ausbreitet.

Er will bloß nett sein, Jazz!, ruft meine Vernunft. *Nicht überbewerten!*

»Ähm, ja … Ganz gut«, stottere ich und weiß plötzlich weder, wie ich stehen, noch, wohin ich schauen soll. Von Noah huscht mein Blick über die Wände, aus dem Fenster, über das Bett, um wieder bei ihm zu landen. »Ich hab noch nicht mit meiner Mom telefoniert, falls du das wissen willst.«

»Du machst das schon«, sagt Noah. »Grübel nicht so viel, das bringt echt nichts. Damit denkst du dir bestimmte Situationen nur schlimmer, als sie eigentlich sind.«

Hör auf, Noah!, flehe ich im Stillen. *Sei nicht so nett.*

Das Flattern in der Brust wird heftiger.

»Ich grübele nicht«, bringe ich hervor.

»Na dann …« Noah löst sich von der Wand und geht zur offenen Tür. Genau genommen geht er zu mir, weil ich vor der Tür stehe.

Beweg dich zur Seite!, tönt meine Vernunft abermals, aber ich verharre da wie angewurzelt.

»Wir sehen uns«, sagt Noah, als er bei mir ist und davon ausgeht, dass ich ihm Platz mache. Das wäre absolut logisch. Leider wurde meiner Logik das Licht ausgeknipst, und ich rühre mich keinen Zentimeter. Wir stehen viel zu nah voreinander. Ich starre Noah an, Noah starrt mich an. Er ist irritiert, ich bin durcheinander. Ein verlegenes Lächeln huscht über seine Lippen, und er will etwas sagen, kommt aber nicht dazu, weil ich mich auf die Zehenspitzen stelle und ihn küsse.

Was tust du, Jazz?!, kreischt meine Vernunft, und ich erschrecke, als mir klar wird, dass mein Mund tatsächlich Noahs Mund berührt. Seine Lippen sind weich, aber reglos. Er küsst mich nicht zurück. Gerade will ich diesen Irrsinn aufgeben und mich entschuldigen, irgendwie, da passiert das Unglaubliche: Zaghaft, ganz sachte erwidert Noah meinen Kuss und sorgt dafür, dass etwas in mir explodiert. Die Libellen spielen vollkommen verrückt und schwirren wie betrunken gegen mein Herz, wieder und wieder.

Ich unterbreche den Kuss, öffne die Augen und sehe Noah kurz an. Das Graublau seiner Augen ist dunkler als eben, doch sein Blick ist nicht weniger irritiert. Ich halte ihm nicht stand, halte seine Nähe auch nicht mehr aus und zwänge mich an ihm vorbei ins Zimmer.

»Tut mir leid«, murre ich. »Ich weiß auch nicht, was das gerade sollte.«

Gott, wie konntest du!, schimpft es in mir. *Bist du bescheuert, ihn zu küssen. Einfach so. Vor der offenen Zimmertür!*

Ohne zu wissen, was ich damit machen soll, hebe ich die Tagesdecke auf und werfe sie aufs Bett. Dann zentriere ich eine Vase neu auf der Kommode.

»Das war … Wie gesagt, keine Ahnung. Wir sollten das echt nicht tun«, brabbele ich wie verdummt weiter und ignoriere die Stimme, die mir in süffisantem Ton empfiehlt, die Klappe zu halten. »Schon gar nicht hier. Du hast eine Freundin, ich habe …«

Hast du nicht!, höhnt es in mir.

»Wir sollten das tatsächlich nicht tun«, höre ich Noah sagen und drehe mich zu ihm um. »Schon gar nicht hier. Aber davon abgesehen … Ich habe mich im März von Cleo getrennt. Bei der nächsten Änderung meines Beziehungsstatus darf ich es nicht versäumen, hier alle zu informieren. Am besten schicke ich eine Rundmail.«

Bevor ich antworten kann, irgendetwas, das mir noch gar nicht eingefallen ist, ist er verschwunden. Ich schließe die Tür, lehne mich von innen dagegen und versuche, mich zu beruhigen. Als es mir nicht gelingt, gehe ich zu einem der Fenster, öffne es und halte das Gesicht in den Wind, der vom Ozean kommt.

Noah hat sich von Cleo getrennt, rufe ich mir ins Bewusstsein. *Schon im März. Bevor er dich auf dem Freeway geküsst hat. Die ganze Zeit schon ist er solo.*

* * *

Das Display meines Telefons präsentiert mir einen verpassten Anruf von Marc. Ich möchte ihn eigentlich nicht zurückrufen, nicht mit ihm reden. Ich habe gerade keinen Kopf für Neuigkeiten über Fanapplaus, einen neuen Follower-Rekord oder Ähnliches. Ich muss nachdenken, ohne Noah wieder so nahe zu kommen oder mit Marc zu sprechen. Ich muss einfach für mich sein und entscheiden, wie ich mich fortan verhalten werde.

Aber Marc wird weiter versuchen, mich zu erreichen, und sich irgendwann fragen, warum ich mich nicht melde. Also bringe ich das jetzt am besten hinter mich. Ich werde ihm einfach zuhören, wie immer, und versuchen, mich für ihn zu freuen. Gut.

Es klingelt lange, dann meldet er sich. Sein »Hey« klingt schwerfällig.

»Hey, wie geht's? Du hast angerufen.«

»Ja ... hab ich.« Er schnauft, zieht die Nase hoch. Ich höre seine Schritte und ein Poltern, als wäre er gegen etwas gestolpert.

»Alles in Ordnung?«

»Ja ... nein ... vergiss es.«

Meine Güte! Weiß er etwas? Das ist nicht möglich. Das kann überhaupt nicht sein. Aber wieso ist er so ruppig?

»Marc, was ist denn los? Ist irgendwas passiert?«

Er schnauft abermals, stöhnt dann, als hätte er sich eben wehgetan. »Es ist ... ich kann es nicht ...«

Mir dämmert, woher die Schwere in seiner Stimme kommt und dass er keinen geraden Satz herausbekommt.

»Sag mal, bist du betrunken?«

»Ich hatte ein, zwei Shots.« Er lacht komisch, ist am frühen Abend offenbar sturzbetrunken. »Direkt aus der Flasche. Wer braucht schon Eis?«

Endgültig alarmierend finde ich, wie er das sagt. »Marc, was ist los? Hast du schlechte Nachrichten von einem Label oder ...«

»Scheiß auf die Label.«

»Also ja?«

»Nein ... Jazz. Ist nicht wegen der Musik. Ist wegen ...«

Wenn er nicht gleich mit der Sprache herausrückt, platze ich. Wenn ich ihn jetzt vor mir hätte, würde ich ihn packen und so lange schütteln, bis er es ausspuckt.

»Wegen?!«

»Matt …« Abermals stöhnt er schmerzerfüllt. Er will noch etwas sagen, aber seine Stimme bricht ab.

Eine Gänsehaut kriecht über meinen Rücken.

»Was ist mit ihm?«

»Er ist …« Marc würgt an den Worten. »Er ist einfach gefallen. Es ging … es passierte so schnell. Wir standen da … und er kletterte da rauf. Wir haben noch gesagt, er soll den Scheiß lassen. Hat er nicht. Und dann fiel er. Er fiel einfach.«

Mein Herz verkrampft sich, als ich höre, dass Marc weint.

»Wo ist er runtergefallen?«

»Von der Terrasse. Er ist auf dieses … wie heißt diese Mauer, an die man sich anlehnt.«

»Geländer, Balustrade?«

»Da ist er raufgestiegen, wollte balancieren oder so. Scheiße.« Abermals bricht seine Stimme. »Verdammter Idiot«, schluchzt er dann.

»Ist er …?« Ich bringe das nicht über die Lippen und hoffe, dass Marc mir gleich sagt, dass Matthew im Krankenhaus liegt.

»Was denn sonst?«, braust er auf, als müsste ich es wissen. »Das waren … keine Ahnung … beschissene zwanzig Stockwerke. Wer überlebt das denn?«

Tränen schießen mir in die Augen. Ich kann und will das nicht glauben. Als ich spüre, dass meine Knie weich werden und mir schlecht wird, setze ich mich aufs Bett.

»Das tut mir so leid«, presse ich hervor.

Marc sagt nichts. Er schnieft nur, weint weiter.

»Bitte hör auf zu trinken.«

»Das macht es erträglich.«

»Vielleicht kommt dir das so vor, aber morgen, wenn du

nüchtern bist, wird es genauso schlimm sein wie heute. Du kannst dich jetzt nicht jeden Tag betrinken.«

»Behauptet wer?«

Ganz einfach ich. In diesem letzten Jahr habe ich einige Male zu viel getrunken, um etwas zu vergessen, das ich selbst provoziert hatte. Streit mit meinen Eltern meistens, Stress mit Lehrern, Livis zunehmende Distanz, blöde Kommentare und Nachrichten anderer einstiger Freundinnen. Die folgenden Morgen waren immer bitter.

»Marc … bitte!« Ich weiß nicht weiter. »Wo ist das überhaupt passiert? Und wann?«

»Gestern … Matt, Jem, ich und ein paar andere Leute waren bei einem Typen … ein Audio-Designer, der was für mich machen will.«

Eine Party also. Scheiße!

»Versuch zu schlafen, Marc.«

»Ich kann nicht schlafen.« Das knurrt er, scheinbar wütend über meinen Vorschlag.

»Du solltest aber. Und bleib morgen nüchtern, bitte.«

»Lassen wir das, Jazz. Ich hätte nicht anrufen sollen.«

Mir fällt etwas ein. »Ich hab frei, Montag und Dienstag. Ich kann nach Monty kommen.«

»Und dann?«, ächzt er.

»Ich weiß nicht.« Seine Ablehnung macht mich noch hilfloser. »Ich kann einfach da sein.«

Erneut stolpert er herum, setzt sich dann scheinbar. »Meine Gesellschaft ist gerade nicht so toll. Du musst nicht extra herkommen.«

»Ich möchte aber.«

»Tu, was du nicht lassen kannst. Lebendig machst du ihn damit auch nicht.«

Es bringt nichts, mit Marc zu diskutieren. Nicht in seinem Zustand. Es bringt auch nichts, ihm vorzuhalten, dass er gerade nicht sonderlich nett ist.

»Ich komme am Montag zu dir.«

»Meinetwegen. Ich muss Schluss machen.«

Er beendet das Gespräch. Ich nehme das Handy vom Ohr und starre auf das Display, bis es sich verdunkelt.

Es klopft. »Bist du da, Jazz?«, fragt Lina draußen.

»Ja«, gebe ich müde zurück und weiß nicht, worauf ich hoffen soll. Darauf, dass Lina mich in Ruhe lässt, oder darauf, dass sie hereinkommt.

Sie öffnet die Tür, schaut ins Zimmer, sieht mich auf dem Bett sitzen und liest in meiner Miene.

»Alles in Ordnung?«

Bei dieser Frage wirkt sie so unsicher, wie ich mich fühle. Wahrscheinlich ist sie darauf gefasst, mit einem knappen Kommentar abserviert zu werden.

Ich will nicken, kann aber nicht.

»Ein guter Freund ist tödlich verunglückt«, sage ich schließlich. »Ich hab gerade mit Marc telefoniert, der ziemlich fertig ist.«

Lina kommt ins Zimmer und setzt sich neben mich aufs Bett.

»Das tut mir furchtbar leid, Jazz.« Sie legt ihre Hand über meine und schaut mich mitfühlend an.

Sie trägt noch ihr Hotel-Outfit. So hat sie vor ein paar Stunden neben mir gesessen, als ich das Gespräch mit Jeff

Roomer hatte. Stumm mustere ich den Stoff ihrer Weste, die Fäden, mit denen die Knöpfe angenäht sind.

»Das ist ein ziemlich beschissenes Jahr«, flüstere ich ohne Stimme.

Lina verzieht den Mund, um ihr Bedauern auszudrücken. Sie schüttelt den Kopf, dann nimmt sie mich in den Arm.

»Es wird besser, ganz bestimmt«, murmelt sie und streicht mir über den Rücken.

Kapitel 12

Es ist still im Haus, und alles fühlt sich fremd an. Natürlich hat sich nichts verändert, nicht in einem Monat. Was auch immer mein schweifender Blick erfasst, ist vertraut, bekannt. Es ist nur das Gefühl, das fremdelt. Als würde ich alles mit anderen Augen sehen.

In der Küche finde ich eine Notiz von Mom. Sie schreibt mir, was ich im Kühlschrank zum Frühstück finde. Zum Mittagessen soll ich ins Restaurant kommen, wenn ich möchte. Sie wird versuchen, heute Abend eher zu Hause zu sein.

Ich werfe einen Blick auf die Küchenuhr. Es ist kurz vor zwölf. Meine Eltern werden das Haus wohl wie immer gegen elf verlassen haben. Mein Vater wird in das Restaurant im Garden District gefahren sein, meine Mutter in das zweite in Forest Park.

Gestern Abend bin ich in Orange Beach losgefahren. Mein Plan, die montägliche Rushhour zu vermeiden, ist nicht wirklich aufgegangen, denn wieder hat es auf der I-65 einen Unfall gegeben. Eine Stunde lang stand ich im Stau und kam erst kurz vor zwölf in Montgomery an. Meine Mutter war schon im Bett; mein Vater hat auf mich gewartet, sich nach einem eher belanglosen Wortwechsel aber auch zum Schlafen verabschiedet. Mir war es ganz recht, denn für ein tiefschürfendes Gespräch war ich gestern nicht bereit. Heute bin ich das auch noch nicht und deshalb froh, das Haus für mich zu haben.

Gedankenverloren würfele ich ein Müsli in einer Schüssel zusammen, schütte Milch darüber und setze mich an den Tresen. Als ich das Soundsystem einschalte, verbindet es sich wie gewohnt mit einem Sender, der nur klassische Musik spielt und mich immer schon genervt hat. Daran hat sich nichts geändert. Beethoven und Co. finde ich schlichtweg deprimierend und logge mein Handy per Bluetooth ein. Während ich esse, scrolle ich durch meine Playlists, ohne eine zu finden, die ich hören möchte. Kurz versuche ich einen von Marcs Songs, unterbreche ihn aber wieder und suche nach *Blue October*. Wenig später schallen die ersten Töne von *Hate Me* durch das Haus – eine Mailbox-Aufzeichnung. Eine Mutter erkundigt sich, wie es ihrem Sohn geht, und sagt ihm, dass sie sich Sorgen macht. Als die Melodie und der Gesang einsetzen, werde ich gedanklich zurück auf die *Days Like These* katapultiert, zu Noah – und von da aus huscht mein Geist ins Hotelzimmer Nummer fünf.

Vorgestern und gestern habe ich Noah nicht gesehen. Wahrscheinlich hatte er das Wochenende frei. Er hat mir nichts gesagt, und ich habe niemanden nach ihm gefragt. Ich sollte ihn wissen lassen, dass unser Tauchgang morgen ausfällt. Später am Tag, irgendwann, wenn ich bereit bin, mit ihm zu kommunizieren. Vielleicht wird er denken, dass ich ihm aus dem Weg gehe und deshalb nach Montgomery verschwunden bin. Vielleicht geht vielmehr er mir aus dem Weg. Vielleicht denke ich einfach zu viel über ihn nach.

Mit einem Kopfschütteln korrigiere ich diesen Gedanken: Kein Zweifel, ganz sicher denke ich zu viel über Noah nach, und ich sollte es lassen. Meine Gedanken sollten jetzt bei Marc sein. Das waren sie zuletzt zu selten. Mal schubse ich sie hin, mal finden sie den Weg allein; immer sind sie begleitet von Beklommenheit, Mitleid und einem schlechten Gewissen, das mir vorhält, dass ich mit Noah herumgemacht habe, während sich Marc vor Kummer betrunken und vergebens versucht hat, mich zu erreichen.

* * *

Marc lebt Downtown in einem Apartmenthaus, dessen industrieller Charme für ein Loft-Flair erhalten wurde. Die roten Backsteinwände und zugemauerten Fenster, die tristen Metalllampen und nackten Betonflure sind nicht jedermanns Sache. Zu Marc passt diese Art des Wohnens. Sein Loft geht über zwei Etagen. Unten wohnt er, oben ist sein Studio.

Ich klingele und muss eine Weile warten, bis der Summer ertönt. Meine Schritte klingen hohl auf den Stufen des kargen Treppenhauses. Marc wartet in der Tür. Mit verschränkten Armen lehnt er im Rahmen und sieht mir ohne eine Regung in der Miene entgegen. Er trägt ein weißes T-Shirt, das nicht mehr ganz frisch aussieht, eine Jeans, ist barfuß.

»Da bist du ja«, sagt er, als ich vor ihm stehe.

Seine Augen sind rot, dunkle Ringe umgeben sie. Seine Haare sind strähnig. Ich überlege, ob ich ihn umarme, da fordert er mich mit einer knappen Kopfbewegung auf, einzutreten.

Die Jalousien der beiden bodenhohen, zur Straße liegenden Fenster sind fast ganz heruntergefahren. Durch den schmalen Spalt dringen Sonnenstrahlen wie bettelnd ein, beleuchten aber nur ein Stück des Bodens. Eine einzelne Stehlampe im Wohnbereich ist eingeschaltet, der Küchen- und der Schlafbereich sind düster. Ich stelle meine Handtasche in einen Sessel, dessen Lehne mit Klamotten drapiert ist, und drehe mich zu Marc um. Ich will ihn fragen, wie es ihm geht, komme aber nicht dazu, denn er küsst mich. Der Kuss ist hart, sein Mund schmeckt nach Alkohol.

Als ich mich von ihm löse, runzelt er die Stirn und betrachtet mich aus schmalen Augen.

»Wieder kein Begrüßungskuss«, ächzt er dann.

»Du hast getrunken«, kontere ich.

»Hab ich, ja, aber betrunken bin ich nicht.« Er geht zum Couchtisch, wo die aufgeschraubte Flasche und das Glas stehen, schenkt sich neu ein. »Willst du auch einen?«

»Marc, es ist drei Uhr nachmittags …«

»Seit wann spielt die Uhrzeit eine Rolle?« Er dreht sich zu mir um, nimmt einen Schluck, setzt das Glas dann ab und mustert mich abermals. »Wie spät es ist, war dir früher egal. Bekommst du da unten zufällig auch eine Gehirnwäsche?«

»Quatsch!« Ärger drängt sich in meine Brust. »Ich finde es nur nicht richtig, dass du dieses Zeug in dich schüttest. Damit kann man so ein Erlebnis nicht verarbeiten.«

»Hast du einen besseren Vorschlag?«

Er stellt das Glas ab und kommt wieder zu mir, legt seine Hand an meine Wange. Ich weiß nicht, wie ich reagieren soll, was er denkt und will. Sein Daumen streicht über meine Haut, dann schiebt er die Hand in meine Haare.

»Rothaarige fand ich immer extrem scharf.« Er grinst schief. »Hab ich dir das je gesagt?«

Wenig begeistert von diesem Statement, schüttele ich den Kopf.

»Aber nur echte Rothaarige.« Sein Blick wandert von meinen Augen über meine Nase zu meinem Mund. »Echte Rothaarige mit Sommersprossen. Nicht die Gefärbten, nicht die Fakes.«

Marcs Hand gleitet zu meinem Nacken. Sein Griff wird fester, er zieht mich näher zu sich und macht sich am oberen Knopf meiner Bluse zu schaffen. Nicht mehr so sachte wie eben noch löse ich mich von ihm und trete einen Schritt zurück.

»Sex hältst du also auch nicht für eine Möglichkeit der Verarbeitung«, schlussfolgert er.

Wie um mich vor seinem Zynismus zu schützen, verschränke ich die Arme vor der Brust. »Ganz sicher nicht, Marc.«

»Was willst du dann hier?«

Für diese Frage möchte ich ihn am liebsten ohrfeigen. Der Ärger in mir kocht hoch.

»Ich will für dich da sein«, erinnere ich ihn, meine Stimme klingt kühl. »Ich habe die Hälfte meines Wochenlohns in den Tank gepustet und bin nach einem Arbeitstag fünf Stunden Auto gefahren, um für dich da zu sein. Das hatte ich dir versprochen. Ich dachte, wir reden oder gehen raus, an die frische Luft, machen irgendwas.«

»Und ich dachte, wir vögeln«, kontert er ungerührt.

Hierauf noch irgendetwas zu erwidern, verbiete ich mir. Ohne ein weiteres Wort nehme ich meine Tasche und will gehen, da ist Marc bei mir und schiebt sich zwischen mich und die Tür. Beschwörend hebt er die Hände und blockiert den Weg mit seinem Körper. Sein Blick hat sich geändert. Eben war das Braun seiner Augen noch kalt, emotionslos. Jetzt sieht er verzweifelt aus.

»Bitte!«, murmelt er.

»Bitte was? Sex, bitte?«

Er schüttelt den Kopf, will mich berühren, wagt es aber nicht.

»Was dann?«

»Bleib … bitte. Bleib einfach.«

Diese einfachen, schlichten Worte lassen mich weich werden. Ein Rest an Misstrauen kursiert jedoch noch in mir.

»Wieso?«

Tränen treten in Marcs Augen. »Ich kann nicht … Ich bin ja froh, dass du da bist. Sorry, dass ich das nicht so gezeigt habe, aber ich …«

Er ringt mit sich, nimmt die Hände runter und schiebt sie in die Hosentaschen, zieht die Schultern hoch und hebt den Kopf, um zur Decke zu starren. Wahrscheinlich auch, um mir seine Tränen nicht zu zeigen.

Als ich die Arme um ihn lege und mich an ihn schmiege, versteift er sich einen Moment lang, dann lässt er sich gehen. Sein Körper zittert unter seinem lautlosen Weinen. Er umarmt mich, hält mich fest und legt den Kopf auf meine Schulter.

»Ich seh ihn fallen …«, flüstert er mit erstickter Stimme. »Immer wieder seh ich ihn fallen. Ich geh immer wieder zu diesem Abend zurück und denke ihn mir anders. Es wäre nicht passiert, Matt wäre noch am Leben, säße jetzt vielleicht auf meiner Couch, wenn …«

»Es ist aber passiert«, unterbreche ich ihn und streiche über seine Haare. »Du kannst es nicht mehr ändern, du kannst es nur noch akzeptieren.«

»Ich kann es nicht akzeptieren.«
»Das musst du aber. Und dafür musst du nüchtern sein.«
»Ich kann nicht …«
»Du kannst«, raune ich und streiche über seinen Rücken.

* * *

Total ausgelaugt fühle ich mich, als ich nach Hause komme. Später, als ich wollte. Aber Marc geht es besser. Er hat nicht mehr getrunken und ist schließlich auf der Couch eingeschlafen. Ich habe ihn zugedeckt und bin gegangen. Er wollte, dass ich über Nacht bleibe. Dass ich es nicht kann, hat er akzeptiert. Er hat verstanden, dass meine Mutter auf mich wartet. Damit habe ich ihm nur einen der beiden Gründe genannt.

Ich parke in der Einfahrt, kann aber nicht sofort ins Haus gehen. Stattdessen krame ich mein Handy aus der Handtasche und verfasse eine Nachricht.

Hey, Livi, schreibe ich. *Ich bin gerade in Monty. Bis morgen Nachmittag kann ich bleiben, dann muss ich zurück nach Orange Beach. Ich würde mich freuen, wenn wir uns sehen können. Ich weiß, es ist mitten in der Woche, und bestimmt hast du Stress mit den Abschlussprüfungen, aber vielleicht hast du morgen ja eine freie Minute nach der Schule. Ich würde mich freuen. Und ja, ich weiß auch, dass ich mich scheiße benommen habe. Es tut mir echt leid. Ich würde heute einiges anders machen. Vor allem wäre ich bei deinem Geburtstag. Nicht nur eine Stunde, sondern die ganze Zeit, bis du die Party für beendet erklärst, und dann würde ich dir beim Aufräumen helfen. So wie früher, wenn wir das Haus wieder klargemacht haben, bevor deine Eltern zurückgekommen sind. Ich hätte da sein sollen. Sorry, dass ich es nicht war. Für die Prüfungen drücke ich dir jedenfalls beide Daumen ganz fest. Ich weiß, du schaffst das mit Bravour. Du warst immer die Clevere von uns beiden. Wie blöd ich tatsächlich bin, hat sich ja in den vergangenen Monaten gezeigt. Ich wünsche mir oft, ich könnte die Zeit zurückdrehen … aber manchmal wünsche ich mir das auch nicht, denn dann wäre mir nicht passiert, was mir gerade so passiert. Ich bin in einer echt bekloppten Situation und fänd es cool, wenn wir mal reden könnten.*

Ich drück dich!

Nachdem ich die Nachricht abgesendet habe, gehe ich ins Haus. Mom sitzt im Wohnzimmer und liest in einem Magazin. Der Klassiksender dudelt. Sie schaut auf, als ich das Zimmer betrete, mustert mich und zögert, kommt dann aber zu mir und schließt mich in ihre Arme.

»Schön, dass du hier bist«, sagt sie und rückt ein Stück von mir ab, um mich zu betrachten. »Ich hatte gehofft, du kommst zum Mittag ins Restaurant.«

Bitte jetzt keine Vorwürfe, flehe ich sie im Stillen an und sage: »Ich musste zu Marc. Ihm geht's gerade nicht so gut.«

Sie zieht eine Braue hoch. »Tatsächlich? Was hat er denn?«

»Ein guter Freund von ihm ist tödlich verunglückt.«

»Das tut mir leid.«

Mom nimmt meine Hand, führt mich zur Couch, setzt sich und erwartet, dass ich neben ihr Platz nehme.

»Und wie geht's dir?«, will sie wissen, sobald ich ihr den Gefallen getan habe. »Wie gefällt es dir in Orange Beach?«

»Es ist okay.«

In ihren Ohren scheint diese vage Aussage viel positiver zu klingen, denn sie lächelt zufrieden.

»Dad hat mit Jeff Roomer gesprochen. Er sagt, du hättest dich gut integriert.«

»Ich hatte auch ein Gespräch mit ihm.«

»Sehr gut. Du verstehst dich also mit dem Team. Hast du auch Freunde gefunden?«

Natürlich, sie glaubt, ich würde mich in meiner Freizeit einigeln, auf stur schalten.

Nervös kratze ich mich im Nacken. Mom müsste wissen, dass ich solche Verhöre nicht ausstehen kann. Früher wäre ich einfach gegangen, heute zwinge ich mich, neben ihr sitzen zu bleiben und ihr von Sunny und Lina erzählen. Das ist ein enormer Fortschritt, finde ich, aber Mom stellt weitere Fragen zu Sunny und Lina und was wir so unternehmen. Erst als ich tief Luft hole, wird ihr klar, dass sie nervt.

»Ist ja gut, ich hör schon auf.« Sie zwinkert und drückt mir die Hand. »Weißt du, ich bin einfach nur froh, dich zu sehen und zu wissen, dass es dir gut geht.«

»Schon okay«, brummele ich noch ein bisschen angefressen und will endlich in mein Zimmer verschwinden.

Ich bleibe, weil ich mich plötzlich an Mom und unser letztes Telefonat erinnere und wie elend ich mich danach gefühlt habe, weil ich gemein zu ihr war. Jetzt sagt sie all diese Sachen und tut so, als hätte dieses Gespräch nicht stattgefunden. Die Erkenntnis darüber, wie bedingungslos, scheinbar selbstverständlich sie mich liebt und mir vergibt, mir viele Male vergeben hat, beschert mir ein Gefühl, als würde sich mein Herz verknoten.

Noahs Rat, den ich bisher nicht befolgt habe, fällt mir ein.

»Ich bekomme auch Tauchunterricht, damit ich in den nächsten Wochen vielleicht als Assistentin unter Wasser eingesetzt werden kann«, sage ich Mom.

Sie wirkt etwas erschrocken. »Ist das nicht gefährlich? Wie tief tauchst du denn?«

»So zwanzig, dreißig Meter unter Wasser war ich schon. Es ist nicht gefährlich, wenn man auf sich aufpasst und die Regeln befolgt. Es macht sogar ziemlich viel Spaß.«

»Okay …« Ihr Mund zuckt unter einem neuen Einwand, doch sie schluckt ihn. »Jeff Roomer finanziert diesen Unterricht?«

»Na ja, eher indirekt. Sein Sohn, Noah, bringt es mir bei.« Als ich Noahs Namen sage, holpert mein Herz. Schnell erzähle ich weiter: »Wir haben am Strand hinter dem Hotel im flachen Wasser angefangen. Zuerst hat mir der Kopf geschwirrt vor lauter Infos. Ich dachte, ich könnte mir das nie alles merken, aber es ist eigentlich nicht so schwer.«

»Na ja … wenn es dir Spaß macht.« Mom schaut auf ihre Armbanduhr und steht auf. »Dad wird in fünfzehn Minuten da sein, denke ich. Er bringt das Abendessen mit. Ich kümmere mich jetzt um den Tisch.«

»Okay, brauchst du Hilfe?«

Verwundert dreht sie sich zu mir um. Sie glaubt offenbar, ich hätte einen Scherz gemacht. Ich bin mir bewusst, dass ich das lange nicht gefragt habe, und schicke ein lapidares »Sonst bin ich in meinem Zimmer« hinterher, das die ganze Angelegenheit etwas entschnulzt.

Mom schüttelt den Kopf. »Nein, du kannst mir gern helfen.«

Irgendwie froh, dass sie das möchte, folge ich ihr in die Küche, hole das Geschirr aus dem Schrank und bugsiere es zum Tisch im Esszimmer.

Kapitel 13

Anders als Mom hat Dad keine Lust auf Friede, Freude und somit auch nicht auf Eierkuchen zum Frühstück. Gestern Abend war er nur ein bisschen brummig und vielleicht auch müde vom Tag, aber zumindest nicht angriffslustig. Als er jetzt hört, dass ich bei Marc war, geht er in die Offensive. Dass ich ihn bloß besucht habe, um ihn zu trösten, ist ihm egal.

»Also bist du wegen ihm hier«, schlussfolgert er und lässt die Gabel auf den Teller mit seinen Pancakes scheppern.

»Hauptsächlich wegen ihm, ja, aber ich bin doch gerade bei euch, oder nicht?« Damit rechtfertige ich mich und fühle mich scheiße dabei, weil ich das eigentlich nicht möchte. Trotzdem mache ich weiter: »Ich hätte auch bei Marc schlafen und euch verheimlichen können, dass ich in der Stadt bin.«

»Das hätte mich nicht im Mindesten überrascht. Ganz ehrlich, Jessica, wir haben dich nicht nach Orange Beach geschickt, damit du an deinem ersten freien Tag zu dem Kerl fährst, der dich in deine Misere geritten hat.«

Zuerst will ich etwas erwidern. Etwas Trotziges, Verteidigendes, zum Beispiel, dass es nicht mein erster, sondern mein dritter freier Tag war. Aber ich schweige. Noahs Song fällt mir ein. Ich habe ihn inzwischen so oft gehört, dass ich ihn Zeile für Zeile herunterbeten könnte.

Im Stillen fordere ich Dad auf, mich doch einfach zu hassen.

Er hat keine Ahnung von dem Druck, unter dem ich stehe, von meiner Angst vor der Extrarunde und wie viel Überwindung es mich kosten wird, in die Schule zurückzukehren, als Loser des vergangenen Schuljahres, als Fremde unter all denen, die ich bisher als Frischlinge und Kinder betrachtet habe.

Meinetwegen soll er mich heute hassen und morgen auch. Er soll mich hassen für all die Dinge, die ich nicht zu seinem Gefallen, nicht zu seiner Zufriedenheit erledigt habe. Er soll mich hassen für all die Momente, in denen ich ihn enttäuscht habe. Er soll von mir glauben, was er will, denn egal, was ich sage, er wird sowieso glauben, was er glauben will, und mich in seinem Bild an die Position rücken, an der er mich sehen möchte. Ich kann also auch einfach die Schnauze halten.

Appetitlos schubse ich meinen zweiten Pancake über den Teller.

»Wie stellst du dir das vor, für nächstes Schuljahr?«, fragt Dad mit einer so gereizt klingenden Stimme, dass ich vom Tisch wegplatzen könnte. »Was bringt die Wiederholung, wenn du weitermachst wie bisher? Was soll …«

Mom klinkt sich ein: »Peter, müssen wir diese Unterhaltung jetzt führen?«

»So eilig, wie Jessica es hatte, zu diesem Kerl zu kommen, wüsste ich gerade kein dringenderes Thema«, kontert Dad.

»Jessica wollte doch bloß für ihn da sein, ihn trösten.«

»Ich will nicht wissen, wie dieser Trost ausgesehen hat.«

»Peter!«

»Nein, es reicht mir einfach. Ich lasse mir von ihr nicht länger auf der Nase herumtanzen. Wundert mich, dass sie das mit dir schon wieder machen kann.« Von Mom schaut Dad zu mir. »Schau dir nur ihren Blick an. Es perlt alles an ihr ab.«

Ich hasse es, dass er von mir in der dritten Person spricht, und fauche: »Du hast keine Ahnung, was ich gerade denke. Lass mich doch einfach in Ruhe!«

»Einen Teufel werde ich tun. Ich kann dir nämlich sagen, was passiert, wenn ich dich in Ruhe lasse. Dann bist du die Nächste, die auf irgendeiner Party sturzbesoffen von einer Terrasse fällt und sich das Genick bricht.«

Seine Worte treffen mich. Tränen schießen mir in die Augen. Weil ich nicht will, dass er sie sieht, stehe ich auf und verschwinde aus dem Esszimmer.

»Das hättest du nicht sagen sollen«, höre ich von Mom. Was er ihr antwortet, verstehe ich nicht. Will ich auch nicht. Ich will gar nichts mehr hören.

In meinem Zimmer stopfe ich meine Klamotten in die Tasche und putze im Bad schnell die Zähne. Als ich zurück in mein Zimmer komme, meldet sich mein Telefon mit einer Nachricht. Sie ist von Livi.

Sorry, Jazz, textet sie. *Melde dich beim nächsten Mal vielleicht etwas eher. Ich bin im Lernstress und habe heute keine Zeit.*

So simple Worte. Sie hat keine Zeit. À la *Friss oder stirb, Jazz, ist mir egal.*

Livi war mir einmal so nahe wie eine Schwester. Wir haben alles geteilt, hatten keine Geheimnisse. Es gab kein Thema, das zwischen uns tabu gewesen wäre. Ich vermisse sie so sehr, und meine Nachricht war eigentlich ein kleiner Hilferuf. Es schmerzt, dass sie mich so kalt und so konsequent zurückweist.

Und es gibt mir für den Morgen den Rest. Wie betäubt gehe ich nach unten. Dad sehe ich zum Glück nicht. Mom kommt aus der Küche.

»Er meint das nicht so. Er macht sich bloß Sorgen.«

»Das soll er lassen. Lasst es beide. Ich bin achtzehn und kann mich um mich selbst kümmern«, fauche ich und will mich an ihr vorbeidrängen. Ihr trauriger Blick hält mich davon ab.

»Du bist wütend, das kann ich verstehen. Nur solltest du so nicht Auto fahren.«

»Ich explodiere aber, wenn ich noch eine Minute länger hierbleibe.«

»Jessica, bitte ...«

Ich gebe mir einen Ruck und umarme sie dann schnell und knapp. Mit einem »Bis demnächst« stürze ich aus dem Haus.

»Melde dich bitte, wenn du angekommen bist«, ruft sie mir nach.

* * *

Am frühen Nachmittag war ich zurück in Orange Beach und wusste nichts mit mir anzufangen. Die Stunden dröppelten öde dahin, und so einige Male habe ich mir gewünscht, dass es ein Arbeitstag wäre und ich einfach Zimmer sauber machen könnte. Als ich es nicht länger in Linas Haus aushielt, bin ich zum Strand gegangen, aber nicht in Richtung Roomer's, sondern in die entgegengesetzte Richtung. Vorbei an den Bettenburgen, weiter und weiter, bis ich den Perdido River erreichte, wo die Boote aus dem Meer in den Hafen fahren.

Unterhalb des Perdido Passes, über den die Autos von Alabama nach Florida düsen, sitze ich nun, und schaue zu, wie die Sonne sinkt.

»Lust auf Gesellschaft?«, höre ich, nachdem mein Geist wer weiß wie lange abgedriftet war. Erschrocken fahre ich herum.

Noah! Mein Herz startet in einen Galopp.

Er trägt ein dunkelblaues T-Shirt, dessen Stoff sich um seine Brust spannt, darunter eine Jeansshorts, die ihm bis zu den Knien reicht. Ohne meine Antwort abzuwarten, hockt er sich neben mich, zieht seine Sneakers aus und schiebt die Füße in den Sand.

»Was machst du denn hier?«, wundere ich mich.

Er nickt zum Wasser. »War tauchen mit drei Gästen, bin eben mit dem Boot reingekommen und hab dich hier sitzen sehen.«

Als er mich anschaut, prasselt die Erinnerung auf mich ein: Zimmer fünf. Der Kuss, den ich ihm aufgedrückt habe. Noahs Geständnis, dass er nicht mehr mit Cleo zusammen ist.

Ruhig, Jazz!, beschwöre ich mich.

»Wie waren deine freien Tage?«, fragt er.

Ich schnaube und spüre dabei, dass meine Stimme zittern wird, wenn ich jetzt spreche. Also warte ich kurz ab, sehe zum Wasser und atme einmal tief durch.

»Leider nicht so toll«, bringe ich endlich mit halbwegs fester Stimme hervor.

»Echt? Wieso das?«

Zuerst stockend erzähle ich ihm, dass ich in Montgomery und bei Marc war, dann von Livis erneuter Abfuhr. Als ich auf den Streit mit meinem Vater zu sprechen komme, übernimmt der tief sitzende Ärger das Kommando. Er lässt die Worte aus meinem Mund sprudeln und verdrängt die Erinnerung an Zimmer fünf.

»Wow, das ist schon eine heftige Reaktion«, meint Noah zu Dads Prognose, dass mich das gleiche Schicksal wie Matt ereilt, wenn ich weiter mit Marc zu tun habe.

»Mal davon abgesehen, dass ich gar nicht vorhabe, so weiterzumachen. Ich will nicht *noch* ein Extrajahr an der Highschool drehen. Ich will den Mist einfach nur hinter mich bringen.«

»Kann ich verstehen.«

»Wäre dir sicher nicht passiert.«

Er grinst. »Meinst du? Wieso?«

»Na ja, du siehst zwar nicht so aus, aber du bist schon …« Das richtige Wort fällt mir nicht ein. Als spießig will ich Noah nun auch nicht bezeichnen, obwohl das der Sache recht nahe kommt.

»Ich bin schon was?«

»Pflichtbewusst, peinlich genau, so geradlinig irgendwie.«

Noahs Grinsen wird breiter, das Funkeln in seinen hellen Augen betont seine Belustigung. »Und wie sehe ich aus?«

»Irgendwie … wilder.«

Er lacht kurz und wendet den Blick ab, schaut aufs Meer. »Keine Sorge, meine wilden Zeiten hatte ich auch und habe meinen Vater vermutlich in den Wahnsinn getrieben.«

»Das beruhigt mich ja ungemein. Was hast du angestellt?«

»Ach, bin halt ein bisschen durchgedreht. Wie man so ist als Kerl, mit fünfzehn, sechzehn. War auch 'ne blöde Zeit. Meine Mutter hat sich in einen Hotelgast verknallt und ist nach einem ziemlichen Hin und Her zu ihm nach Missouri gezogen.«

Wow, das ist übel. »Sie hat dich nicht mitgenommen?«

»Das war ihre Absicht, aber wer will schon in Missouri leben, wenn er hier sein kann?« Jetzt ist sein Lachen freudlos.

»Na ja, deine Mom offenbar.«

»Ja, aber ich wollte halt nicht mit. Einerseits war ich echt sauer auf sie, andererseits hatte ich meine Freunde hier. Nicht alle waren die beste Wahl.« Er nimmt einen Stein aus dem Sand und wirft ihn in die Wellen. »Davon kannst du ja ein Lied singen.«

»Was habt ihr denn angestellt?«

»Schwachsinn meistens. Jeden Abend am Strand abgehangen, Joints geraucht, mit Mädels rumgemacht und die Musik so laut gedreht, dass die Cops angerückt sind. Zur Schule bin ich zwar gegangen, aber Bock hatte ich keinen. Ich war ziemlich faul. Als ich Alkohol geklaut habe und geschnappt worden bin, hat's meinem Vater gereicht.«

»Wahrscheinlich hat er hart durchgegriffen.« Um einiges härter als meine Eltern bei mir.

»Erst mal hat er mich in der Zelle auf dem Revier schmoren lassen«, erzählt Noah. »Als er mich nach Hause holte, hatte ich kein Auto mehr. Er hat mir das Taschengeld gestrichen und mich jeden Abend in die Küche des Roomer's zum Tellerspülen gestellt. So lange, bis ich zur Strafe für den Diebstahl Sozialarbeit in einem Pflegeheim leisten musste.«

»Du hast nicht protestiert?«

»Hätte ich das gewagt, hätte er mich an einem kirchlichen Jungeninternat angemeldet und mich dort bis zum Abschluss völlig ungerührt versauern lassen.«

So in etwa habe ich mir das gedacht. Noah tut mir fast ein

wenig leid. Ich wäre wahrscheinlich durchgedreht und hätte damit die Abschiebung aufs Internat riskiert.

»Also hat er dich gezwungen, anständig zu werden«, schlussfolgere ich.

Noah schüttelt den Kopf. »Er hat sicher seinen Teil dazu beigetragen, aber zu gewissen Einsichten kam ich von allein. Ich habe mich jedenfalls nicht aufgegeben.«

»Sondern? Gefunden?«

»Keine Ahnung.« Noah scheint in seiner Erinnerung zu kramen und ist für einen Augenblick still. Dann spricht er weiter: »Wir sind in dieser Zeit kaum miteinander ausgekommen, hatten eigentlich jeden Tag Stress. Ich habe den ganzen Kram mit der miesesten Laune erledigt, aber es hat niemand darauf reagiert.« Er zuckt mit den Schultern. »Irgendwann ließ die schlechte Laune nach. Stattdessen stellte sich eine gewisse Sturheit ein. Ich nahm mir vor, unabhängig zu werden. Ich wollte nicht mehr herumkommandiert und zu Mist verdonnert werden, auf den ich keine Lust hatte. Ich wollte kein Auto, das man mir einfach wegnehmen konnte, weil ich es nicht selbst bezahlt hatte. Ich wollte mich nicht mit aller Selbstverständlichkeit aus dem Kühlschrank bedienen, den er füllte. Ich wollte mir keinen Kram mit meiner Kreditkarte kaufen, die eigentlich gar nicht meine war. Ich wollte weg von meinem Vater und dem Tisch, unter den ich meine Füße stellen musste. Ich wollte mein eigenes Leben beginnen.«

»Joints rauchen, mit Mädels rummachen …«, necke ich ihn mit einem Zwinkern.

»Quatsch, nein. Das war damals schon längst kein Thema mehr.«

Ich finde es schön, dass Noah so viel von sich preisgibt, vor allem auch, weil er es nicht tut, um mich zu belehren oder mir klarzumachen, dass er in meinem Alter schon wusste, was er wollte. Aber eine Sache finde ich doch merkwürdig.

»Wenn du so dringend wegwolltest, warum bist dann jetzt hier und arbeitest im Hotel? Du wirst es doch eines Tages übernehmen, oder nicht?«

»Wenn ich das nicht wollte, würde ich es nicht machen.« Er wirft einen zweiten Stein ins Wasser, nimmt dann eine Handvoll Sand und lässt ihn aus der Faust rieseln. »Ich mag das Roomer's. Ich mag Orange Beach. Und inzwischen mag ich auch meinen Vater wieder.«

Nachdenklich betrachte ich Noah. Die sinkende Sonne gibt seiner Haut einen goldenen Schimmer. Er wirkt friedlich, zufrieden mit sich und kommt mir viel erwachsener vor, als ich es mir gerade je zu sein zutraue, viel stärker, selbstsicherer und damit auch unnahbar.

»Und deine Mutter?«

»Ich seh sie nicht oft. Ich gönn ihr das Leben, für das sie sich entschieden hat. Wenn es sie glücklich macht. Mit meinem Vater war sie es ja nicht mehr.« Er dreht mir den Kopf zu. »Hast du schon was gegessen?«

Oh Gott, was wird das? Eine Einladung zum Abendessen? Die Vorstellung, Noah in einem Restaurant gegenüberzusitzen, ist so schön wie befremdlich. Allerdings möchte ich hier auch nicht so recht weg. Ich könnte noch Stunden bleiben, bis es dunkel und wieder hell wird, meinetwegen. Mit Noah.

»Ich hab …«, stammele ich und ärgere mich, weil er mich schon wieder so verunsichert. »Auf der Fahrt hatte ich was.«

»Also hast du noch nichts gegessen. Ich hab auch Hunger.«

»Gab's auf dem Boot etwa keine Sandwiches aus der grandiosen Roomer's-Küche?«

Noah grinst wieder. »Reguläre Tauchgäste werden zum Spot geschippert, unter Wasser gelotst und zurückgeschippert.«

Mindestens eine Libelle will starten, aber ich erteile ihr keine Erlaubnis und reagiere mit einem trockenen »Ach so«.

»Die haben auch keinen speziellen Vertrag, der eine Verpflegung vorsieht. Irgendwer muss dich ja füttern. Da du nicht bei Lina bist, bleibt das gerade wohl an mir hängen.«

Ich spinne wohl! Fassungslos beobachte ich, wie er aufsteht und seine Schuhe nimmt.

»Ich hol uns schnell was.« Er wirft einen Blick zum Wasser, schaut mich dann wieder an. »Ich will hier noch nicht so richtig weg. Ist ein Burger okay?«

»Ich kann Essen holen«, entgegne ich patzig und stehe ebenfalls auf. »Ich bekomme jetzt ja fünfzig Dollar mehr pro Woche und weiß sowieso nicht, wohin mit der ganzen Kohle.«

Noah lacht. »War ein Scherz mit dem Füttern. Davon abgesehen fällt es mir nicht im Traum ein, mich von einer Frau zum Essen einladen zu lassen.« Er nickt zu der Stelle, an der wir gesessen haben. »Halt lieber den Sand warm.«

Damit lässt er mich stehen. Aus einem Impuls heraus will ich ihm nachstapfen und darauf bestehen, die Burger oder was auch immer zu bezahlen, da erinnere ich mich an seine ersten Worte. Er hat einen Scherz gemacht. Er füttert mich nicht durch, weil er muss, sondern weil er möchte. Eine andere Sache, die ich überhört habe, fällt mir ein: Er will hier noch nicht weg. Wie ich hier noch nicht wegwill. Weil er den Platz so mag? Oder wegen mir?

Mit einem Schnaufen plumpse ich in den Sand, ziehe die Beine an, stütze die Ellenbogen auf die Knie und den Kopf in die Hände. Dumpf vor mich hin brütend, starre ich auf einen blinden Fleck und versuche, mich zu sortieren.

Was, wenn es wieder passiert und das, was Noah und ich in Zimmer fünf begonnen haben, weitergeht? Ich will gar nicht darüber nachdenken, doch der Gedanke, ihn wieder zu küssen, besser noch, von ihm geküsst zu werden, ohne Zögern und Zurückhaltung, ihn auszuziehen und von ihm ausgezogen zu werden, seine Haut auf meiner und …

»Da bin ich wieder«, tönt es gut gelaunt neben mir.

Mit einem innerlichen *Fuck!* schrecke ich auf.

»Was ist los?«, wundert er sich und stellt die Getränke in den Sand. Dann hockt er sich neben mich und öffnet die Tüte mit den Burgern. Ein hungrig machender Duft strömt heraus.

»Nichts weiter, ich war in Gedanken«, gebe ich, noch erschrocken, zurück.

»Crispy Barbecue oder Chili Cheese?«

»Chili Cheese.«

»Dachte ich mir.« Er reicht mir den Burger. »Worüber hast du nachgedacht? Über das, was dein Vater gesagt hat?«

Danke für die Vorlage, Noah! Mehr als ein »Ähm« wäre mir sicher gerade nicht eingefallen. »Jepp, schon echt blöd alles.«

»Ach, er regt sich schon ab. Außerdem ist da deine Mom, die ihn ein bisschen bremst.«

Während ich zuschaue, wie er seinen Burger auspackt und genüsslich hineinbeißt, rege ich mich selbst ab und mache mich über meinen eigenen Burger her, der viel besser schmeckt als mein heutiges Frühstück und der Veggie-Wrap von der Fahrt.

»Ich hab ein bisschen nachgedacht«, murmelt Noah und wischt sich den Mund mit einer Serviette ab. »Ich denke, wir sollten kurz reden über das, was letzten Freitag im Hotel passiert ist.«

Das ist nett formuliert. *Was du mit mir gemacht hast,* trifft es eher.

Ich überwinde mich zu einem: »Ich hab dich echt überfallen damit. Irgendwas ist da mit mir durchgegangen, sorry noch mal.«

»Na ja, ganz unbeteiligt war ich am Ende auch nicht.«

»Aber ich habe angefangen, und das war falsch. Du bist praktisch mein Vorgesetzter, das haben wir ja gleich zu Beginn geklärt. Es wäre einfach …« *So gut! So verdammt gut!* »… ein Fehler.«

»Schon, aber auch mein Kommentar zu Cleo, dass ich nicht mehr mit ihr zusammen bin. Im Nachhinein klingt das wie ›Hey, ich bin frei, von mir aus könnten wir es treiben. Ich bin nicht derjenige, der in einer Beziehung ist … irgendwie.‹ So sollte es jedenfalls nicht klingen.«

Ich muss die Kuh vom Glatteis führen. Ich muss das Thema wechseln. »Warum hat es nicht geklappt mit Cleo und dir?«

Das ist gut, Jazz, sehr gut. Das lenkt von ihm und dir und diesem Drama ab.

Noah zögert mit der Antwort. Er trinkt einen Schluck und steckt den Becher wieder in den Sand. »Die Luft war einfach raus«, sagt er. »Wir waren nur noch befreundet. Das sind wir immer noch. Cleo ist … eigentlich perfekt.«

»Okay …« Mehr kann ich dazu dann doch nicht sagen. Das Thema ist leider nicht so ergiebig wie erhofft.

Findet Noah offenbar auch, denn er kehrt gedanklich ins Hotelzimmer zurück: »Und ja, ich bin praktisch dein Vorgesetzter. Aber ich sehe mich irgendwie auch als … Freund.« Er zerknüllt das Papier seines fast vertilgten Burgers in einer Hand. »Ich meine, wir erzählen uns unsere halbe Lebensgeschichte. Ich hab das Gefühl, ich kenn dich schon länger als nur einen Monat. Und es macht echt Spaß, mit dir zu tauchen.« Wie um das für sich zu bestätigen oder zu verinnerlichen, nickt er vor sich hin und sieht dabei herzerweichend süß aus. »Ich fahre viel lieber mit dir raus als mit den Tauchgästen. Ist einfach entspannend, obwohl ich dir ja eigentlich das Tauchen beibringe. Du bist ein Naturtalent.«

Er steckt sich den letzten Bissen in den Mund, schaut mich kauend an und scheint auf ein Feedback zu warten. Oder auch nicht. Vielleicht wollte er das auch bloß mal loswerden.

Ich bin völlig überfordert, flehe Noah im Stillen an, mich nicht so anzugucken. Sein Blick widerspricht dem, was er gerade gesagt hat – glaube ich, unsicherer von Sekunde zu Sekunde. Vielleicht ist es auch nur das Abendlicht oder meine Interpretation. Mein Wunsch.

Was er gerade gesagt hat, ist so ziemlich das Schönste, was ich seit Langem gehört habe – ich sollte megastolz sein, mich geehrt fühlen, dass Noah mich als einen Freund sieht. Stattdessen spüre ich ein leises Ziehen in der Herzgegend und fühle mich elend, irgendwie enttäuscht.

Kapitel 14

Wir sind Freunde! Das sage ich mir wie ein Mantra, als ich mich zum Tauchen umziehe.

Noah hat vollkommen recht. Es ist total vernünftig, einfach Freunde zu sein. Er ist nicht mein Typ. Wahrscheinlich bin ich nicht seiner. Ich bin keine klasse Frau. Ich bin eine Loserin, die Strafarbeit erledigt, weil sie in einem Alter, in dem sie schon bei sich angekommen sein sollte, immer noch Scheiße baut. Ich bin nicht Cleo, sicherlich nicht mal annähernd wie Cleo. Ich bin ein Kumpel, ein Naturtalent im Tauchen immerhin. Aber nicht mehr. Werde nie mehr sein. Will ich auch gar nicht. Nicht wirklich.

Wir sind Freunde. Punkt.

Den Tag über habe ich Noah nicht gesehen, meine Arbeit in den Zimmern gemacht und mal mehr, mal weniger vergeblich versucht, nicht über gestern zu grübeln, mich nicht so mies, nicht so abgewertet zu fühlen. Dieses Gefühl ist generell lächerlich. Immer wieder habe ich mir bewusst gemacht, dass es richtig positiv ist, von jemandem wie Noah in den Status einer Freundin gehoben worden zu sein. Leider kann ich mich darüber überhaupt nicht freuen.

Zum hundertsten Mal sage ich mir: *Wir sind Freunde!*, verlasse dann Linas Haus und gehe zu Noah, der an seinem Auto wartet. Für unsere Begrüßung, eine einfache Umarmung,

Bussi links und rechts, schiebt er höflich die Sonnenbrille von der Nase in die Haare und gewährt mir einen Blick in seine so verdammt schönen graublauen Augen. Dann öffnet er mir die Beifahrertür und fordert mich mit einer ausladenden Bewegung auf, einzusteigen.

Die Musik aus dem Autoradio ist ungewohnt sanft. Noah meint, das sei Americana oder Folk, und erzählt, dass er das oft als Abwechslung zum Rock hört, wenn er einen ruhigeren Background braucht. Ich frage mich, warum er einen ruhigeren Background braucht. Wegen Cleo und der Liebe, die zu einer Freundschaft wurde? Er erzählt von Festivals, auf denen er war, und spielt mir einen Song vor, *Fugitive Motel* von einer britischen Band namens *Elbow*, der perfekt zu meiner Melancholie passt – ohne dass Noah nur einen Hauch davon wahrnimmt. Die Melodie gepaart mit den traurigen Worten packt mich so sehr, weil ich Noah und mich in der Zukunft sehe. Ich habe Halbzeit in Orange Beach. Danach werde ich in Montgomery sein und er hier … und in Tuscaloosa. Ich werde ihm einen Kuss schicken, aus meinem Zimmer im Flüchtlingsmotel, von meinem Leben in seins. Vielleicht kommt er an, dieser Kuss, wahrscheinlich nicht. Wie auch, wenn er nicht erwartet wird?

Als wir den Hafen erreichen, gebe ich mir einen stillen Befehl und versuche, mich zusammenzureißen. Ich gehe nach Noah an Bord der *Days like these*, sitze neben ihm, während er das Boot aus dem Hafen und über das tiefblaue Wasser steuert. Weiter, immer weiter hinaus. Ich ziehe den Jumpsuit aus und den Neoprenanzug an, mache mich tauchbereit und springe in den Ozean.

An seiner Seite tauche ich hinab, nehme seine Hand, als er sie mir anbietet, und drehe mich mit ihm kopfüber. Ich lasse seinen Körper nahe an meinen, spüre jede seiner Bewegungen, die synchron zu meinen sind. Ich atme ein und atme aus und bin mir jedes Atemzugs ganz bewusst, weil jeder einzelne durch die künstliche Luftzufuhr verstärkt wird. Ich höre mich atmen, sehe Luftblasen aufsteigen. Ich sehe Noahs Atem. Je tiefer wir sinken, desto stiller wird es in mir, desto mehr bin ich nur noch ich – mit ihm.

Du kannst nicht … nur eine beliebige Freundin sein!, protestiert eine Stimme in mir und wird von der Vernunft stumm geschaltet: *Es ist vernünftig, es ist richtig, du musst!*

Ich muss!

Ich werde!

Und ich muss bei mir sein, hier unter Wasser. Also befehle ich mir erneut, mich zusammenzureißen, und konzentriere mich aufs Tauchen. Auf die Fische, auf die künstlichen Riffs des Wracks, auf die Stille in mir. Die Stille ist das Beste.

Wie betäubt und in Gedanken noch unter Wasser, tauche ich fünfundvierzig Minuten später an Noahs Seite auf. Seine Hand habe ich kurz vorher losgelassen und greife die Leiter. Ich spucke das Mundstück aus, ziehe die Flossen von meinen Füßen, werfe sie auf das Deck des Bootes und klettere hinauf. Oben nehme ich die Maske ab und beuge mich unter dem Gewicht der Scuba auf meinem Rücken. Als Noah aufs Boot kommt, richte ich mich wieder auf, schultere die Flasche mit seiner Hilfe ab, stemme die Hände in die Seiten und gehe ein paar Schritte ohne echtes Ziel. Ich gehe einfach nur, um zu gehen, atme und atme. Als ich mich umdrehe, sehe ich Noah an der Reling. Er steht halb mit dem Rücken zu mir, präsentiert mir seine wunderbare, harte Silhouette. Sein Körper im nassen, hautengen Neopren ist ein Anblick, der mich so sehr fasziniert, wie er mich quält. Wasser trieft aus seinen Haarspitzen.

Er dreht sich um, erwidert meinen Blick. Nachdenklich sieht er aus, irgendwie traurig.

»Was wäre, wenn ich keine Angestellte des Roomer's wäre und du nicht mein Vorgesetzter?«, murmele ich und erschrecke, kaum dass die Worte aus meinem Mund sind.

Noahs Blick ändert sich, das Grau beginnt düster zu schimmern. Er presst den Mund zusammen, wie um die Worte zurückzuhalten, die ihm zu meiner Frage über die Lippen wollen.

Mit einem zutiefst beschämten »Vergiss es! War nicht ernst gemeint« rausche ich an ihm vorbei, zur Treppe und in den Bauch des Bootes. Ohne zu wissen, was ich dort will, stehe ich herum und sehe mich um, ohne etwas wahrzunehmen.

Ich kann das so nicht, tönt es in mir, da höre ich Schritte auf den Stufen. Wenig später ist Noah bei mir. Er mustert mich, triefnass, wie er ist, und wunderschön – dabei denke ich gar nicht so sehr an sein Aussehen, sondern an sein Wesen. Er hat mich wütend gemacht, an meinem Selbstbewusstsein gerüttelt und mich zum Heulen gebracht, aber auch zum Lachen. Er hört mir zu, hört auf mehr als die Worte, die ich ihm sage, und macht sich Gedanken, die er sich nicht machen müsste. Er hat mich an mich selbst erinnert, und irgendwie glaube ich ihm, wenn er mir sagt, dass ich mein Leben schon wieder auf die Reihe bekomme. Vielleicht, weil er plötzlich ein Teil davon ist. Genau genommen ist es hauptsächlich sein Verdienst, das

Verdienst seines wunderschönen Wesens, dass meine Zeit in Orange Beach zu einer guten Zeit geworden ist.

Und deshalb kann ich das so nicht.

Einige zähe Sekunden lang steht er da, mit dem Blick fest auf mir, und ich überlege, ob er mir gleich mitteilt, dass ich unter diesen Umständen und bei meinen Gedanken nicht länger im Roomer's arbeiten kann.

Er kommt näher, steht bald dicht vor mir, schaut auf mich herab, und ich straffe die Schultern, wappne mich, genau das zu hören.

»Wenn du nicht im Roomer's arbeiten würdest und ich nicht dein Vorgesetzter wäre«, sagt er und schluckt hart, »würde ich dich küssen.«

Und dann küsst er mich. Sanft und zurückhaltend ist sein Mund, wie vorsichtig fragend. Als ich ihm antworte und ihn zurückküsse, schlingt er die Arme um mich und ich meine um ihn. Seine Hand packt kurz meinen geflochtenen, nassen Zopf im Nacken, dann nimmt er die Schnur des Reißverschlusses am Rücken meines Neoprenanzugs zwischen die Finger.

»Und ich würde das tun«, murmelt er, während er den Reißverschluss nach unten zieht.

Ich mache das Gleiche mit seinem Rückenreißverschluss. Zeitgleich öffnen wir unsere Anzüge und streifen uns die Oberteile vom Oberkörper, von den Armen, über die Hüften. Als Noah den Kuss unterbricht, um mich anzusehen, streichle ich über seine nackte Haut, über die Muskeln und Tattoos. Er dirigiert mich zur Couch und zieht mir den Neoprenanzug von den Beinen, sobald ich sitze. Dann zieht er auch seinen eigenen Anzug ganz aus und kommt zu mir, küsst mich wieder und bringt mich so dazu, auf der Couch zu liegen, legt sich neben mich, schmiegt sich an mich. Wir rutschen ein Stück höher, streicheln und erkunden uns, so sachte und liebevoll, wie ich es noch nicht erlebt habe. Mal küssen wir uns, mal sehen wir uns an. Ich spüre, dass er erregt ist, doch er lässt sich Zeit, als wüsste er noch nicht genau, wie weit er gehen will und kann.

»Und wenn du das wirklich wolltest«, raunt er zwischen zwei Küssen an meinem Ohr, »würde ich dich weiter ausziehen.«

»Willst du es denn wirklich?«, gebe ich leise zurück.

»Seit Wochen.«

Das »Dito« ist kaum über meine Lippen, da hat er die Rückenschleife meines Bikinioberteils gelöst und schiebt die dreieckigen Stoffstücke von meinen Brüsten. Meine Nippel sind schon erregt; sie ziehen sich noch ein bisschen mehr zusammen, als Noah meine Brust in seine Hand schließt. Ich seufze, so gut tun seine Berührungen, doch ich will ihn selbst anfassen und lasse meine Hand unter den Bund seiner Badeshorts wandern. Er keucht und küsst meine Schulter, küsst meinen Hals, schickt seinen Mund zu meinem Ohr und entlockt mir ein Stöhnen, als er an der empfindlichen Stelle direkt unterhalb knabbert. Ich schließe meine Hand fester um sein Glied und lege den Kopf zurück. Er küsst die Linie meines Kinns entlang und öffnet währenddessen die erreichbare Schleife meines Bikinihöschens.

Halb ineinander verschlungen, küssend, zögernd, einander berührend, werden wir unsere Badehosen los, da hält Noah inne.

»Ich würde weiter gehen, hätte ich ein Gummi.« Das Bedauern in seiner Stimme drückt auf meine Stimmung, doch ich kann nicht von ihm ablassen und streichele ihn weiter. Dabei fällt mir etwas ein.

»Ich hab eins.«

Noah verzieht den Mund zu einem schiefen Grinsen. »Ein Gummi?«

»Ja, oben.«

Es steckt in meinem Portemonnaie. Dort ist es gelandet, als Marc hier war.

»Geh es holen.« Er steht auf, nimmt meine Hand und zieht mich von der Couch in den Stand. »Aber beeil dich. Wenn du in zwei Sekunden nicht wieder hier bist, hole ich dich.«

Das muss er nicht. In zwei Sekunden schaffe ich es zwar nicht, doch in nicht mehr als zwanzig bin ich wieder unten. Mit vor der Brust verschränkten Armen tigert Noah durch die Kabine. Sobald ich das Gummi aus dem Portemonnaie in meinem Rucksack genommen habe, führt er mich tiefer in den Bauch des Bootes, den Gang entlang und zu einer Tür, hinter der nicht überraschend ein kleines Schlafzimmer liegt. Zum großen Teil wird es von dem Bett ausgefüllt, auf dem Noah und ich landen. Weich und kühl ist die weiße Wäsche. Das Kissen flufft um meinen Kopf auf.

Noah streicht über meinen Bauch und schiebt die Hand in meinen Schoß. Mein Atem bleibt in der Kehle stecken, als er mich dort berührt, dann flieht er mit einem Stöhnen aus meinem Mund. Höher und höher bringt er meine Erregung; ich kann die Hüfte nicht mehr still halten, da hält er es selbst nicht länger aus und unterbricht sein Fingerspiel, um sich das Gummi überzuziehen. Kaum sitzt es, da kommt er über mich und schiebt meine Beine mit seinem Becken auseinander. Sein Kuss ist drängender als eben noch, wilder und fordernder. Ich lasse meine Zunge mit seiner tanzen, schlinge die Beine um ihn und streiche über seinen Rücken. Seine noch nassen Haarspitzen kitzeln auf meinen Wangen, seine Haut ist heiß vor Lust. In der einen Sekunde kann ich nicht glauben, was hier gerade mit uns geschieht, und in den nächsten Sekunden kann ich nicht abwarten, dass wir bis zum Äußersten gehen.

»Ich will dich in mir«, flüstere ich an Noahs Ohr.

»Wie tief?« Seine Stimme klingt heiser.

»Ganz tief«, gebe ich zurück.

Sein Name huscht über meine Lippen, als er in mich eindringt. Sein Keuchen, sein Flüstern, sein Stöhnen vermischen sich mit meinem. Seine Finger verschränken sich mit meinen, als alles rundherum blass wird, als da nur noch er und ich sind und wir uns voneinander forttragen lassen.

* * *

»Hattest du geplant, mich heute flachzulegen?«, fragt Noah mit einem Schmunzeln und gibt mir einen Kuss auf die Schläfe.

Ich muss lachen. »Nicht wirklich. Wieso?«

»Weil du das Gummi dabeihattest.«

»Ach so ...« Ich drehe mich zu ihm und ziehe die Bettdecke noch ein bisschen weiter über uns, bis zu unseren Nasen. »Das war da einfach noch. Schleppe ich schon eine Weile mit mir herum.«

»Um für alle Fälle vorbereitet zu sein?«

»Ganz sicher nicht.«

Auf keinen Fall erzähle ich ihm, dass ich es seit dem Strandspaziergang mit Marc im Portemonnaie habe. Ich glaube, er weiß auch so, dass es eigentlich nicht für ihn bestimmt war.

Er legt den Arm um mich, rutscht näher an mich heran. Eine ganze Weile sehen wir uns an und sagen gar nichts. Es ist die Sorte Schweigen, die guttut, weil sie sich anfühlt, als würde man über die Blicke kommunizieren.

»Das war dann wohl nichts mit bloß Freunde sein«, sage ich irgendwann.

Noah zieht eine Braue hoch. »Sind wir jetzt keine Freunde mehr?«

»Du weißt, was ich meine.«

»Ja.« Er denkt eine kleine Weile nach. »Ich hoffe, du bedauerst nicht, dass es nun doch passiert ist.«

»Absolut nicht. Warum sollte ich?«

»Jetzt tust du es nicht, okay. Wer weiß, was du in ein paar Stunden oder morgen denkst.«

Mit meiner Nase gebe ich seiner Nase einen Stups und muss grinsen. »In ein paar Stunden werde ich im Bett liegen und nicht schlafen können, weil mich die Erinnerung wachhalten wird. Und die Lust, es wieder zu tun, wahrscheinlich auch.«

Der Gedanke scheint ihm zu gefallen. »Und morgen?«

»Morgen werde ich mich von Zimmer zu Zimmer putzen und in jeder Sekunde darauf gefasst sein, dass du hereinstürmst und mir diesen hässlichen grauen Kittel vom Leib reißt.«

Er knurrt genüsslich bei der Vorstellung. »Das wäre nicht schlimm, oder?«

»Um den hässlichen grauen Kittel wäre es nicht schade, nein.«

»So hässlich ist er gar nicht. Nicht an dir. Irgendwie siehst du sogar darin ziemlich heiß aus.«

Das sehe ich absolut anders, lasse es aber so stehen. »Unabhängig vom hässlichen grauen Kittel wäre es auch nicht schlimm. So ein Hotelzimmer kann man ja zum Glück abschließen. Wir müssten nur verdammt leise sein.«

»Leiser als gerade. Das wird schwer. Für dich zumindest.«

»Ich kann mir auf die Lippen beißen, mein Gesicht in ein Kissen pressen … Es wird schon gehen.«

Es ist ein verrückter, aber auch reizvoller Gedanke, es in einem Zimmer des Roomer's zu tun. Genauso wie eben. So zärtlich, aber doch intensiv will ich es wieder. Und wieder. Wie kann er nur überlegen, ob ich es nachher bedauere?

Noah wechselt zu einem Thema, mit dem er mich überrascht: »Du bist nicht gekommen.«

»Nein«, antworte ich ihm. »Ich komme nie, nicht direkt beim Sex.«

Sein »Hm« klingt nachdenklich.

Ich sehe ihn an. »Ist so. Ich hoffe, du betrachtest das jetzt nicht als Herausforderung, mir und dir beweisen zu wollen, dass es doch geht. Ich brauche das nicht.«

Er lacht leise. »Nein, schon okay. Das nicht.«

»Sondern?«

»Ich betrachte es als Hinweis und habe eine gedankliche Notiz gemacht, mehr nicht.«

Vorne im Boot klingelt mein Handy in meinem Rucksack. Ich ignoriere es. Noah nicht.

»Willst du nicht nachsehen, wer anruft?«

Ich schüttele den Kopf. »Wahrscheinlich ist es meine Mom.«

Ich habe mein Versprechen gehalten und ihr eine Nachricht geschrieben, als ich zurück in Orange Beach war. Wahrscheinlich will sie jetzt reden, auch über den Streit vom Vormittag.

Das Klingeln verstummt, setzt aber gleich darauf wieder ein.

»Vielleicht ist es wichtig«, überlegt Noah.

Also gut, dann eben doch!

Widerwillig krieche ich unter der Bettdecke hervor und stehe auf. Als ich das Telefon aus dem Rucksack nehme, hört es auf zu klingeln. Nicht meine Mutter hat angerufen, sondern Marc.

Mist!

Das Display wird kurz dunkel, dann leuchtet es abermals auf, mit Marcs Namen als Anrufer.

Ich steige die Treppe hinauf und nehme das Gespräch an Deck an. Schon bei Marcs ersten Worten höre ich, dass es ihm nicht gut geht und er wieder getrunken hat.

»Wieso hat das denn so lange gedauert?«, beschwert er sich.

»Ich war tauchen«, antworte ich. »Bin noch auf dem Boot.«

»Jetzt noch? Es ist doch gleich dunkel.«

Ich drehe mich zum Wasser. Tatsächlich geht die Sonne gerade unter.

»Ja, wir sind heute ein bisschen spät losgekommen. Ich hatte länger zu tun im Roomer's.«

Wie leicht mir diese Lügen von den Lippen kommen, erschreckt mich selbst.

»Ich dreh hier durch«, nuschelt Marc ins Telefon. »Ich überleg, ob ich dich besuchen komm, einfach so.«

Mist! Nein! Das geht nicht!

»Ich habe in nächster Zeit nicht frei.« Zumindest das ist nicht gelogen. Sunny ist als Nächste dran.

»Ich vermiss dich irgendwie.«

Starr vor Schreck, presse ich das Telefon ans Ohr. Marc LeBlanc hat gesagt, dass er mich vermisst! Ich fasse es nicht.

»Marc … du bist betrunken.«

»Scheißegal, ob ich's bin. Ich will dich sehen.«

»Das geht im Moment nicht.« Ich winde mich unter den Worten, weiß nicht, was ich ihm sagen soll. »Ich muss Schluss machen, Marc. Wir fahren gleich zurück. Lass uns später noch einmal telefonieren, okay?«

»Später bin ich unterwegs. Morgen vielleicht.«

»Dann bis morgen.«

Er legt auf. Obwohl der Wind kühl geworden ist und mich, nackt, wie ich bin, ein bisschen zittern lässt, bleibe ich noch ein paar Minuten an Deck. Sobald ich mich sortiert habe, gehe ich nach unten. Noah liegt noch im Bett. Mit hinter dem Kopf verschränkten Armen schaut er mir entgegen.

»Alles in Ordnung?«

Eigentlich nicht, aber das soll hier kein Thema sein. Ich krieche unter die Bettdecke, rücke wieder an Noah heran. »So weit ja.«

»War's deine Mom?«

Jetzt kann und will ich nicht lügen. »Nein, es war Marc. Er war betrunken.«

Noah nimmt seine Arme herunter und legt den, auf dem ich liege, um mich. Sachte streichelt er meine Schulter. Und schweigt.

Kapitel 15

Noch nie war ich vor einem Arbeitsbeginn so aufgeregt und neben der Kappe. Letzteres vor allem, weil ich in der Nacht kaum ein Auge zugetan habe. Als Sunny und ich unsere Putzwagen aus der Kammer schieben, erzählt sie irgendetwas, was sie ja meistens tut. Normalerweise höre ich ihr zu, aber heute gehen meine Gedanken ihre eigenen Wege und driften unaufhaltsam fort.

»Jetzt sag mal ehrlich, was würdest du machen? Das ist doch nicht normal, oder?«, tönt Sunny in den Nebel meines Bewusstseins.

Ich versuche, mich zu erinnern, wovon sie gerade gesprochen hat.

»Ich weiß nicht so richtig«, antworte ich schließlich, weil mir das unverfänglich erscheint.

»Wie, du weißt nicht richtig?« Sunny runzelt die Stirn.

»Ich weiß nicht, was ich an deiner Stelle tun würde.«

Die Furchen in ihrer Stirn werden tiefer. »Wieso denn an meiner Stelle? Ich red von meiner Schwester, nicht von mir. Hast du mir überhaupt zugehört?«

Mist, ertappt. »Ja, klar … Ich dachte nur, na ja … was du deiner Schwester sagen könntest.«

Du machst es nur schlimmer, Jazz! Halt besser die Klappe!

Sunny ruft den Fahrstuhl. »Stimmt irgendwas nicht?«

»Alles in Ordnung. Ich hab mies geschlafen, sonst nichts.«

Die Fahrstuhltür öffnet sich. Sunny schiebt ihren Wagen hinein. Ich muss warten, denn zwei Putzwagen passen nicht in die Kabine.

»Dann bis später«, sagt sie über die Schulter und drückt auf den Knopf, der sie ins Obergeschoss zu den Suiten bringt.

Ich atme durch, als sich die Tür hinter ihr schließt, lausche dem Surren des Fahrstuhls und rufe ihn dann zurück. Wenig später bin ich im Parterre unterwegs zum ersten Zimmer. Mein Herz macht einen Satz, als Noah aus dem Restaurant kommt, aus dem es nach Frühstück duftet. Wie aus dem Ei gepellt sieht er aus in seinem schmalen Anzug, mit den gebändigten Locken. Die Libellen starten, und ein verstohlenes Grinsen schleicht sich auf meine Lippen. Noahs Miene hingegen bleibt völlig ausdruckslos. Mit einem freundlich-sachlichen »Morgen« geht an mir vorüber. Ich atme sein Parfüm ein; der herbe Duft lässt die Libellen verrücktspielen und mein Herz noch schneller schlagen. Bei jedem weiteren Schritt komme ich mir aber bescheuerter vor, weil ich grinse. Entweder beherrscht Noah seine Mimik wirklich meisterhaft, oder er misst dem Sex, den wir gestern auf dem Boot hatten, nicht allzu viel Bedeutung bei. Natürlich hoffe ich auf Ersteres. Natürlich rede ich mir ein, dass es Ersteres ist. Dagegen spricht aber die Tatsache, dass gerade niemand in der Nähe war. Noah hätte mein Grinsen erwidern können, ein klein wenig nur, ein gehobener Mundwinkel hätte schon genügt.

Das kühle »Morgen« toppt Noah im Laufe des Tages noch mehrere Male.

Auf meinem Weg von Zimmer drei zu Zimmer vier begegnet er mir zusammen mit dem Hausmeister, den er darüber informiert, welche Glühbirnen kaputt sind und ausgetauscht werden müssen – gänzlich ohne Notiz von mir zu nehmen. Als ich in Zimmer fünf gerade das Bett mache, kommt er hinter Lina herein und versucht vergeblich, den Fernseher zu starten. Während Lina mir erzählt, dass sich die Gäste wegen des defekten Gerätes an der Rezeption beschwert haben, stöpselt er Anschlüsse ab und an und drückt Tasten auf der Fernbedienung – ohne auch nur einen Blick in meine Richtung zu verschwenden. Als wäre ich gar nicht da.

Nach dem Mittag verlasse ich Zimmer sechs und kreuze Noahs Weg zum vierten Mal. Mit dem Handy am Ohr eilt er auf dem Gang an mir vorbei. Den wenigen Worten, die ich höre, entnehme ich, dass er sich mit seinem Vater wegen eines Gastes mit Sonderwunsch unterhält. Diesmal streift mich sein Blick, immerhin. Aber das war's auch schon; keinerlei Emotion ist in seinen Augen.

Neben der ordentlichen Portion Unsicherheit, die seit dem Morgen in mir wühlt, macht sich Ärger breit.

Gestern hat er mir gesagt, dass er mich heiß findet in meinem Kittel – und ich war so dumm, es zu glauben. Entspräche es der Wahrheit, hätte er heute für nur eine Sekunde anders reagiert. Graumausiger als graumausig kann ich mich gerade nicht fühlen und knirsche mit den Zähnen, als ich die Arbeit in Zimmer sieben beginne.

»Hey, Jazz«, höre ich, als ich den Spiegel im Badezimmer putze, und schaue zu Sunny, ohne meine Arbeit zu unterbrechen.

»Hey«, gebe ich zurück. »Bist du schon fertig?«

»Nein, ich …« Sie druckst herum. »Hast du wieder was angestellt? Irgendwo eine Notiz hinterlassen oder so?«

Verwundert halte ich inne. »Nein, wieso?«

»Du sollst zu Noah kommen.« Sie zieht den Kopf ein, als hätte sie Angst, ich würde sie für das Überbringen der Hiobsbotschaft anschreien. »Er hat irgendwie sauer gewirkt.«

Was auch immer sein Problem ist … ich war's nicht! Einigermaßen resigniert stelle ich die Sprühflasche auf den Waschtisch.

»Wo finde ich ihn denn?«

»Er ist im Büro seines Vaters.«

Mit einem innerlichen *Fuck!* klatsche ich den Putzlappen hin und dränge mich an Sunny vorbei aus dem Zimmer. Das Letzte, was ich heute gebrauchen kann, ist, angemotzt zu werden. Wegen nichts. Oder meinetwegen wegen einer Lappalie. Ich muss zugeben, dass ich bei der Arbeit nicht sonderlich aufmerksam war – nicht aufmerksam sein konnte. Tatsächlich kann ich nicht ausschließen, dass ich irgendwo etwas vergessen habe. Und wenn's so ist! Pah! Dann ist es eben so. Es gibt wirklich Schlimmeres als eine Falte im Bettlaken.

Mit jedem Schritt gerate ich mehr in Rage und lege mir mein Kontra in verschiedenen Versionen zurecht.

Wehe, er motzt! Dann motze ich zurück! Noah kann sich auf etwas gefasst machen. Ich lasse mir das nicht gefallen und mir auch nicht wieder mit anzuhängenden Extratagen drohen. Vorgestern sagt er mir, dass wir Freunde sind. Gestern vögelt er mich. Heute behandelt er mich wie Luft und will sich jetzt als mein Chef aufspielen, mich runterputzen wegen … weiß der Geier was! Es reicht einfach mal.

Durch die offene Tür rausche ich ins Büro, stoppe vorm Schreibtisch und verschränke die Hände vor der Brust. Ich will nicht so trotzig wirken, kann aber nicht anders. Geradeso verkneife ich mir ein *Was zur Hölle ist los mit dir?*, das ganz impulsiv aus meinem Mund will, und quetsche stattdessen ein »Du wolltest mich sprechen« zwischen den Zähnen hindurch.

Noah lässt sich mit der Antwort Zeit. Er schaut nicht mal auf, sondern klimpert in Seelenruhe irgendetwas in die Tastatur. Dann klickt er mit der Maus, sieht mich kurz an und steht auf.

»Komm mit«, sagt er und latscht voran, ohne sich zu vergewissern, dass ich ihm folge. Er geht einfach davon aus, dass ich es tue. Weil ich es muss. Öl in mein Feuer!

Um ihm nicht nachzudackeln, schließe ich mit ein paar schnelleren Schritten zu ihm auf und begleite ihn die Treppe ins Untergeschoss hinunter.

»Was zum Teufel hab ich nun wieder verbrochen?«, fauche ich, als ich es nicht mehr aushalte.

»Das zeige ich dir gleich«, entgegnet er und zieht, unten angekommen, seinen Schlüsselbund hervor.

Im Raum hinter der ersten Tür auf der rechten Seite wird die frische Hotelwäsche aufbewahrt. Noah schließt auf und lässt mir mit einer Geste den Vortritt. Ich bin darauf eingestellt, gleich irgendeinem Chaos, das ich nicht angerichtet habe, gegenüberzustehen, und scanne den Raum auf der Suche nach dem Fehler, Wäschestapel für Wäschestapel. Alles ist, wie es sein sollte. Irritiert wende ich mich zu Noah um. Er hat die Tür hinter sich geschlossen.

»Was ist das …« *Problem?*, will ich fragen, doch Noah verschließt mir den Mund mit einem Kuss, der mich prompt alles vergessen lässt. Ich umarme ihn, als er mich an sich zieht, streiche über seinen Rücken, doch es ist zu viel Stoff zwischen meinen Händen und seiner Haut. Ich will die Knöpfe seines Jacketts öffnen, aber er lässt mich nicht, bringt meine Hände hinter mich und dirigiert mich durch den Raum, bis ich gegen eine Wand stoße. Noah reißt die Druckknöpfe meines Kittels auf und zieht mir das Höschen von den Hüften. Dann lässt er von meinem Mund ab und küsst sich an mir herab. Seine Lippen fliegen über meine Brust und meinen Bauch. Währenddessen zieht er mein Höschen ganz herunter und schiebt meine Beine auseinander. Ich keuche, als sein Mund in meinem Schoß landet, sehe Sternchen und vergrabe die Finger in seinen Locken.

»War das den ganzen Tag über dein Plan«, murre ich in Ekstase, »mich hierherzulocken?«

»Es war mein Plan, das nicht zu tun«, gibt er mit rauer Stimme zurück und verwöhnt mich weiter. »Aber ich konnte der Versuchung nicht widerstehen, und das ist gut so.«

Diese Worte, und was er mit seiner Zunge tut, genügen, um die süße Eskalation in mir auszulösen. Ich zucke und schlucke meine Schreie, als ich komme.

Noah lässt seine Küsse den Rückweg antreten und setzt den letzten auf meine Stirn. Ich schaue ihn an, ringe um Atem, tauche tief in das Graublau seiner Augen und schaffe es nicht, wieder aufzutauchen. Mein Herz schlägt wild, es kribbelt in meinem Bauch. Ein simples Glücksgefühl lässt mich lächeln. Noah lächelt zurück und gibt mir einen kurzen Kuss.

»Kuscheln muss heute leider ausfallen«, murmelt er.

Ich verwehre mich gegen die Sehnsucht, die sich einstellen

will. Zu gern würde ich jetzt mit ihm kuscheln und ihn wieder in mir spüren, an einem gemütlicheren Ort als dem Wäscheraum. Haut an Haut, bis es Nacht wird, und dann neben ihm einschlafen. Stattdessen ziehe ich meinen Slip an und knöpfe den Kittel zu.

»Geh du vor«, sagt Noah dann und macht eine Kopfbewegung zur Tür. »Ich warte noch ein paar Minuten.«

Schon will ich zur Tür, da ruft er mich zurück. Über den Stapel Handtücher, die er mir in die Hand drückt, gibt er mir einen Abschiedskuss und grinst verschwörerisch.

»Falls dir jemand begegnet, solltest du einen Grund haben, dich hier herumzutreiben.«

Dass die Handtücher eine sehr gute Idee waren, zeigt sich, sobald ich vor der Tür stehe, denn aus dem Personalaufenthaltsbereich kommt Lina.

»Da bist du ja«, sagt sie. »Ich hab dich gesucht. In Zimmer sieben hast du alles stehen und liegen lassen und bist verschwunden. Sunny sagte, du wärst bei Noah, aber …«

»War ich auch«, falle ich ihr ins Wort. »Und dann fiel mir ein, dass ich nicht genug Handtücher mitgenommen hatte.«

»Ach so, okay.«

Ihr Blick ist so eindringlich, dass ich ihm nicht lange standhalte und mich beeile, nach oben zu kommen. Meine Wangen glühen, als ich den Spiegel weiterputze.

* * *

Sobald ich zu Hause bei Lina bin, rufe ich Marc an. Das Telefonat habe ich ihm schließlich versprochen. Er klingt viel besser als gestern, nüchtern auf jeden Fall und beinahe gut gelaunt. Viel Zeit zum Reden hat er nicht, weil er oben im Studio ist. In der vergangenen Nacht hat er einen neuen Song geschrieben und arbeitet gerade daran. In knappen Worten entschuldigt er sich für den Anruf gestern und seine Reaktion. Ich komme gar nicht dazu, zu sagen, dass das schon okay war, da beschließt er bereits, dass wir später sprechen. Er muss weitermachen und beendet das Gespräch.

Eine Abfuhr wie diese ist für mich nichts Neues. Wenn Marc in der Schaffensphase ist, tickt er immer so. Und es ist gut, dass er sich beschäftigt. Ich bin ziemlich sicher, dass er Matts Tod im neuen Song aufarbeitet. Für jemanden wie ihn mag das der beste und einfachste Weg sein, Probleme zu überwinden.

In der Küche treffe ich auf Lina. Sie muss gekommen sein, während ich mit Marc telefoniert habe, und schenkt sich jetzt ein Glas Wein ein. Nach einem ersten Schluck zieht sie ihr Hoteljackett aus und öffnet die oberen Knöpfe ihrer Bluse. Ich nehme mir eine Limo aus dem Kühlschrank und spüre ihren Blick auf mir kleben.

»Hast du die Handtücher doch nicht gebraucht?«, fragt sie. In ihrer Stimme schwingt ein Ton mit, der mich aufhorchen lässt. Die Antwort darauf, woher sie weiß, dass die Handtücher tatsächlich überflüssig waren, kann ich mir selbst geben: Ich habe sie auf meinem Wagen liegen lassen. Merkwürdig ist aber, dass Lina das aufgefallen ist.

»Es waren doch noch genügend im Zimmer«, gebe ich zurück und will mich aus der Küche verdrücken, doch Linas neue Frage hält mich zurück.

»Du warst nicht wegen der Handtücher im Wäscheraum, oder?«

Mist! Sie ahnt etwas.

Cool bleiben, Jazz! Ahnungslosigkeit vortäuschen!

»Weshalb denn sonst?«

Sie zieht eine Augenbraue hoch. Statt zu antworten, trinkt sie einen weiteren Schluck, setzt das Glas ab und schweigt weiter. Da kann ich mithalten.

»Weißt du, Noah habe ich auch nirgends gefunden«, sagt sie, nachdem wir uns zur Genüge im Indianerblick geübt haben.

Und noch ein bisschen cooler als cool! Das ist eine Falle. Tapp nicht hinein!

Ich zucke mit den Schultern. »Keine Ahnung, wo er …«

Lina lässt mich nicht ausreden. »Er hat den Wäscheraum kurz nach dir verlassen. Erzähl mir jetzt bitte nicht, er war ebenfalls dort wegen Handtüchern.«

Hitze schießt in mein Gesicht. Ich umklammere mein Glas, als wäre es ein Rettungsring.

»Er hat … er wollte bloß …«, stammele ich und verfluche Lina im Stillen dafür, dass sie uns nachspioniert hat und uns so schnell auf die Schliche gekommen ist.

Sie hebt die freie Hand. »Ich kann mir vorstellen, was passiert ist, Jazz. Erspar mir sowohl weitere Lügen als auch die Details. Ich will auch nicht wie ein Moralapostel klingen und dir erzählen, dass solche Geschichten zwischen Mitarbeitern im Roomer's grundsätzlich tabu sind.«

Ärger keimt in mir auf. »Das tust du doch aber gerade.«

»Du bist nur noch einen Monat hier und davon abgesehen

keine normale Angestellte, aber darum geht es mir auch gar nicht in erster Linie.«

»Worum dann?«

»Ich sollte den Mund halten, was deine Verliebtheit in Noah angeht …«

»Ich bin nicht verliebt«, protestiere ich.

»Dann wäre dein Verhalten umso schlimmer. Für ein bisschen Spaß und mit dem Wissen um Noahs Freundin hast du es also darauf ankommen lassen?« Sichtlich enttäuscht schüttelt sie den Kopf. »Ich hätte dich nicht für eine gehalten, die anderen den Freund ausspannt.«

Ich glaube es ja nicht! Wer will hier gleich kein Moralapostel sein? Ordentlich angesäuert hole ich zum Rückschlag aus: »Mal davon abgesehen, dass zu so etwas immer zwei gehören und Noah erwachsen genug ist, um zu wissen, was er tut, sind er und Cleo schon eine Weile nicht mehr zusammen.«

So! Das sitzt. Lina klappt den Mund zu und starrt mich verdattert an.

»Wir haben ja versucht, bloß Freunde zu sein«, verteidige ich mich weiter und spüre, wie mir Tränen in die Augen steigen. »Wollten beide aber doch mehr und …«

Weiter komme ich nicht. Die Worte brechen mir einfach weg, und ich heule los. Ich will an Lina vorbei, doch sie stellt ihr Glas ab und hält mich am Handgelenk fest.

»Hey«, sagt sie mit einer Stimme, die jetzt so viel Wärme hat, dass es auch kaum erträglich ist. Ich kann sie nicht ansehen, starre auf den Boden, wo meine Tränen landen. Nach einer Weile legt sie einen Finger unter mein Kinn und sorgt so dafür, dass ich den Kopf hebe.

»Ich hab's schon einmal gesagt, und ich sag's jetzt noch einmal: Und ob du in Noah verliebt bist …«

»Ich will's aber nicht sein«, presse ich hervor.

Lina nimmt mich in den Arm. »Es wäre zu schön und würde einem manchmal einigen Kummer ersparen, hätte man da eine Wahl.«

Es tut gut, sie zu umarmen. Wie eine Wolke aus Trost fühlt es sich an.

»Seid vorsichtiger, okay«, murmelt sie und streichelt mir über den Rücken. »Im Hotel könnt ihr das echt nicht machen.«

»Das wissen wir … eigentlich.«

»Ich halte natürlich dicht. Jeff Roomer sollte davon nichts erfahren, außer natürlich Noah möchte, dass er es weiß.«

»Red bitte aber auch nicht mit Noah, okay?«

Lina lacht leise. »Ganz sicher nicht.«

Erleichtert atme ich durch.

Kapitel 16

Das letzte Zimmer ist geschafft, der Putzwagen steht in der Kammer. Im Aufenthaltsraum schnappe ich mir meinen Rucksack und will verschwinden. Duschen werde ich, wie meistens, zu Hause bei Lina. Den ganzen Pflegekram, den ich so brauche, möchte ich nicht mit ins Hotel schleppen. Heute dusche ich vor allem zu Hause, weil ich den Kittel nicht einfach gegen Alltagskleidung tauschen werde. Noah holt mich ab. Wir wollen den Abend zusammen verbringen. Und die Nacht. Sein Vater ist am Vormittag für eine Woche nach New York geflogen, wo seine Partnerin lebt.

Auf dem Gang begegnet mir Sunny.

»Feierabend!«, ruft sie und reißt die Arme hoch.

»Ja, endlich«, entgegne ich und will mich von ihr bis zum Morgen verabschieden.

»Lass uns nachher doch etwas essen gehen«, schlägt sie da vor. »Ich hab Lust, mich ein bisschen chic zu machen, schließlich ist Samstag.«

Na toll! Und nun?

»Ach, du …«, hebe ich zögernd an und suche nach einer Ausrede. »Ich bin echt ein bisschen müde.«

Sunny winkt ab. »Das ist nur der übliche Hänger nach der Arbeit. Du wirst schon wieder munter.«

Okay, schärfere Geschütze, auch wenn es mir echt leidtut,

Sunny anzuschwindeln: »Ich glaub nicht. Wahrscheinlich kippe ich, sobald ich zu Hause bin, einfach nur ins Bett. Kopfschmerzen hab ich auch. Lass uns doch nächste Woche essen gehen, wenn du frei hast.«

Sie wirkt enttäuscht, zieht die Schultern hoch und lässt sie mit einem resignierten »Na gut« wieder fallen.

»Dann bis morgen.«

Im Weitergehen muss ich mich geradezu zwingen, langsam zu machen. Wie es sich für eine gehört, die müde ist und Kopfschmerzen hat. Dabei kribbelt es in meinen Waden, denn ich will laufen, so schnell wie möglich bei Lina sein und unter die Dusche springen.

Sobald das Roomer's außer Sichtweite ist, sprinte ich los, stürme in Linas Haus und in mein Zimmer, wo ich die Schuhe und den Kittel ins Windeseile loswerde. Unter der Dusche ziehe ich mir gedanklich bestimmte Klamotten an, nehme zwei in die engere Auswahl. Wenig später probiere ich sie an und entscheide mich für ein bronzefarbenes, ärmelloses Oberteil, das luftig fällt. Dazu ziehe ich eine Jeans an. Flache braune Sandalen machen den Look perfekt.

Noah hat nicht gesagt, was wir unternehmen, und so bin ich weder over- noch underdressed. Nachdem ich Make-up aufgetragen und meine roten Locken zu einem Zopf zusammengenommen habe, bin ich fertig. Zehn Minuten bleiben mir noch. Als ich das Bad verlasse, kommt Lina nach Hause. Auf jedem Arm schleppt sie Papiertüten gefüllt mit Lebensmitteln und bugsiert sie in die Küche. Ich beeile mich, ihr eine Tüte abzunehmen, und helfe ihr beim Verstauen des Einkaufs.

»Du siehst hübsch aus«, stellt sie mit einem kurzen Blick fest. »Hast du noch was vor?«

»Ich gehe aus, ja«, gebe ich zurück und schicke den Rest, der als Info ohnehin notwendig ist, gleich hinterher: »Wahrscheinlich bleibe ich über Nacht weg.«

Lina hält inne, schaut mich wieder an und zieht eine Braue hoch. »Ist die Katze aus dem Haus, tanzen die Mäuse auf dem Tisch.«

Damit spielt sie auf Jeff Roomers Abwesenheit an.

Ich muss grinsen. »Immerhin treffen wir uns nicht im Wäscheraum.«

Sie schnaubt und räumt weiter ein. »Das weiß ich wirklich zu schätzen, danke!«

»Ich bin jetzt auch gleich weg.«

»Dann viel Spaß.«

Das meint sie schon ehrlich. Die Anspannung in ihrer Stimme verrät dennoch, dass ihr nicht ganz wohl dabei ist, die Mitwissende dieser Heimlichkeit zu sein.

Ich hole meinen schon gepackten Rucksack aus meinem Zimmer, werfe Lina noch einen Gruß zu und bin aus dem Haus. Noah und ich sind in einer Parallelstraße verabredet. Er weiß nicht, dass Lina über ihn und mich im Bilde ist, und wollte nicht direkt vor ihrer Tür parken. Vom Ins-Haus-Kommen ganz zu schweigen.

Abermals muss ich mich zwingen, langsam zu gehen, diesmal, um Noah gegenüber gelassen zu wirken. Dabei bin ich alles andere als das. Mein Herz schlägt schneller, angetrieben von der Vorfreude über die vor mir und Noah liegenden Stunden – wie auch immer wir sie verbringen. Nur ein Mal habe ich ihn heute gesehen, nur kurz, nur aus der Ferne, und ich kann es nicht abwarten, bei ihm zu sein. Beim Anblick seines am Straßenrand parkenden blauen Mustangs kribbelt die Freude noch heftiger in mir. Grinsend plumpse ich wenig später neben Noah auf den Beifahrersitz und stelle den Rucksack zwischen meinen Beinen ab.

»Du siehst toll aus«, sagt er. »Ich habe jeden Meter genossen.«

Leider trägt er seine Sonnenbrille, und sein Blick ist mir nicht vergönnt. »Jeden Meter?«

Er zeigt auf seinen Rückspiegel. »Jeden Meter von der Straßenecke bis hierher.«

»Du hast mich beobachtet.«

»Ich konnte nicht anders.« Er fährt los. »Was hältst du davon, wenn wir im Supermarkt stoppen, ein paar Sachen kaufen und uns dann etwas kochen. Ich hab keine Lust auf ein Restaurant. Es ist Samstag, da sind die alle so voll.« Er schmunzelt. »Und ich hätte dich viel lieber für mich.«

Und ich hätte ihn viel lieber für mich. Das passt also. Wäre da nicht diese eine Sache.

»Ich kann leider überhaupt nicht kochen.«

Noah lacht. »Deinen Eltern gehören sechs Steakhäuser, und du bist eine Niete in der Küche? Aber macht nichts. Ich bin da auch kein Talent. Wir finden was, das wir beide schaffen.«

»Notfalls bestellen wir Pizza.«

»Auf keinen Fall. Was auch immer wir auf unsere Teller zaubern, wird gegessen.«

Noah reiht sich auf der Abbiegespur ein und stoppt den Wagen an einer roten Ampel. Rechts neben uns hält ein Wagen, und ich werfe einen nur beiläufigen Blick hinüber. Mit einem kleinen Schrecken erkenne ich, dass Sunny hinter dem Lenkrad sitzt. Perplex starrt sie mich an. Als sie den Mund aufklappt und fragend eine Hand hebt, schaffe ich es noch, die Schultern zur Entschuldigung hochzuziehen, da wird es für uns Grün, und Noah fährt weiter.

»Alles okay?«, fragt er, als wir den Supermarkt erreichen.

»Im Auto nebenan, gerade eben an der Ampel, das war Sunny.«

»Hm.« Noah grübelt darüber nach, während er einen Parkplatz nahe dem Eingang sucht. »Wir könnten zum Tauchen verabredet sein.«

»Das wäre eine gute Erklärung, hätte ich Sunny vorhin, als sie mit mir in ein Diner wollte, nicht von meiner schlimmen Müdigkeit und den noch viel schlimmeren Kopfschmerzen erzählt.«

»Okay …« Er stellt den Motor ab, nimmt die Sonnenbrille von der Nase und schiebt sie in seine Haare. Nachdenklich schaut er durch die Windschutzscheibe, dann dreht er sich zu mir. »Du könntest ihr erzählen, dass ich dich praktisch überfallen und mitgeschleppt habe.«

Ich schüttele den Kopf. »Das wird sie mir nicht glauben. Und davon abgesehen … Lina weiß es auch.«

Mit einem zweiten »Okay« atmet Noah durch. »Wie das?«

»Sie hat gesehen, wie du nach mir aus dem Wäscheraum gekommen bist, und sich ihren Teil gedacht. Ich hab mir ganz schön was anhören dürfen, aber inzwischen ist sie easy damit und hat versprochen, gegenüber deinem Vater dichtzuhalten.«

»Tut mir leid.« Dass er das ernst meint, erkenne ich in seinen Augen, am Schimmer des Graus. »Ich spreche morgen mit Lina, und jetzt lass uns den Abend genießen.«

Wir steigen aus. Als Noah auf dem Weg in den Supermarkt meine Hand nimmt, prickelt es um mein Herz herum.

* * *

Wie halb verhungert sind wir übereinander hergefallen. Noah hat die Einkaufstüte praktisch fallen lassen. Auf dem Weg in sein Zimmer haben wir uns gegenseitig die Klamotten vom Leib gezerrt und den so ziemlich besten Sex gehabt, den ich je hatte. Inzwischen ist es dunkel, und ich bin auf andere Weise halb verhungert.

Spaghetti Bolognese kann jeder, hat Noah im Supermarkt behauptet. Ich hätte ja eine Fertigsoße genommen, aber er hat darauf bestanden, es ordentlich zu machen, und übers Handy im Internet ein *À-la-Mama*-Rezept gesucht. Das verdammt mich nun dazu, Karotten und Sellerie in winzig kleine Würfel zu schneiden. Währenddessen brät Noah das Hackfleisch an und fügt weitere Zutaten exakt nach Rezept zu.

Irgendwann ist endlich alles in der Pfanne und muss noch eine halbe Stunde vor sich hin köcheln. Mein Magen knurrt so laut, dass Noah es trotz der Musik, die läuft, hört.

»Vorspeise gefällig?« Er schnappt sich eine Honigmelone von der Anrichte. Grinsend wirft er sie von einer Hand zur anderen wie einen Football und wartet auf meine Antwort.

»Wenn du jetzt noch Parmaschinken hast …« Allein beim Gedanken läuft mir das Wasser im Mund zusammen.

»Und ob.«

Er holt den Schinken aus dem Kühlschrank, nimmt sich das Messer, mit dem ich das Gemüse gewürfelt habe, und teilt die Melone in zwei Hälften. Eine Hälfte zerschneidet er in dünne Scheiben, richtet sie auf einem Teller an und legt den Schinken darüber.

Mein Magen knurrt abermals. Dass ich vorsorglich die Hand auf den Bauch gelegt habe, konnte ihn nicht stoppen.

Noah amüsiert sich darüber. Mit einem »Ist ja schon gut« transportiert er zuerst Teller und Besteck, dann die Honigmelone zum Esstresen, um den herum vier Hocker stehen. Ich bringe unsere Getränke.

»Mmh«, mache ich voller Genuss, als der Saft der Melone über meine Zunge rinnt und sich seine fruchtige Süße mit der Würze des Schinkens vermischt.

In meinem Rucksack, der am Eingang der Küche auf dem Boden steht, summt mein Handy. Eine, zwei, drei Nachrichten gehen ein.

Noah sieht mich an, kaut und hebt fragend beide Augenbrauen.

Ich schüttele den Kopf. »Ist jetzt egal. Wir essen.«

»Wenn du nachsehen musst, mach nur.« Er zuckt mit den Schultern. »Nicht dass er … durchdreht oder so.«

Natürlich, er geht davon aus, dass Marc mir schreibt. Wahrscheinlich hat er sogar recht. Meine Mutter würde alle Infos in eine Nachricht packen, und so viele andere Leute schreiben mir nicht mehr. Sie haben es irgendwann aufgegeben, nachdem ich ihnen auf ihre besorgten Fragen, ob bei mir alles okay sei, nicht mehr geantwortet habe.

»Vielleicht ist er es gar nicht.«

»Vielleicht nicht.«

»Sunny könnte es sein.«

»Bestimmt ist es Sunny.«

Noah ignoriert, dass ich versuche, die Gedanken hinter seiner Stirn zu lesen. Scheinbar ungerührt verputzt er die Melonenscheibe und hebt sich eine neue auf den Teller. In Gedanken höre ich wieder und wieder, wie er das eben gesagt hat, und frage mich, ob er wirklich so gleichgültig ist oder ob sich leise Eifersucht hinter dieser Gleichgültigkeit versteckt.

»Du weißt, dass Marc nicht mein fester Freund ist«, erinnere ich ihn nach einigem Zögern. »Wir haben keine feste Beziehung.«

»Klar«, gibt Noah im gleichbleibenden distanzierten Ton zurück. »So ein freundschaftliches Vögelding habt ihr. Voll modern.«

Ich will ihm widersprechen, ihm sagen, dass das Vergangenheit ist, beiße mir aber auf die Zunge, weil ich noch nicht mit Marc gesprochen habe.

»Wie hast du ihn eigentlich kennengelernt?«, will Noah wie beiläufig wissen. »Warst du ein Groupie, das in der ersten Reihe vor der Bühne so intensiv an seinen Lippen geklebt hat, dass er dich einfach bemerken musste?«

»Ein nettes Bild«, kontere ich und versuche mir nicht anmerken zu lassen, dass er mich damit ziemlich trifft. »Aber so spektakulär war es nicht. Er und seine Freunde hatten in einem unserer Restaurants reserviert. Ich hab sie empfangen und zu ihrem Tisch gebracht. Das Übliche halt. Ich hatte keine Ahnung, dass er Musik macht.«

Noah linst zu meinem Teller. »Du hattest erst eine Melone.

Schlag zu, sonst futtere ich die alle auf und hab dann keinen Platz mehr für die Spaghetti.«

Sprachlos vom harten Themenwechsel, starre ich ihn an, was er geflissentlich ignoriert. Dann bugsiere ich eine zweite Melonenscheibe auf meinen Teller.

Kein Wort wechseln wir während der Vorspeise mehr. Noah scheint seinen Gedanken nachzuhängen und es nicht anders zu wollen. Nachdem wir Geschirr und Besteck in den Geschirrspüler geräumt haben, setzt Noah Wasser für die Spaghetti auf. Ich hole mein Telefon aus dem Rucksack und werfe einen Blick auf das Display, wo mir eine Vorschau der Nachrichten angezeigt wird.

Die Nachrichten sind von Marc. Als Erstes schickt er mir eine Audiodatei, dann erklärt er, dass das sein neuer Song ist. Zuletzt fragt er mich, was ich davon halte, und fügt hinzu, dass ihn alle, die ihn schon gehört haben, grandios finden. Nicht dass ich auf die Idee komme, etwas anderes zu sagen.

Früher hätte ich es nicht abwarten können, reinzuhören. Sogar für einen Ausschnitt von ein paar Sekunden hätte ich alles stehen und liegen lassen. Heute interessiert es mich nicht, und ich will Marc auch nicht antworten. In erster Linie will ich, dass Noah nicht mehr so komisch ist. Ich stecke das Handy zurück in den Rucksack und sehe zu ihm. Er steht am Kochblock in der Mitte der Küche und öffnet die Spaghettipackung. Für ein paar Sekunden fühlt sich mein Herz an, als würde es zusammenkrampfen, dann pumpt es weiter, härter als eben. Niemals habe ich so etwas bei Marc verspürt. Ich war verschossen in ihn, fasziniert von ihm, und beim Blick durch die rosarote Brille habe ich mir ausgemalt, wie es wäre, wenn er und ich fest zusammen wären. Illusionen waren das, nicht mehr. Davon ist kaum mehr etwas übrig. Es ist weniger und weniger geworden, klammheimlich. So klammheimlich, wie Noah wichtiger und wichtiger wurde.

»Als ich zuletzt in Monty war«, sage ich, als ich wieder bei Noah bin, »da ist nichts zwischen Marc und mir passiert.«

Aus einem Impuls heraus, weil ich nicht anders kann und ihm nahe sein möchte, umarme ich ihn von hinten. Ich spüre, wie er den Atem kurz anhält und dann ausströmen lässt.

»Das war doch nie ein Thema, oder?«, entgegnet er.

»Nein. Ich will aber, dass du das weißt. Es wird auch nicht mehr passieren.«

Mit diesen Worten nehme ich mir vor, mit Marc zu sprechen und ihm genau das klarzumachen.

»Deine Zeit hier ist in drei Wochen vorbei«, höre ich von Noah. Seine Stimme vibriert an meinem Ohr, weil mein Gesicht an seinem Rücken liegt.

»Und?«

»Na ja, dann bist du halt dort, gehst im Herbst zurück auf die Highschool. Und ich bin wieder an der Uni in Tuscaloosa.«

Meine Frage bleibt dieselbe: »Und?«

»Wer weiß schon … vielleicht renkt sich das mit Marc auch wieder ein.«

Spinne ich? Wie kann er das sagen, wo er vor Kurzem noch der Überzeugung war, dass Marc einen negativen Einfluss auf mich hatte. Die Antwort gebe ich mir selbst: Er kann es sagen, weil er tatsächlich nicht eifersüchtig, weil seine Gleichgültigkeit nicht gespielt ist. Das tut weh.

Es wäre irre, vollkommen verrückt, im jetzigen Stadium

von einer Beziehung zu sprechen, ein weiteres von Noah so bezeichnetes freundschaftliches Vögelding will ich allerdings nicht.

Die Enttäuschung schnürt mir die Kehle zu, doch ich versuche das zu überspielen, als ich mich von Noah löse.

»Wo finde ich die tiefen Teller?«, frage ich.

»Die obere Schranktür ganz links«, antwortet er und wechselt vom Nudeltopf zur Pfanne, um die Soße umzurühren.

Ich hole die zwei Teller aus dem Schrank, Gabeln und Löffel aus der Schublade und decke den Tisch fürs Hauptgericht.

Kapitel 17

Am Sonntag hatte ich keine Gelegenheit, mit Sunny zu sprechen, denn es war der stressigste Abreisetag, den ich im Roomer's je erlebt habe. Nach der Arbeit wollte ich mir Sunny schnappen, doch sie war schon nicht mehr im Hotel. Heute, an ihrem ersten freien Tag, gab es nur acht Zimmer zu putzen, und Noah wollte mit mir zum Tauchen rausfahren. Ich habe ihn und mich selbst auf morgen vertröstet, denn dann werden es wegen der beiden Abreisen heute wahrscheinlich noch weniger Zimmer sein. Anreisen sind bislang keine vorgemerkt.

Gleich nachdem ich zu Hause war, habe ich Sunny angerufen. Jetzt sitzt sie mir in einem Diner gegenüber. Und schmollt.

»Tut mir wirklich leid, dass ich dich angelogen habe«, sage ich.

Ungewohnt trotzig saugt sie einen Schluck Milchshake durch den Trinkhalm, zuckt dann mit den Schultern. »Einer mehr oder weniger macht auch keinen Unterschied.«

»Wie meinst du das?«

»Alle lügen doch irgendwie. Meine Mutter hat über meinen Vater gelogen, mein Exfreund über seine Treue, meine ex-beste Freundin über ihr Verständnis von Freundschaft, außerdem darüber, dass der Charakter zählt, und darüber, dass mein Hintern nicht fett ist …«

Ich ahne etwas. »Hat dein Ex dich etwa mit deiner besten Freundin betrogen?«

Sunny nickt und weicht meinem Blick aus. »Jepp, aber ist ja egal. Ich bin schließlich zu dumm, um das rauszukriegen. Und selbst wenn … Dumme sind sogar zu blöd für Gefühle. So was perlt an Dummen ab.«

Was sie sagt, finde ich furchtbar. Über den Tisch greife ich nach ihrer Hand. »Du hast eine tolle Figur, Sunny, halt echt weiblich. Mach dir deshalb keine Sorgen. Und dumm bist du auch nicht.«

»Klar bin ich das.« Plötzlich wütend, blitzt sie mich an. »Ich bin so dumm, dass ich nicht mal den Highschool-Abschluss geschafft habe.«

»Das könnte mir auch passieren«, erinnere ich sie. »Wenn ich die zweite Runde vergeige, war's das. Dass es so weit gekommen ist, war tatsächlich dumm von mir.«

»Du bist nicht zum Unterricht gegangen«, kontert Sunny. »Aber ich hab jeden Tag drin gesessen, ohne was zu raffen.«

»Na ja, das ist …« Ich weiß nicht, was ich sagen soll. Natürlich ist mir klar, dass Sunny nicht die hellste Kerze auf der Torte ist, aber für dumm halte ich sie trotzdem nicht. Mir fällt etwas ein. »Du hast jede Menge emotionale Intelligenz, weißt du. Viel mehr als andere.«

Sie runzelt die Stirn. »Was soll das denn sein?«

»Du verstehst deine eigenen Gefühle. Du hast Empathie, kannst also auch die Gefühle anderer verstehen und Rücksicht darauf nehmen.«

Sunny ist nicht beeindruckt. »Das ist keine Intelligenz, mit der ich mir ein gutes Leben finanzieren kann.«

»Das vielleicht nicht unbedingt, aber es ist trotzdem eine Menge wert. Deine ehemals beste Freundin und dein Ex, die haben wahrscheinlich gar keine emotionale Intelligenz, sonst hätten sie dir das nicht angetan.«

Grimmig betrachtet sie mich, presst die Lippen zusammen und löst sie wieder für eine Frage. »Du und Noah, ihr seid dann emotional auch nicht die Hellsten, oder wie ist das?«

Ich verstehe, woraus sie hinauswill. »Noah und Cleo sind schon eine Weile nicht mehr zusammen.«

»Echt? Wieso das denn?«

»Noah hat nicht viel dazu erzählt. So etwas passiert halt.«

»Was ist mit dir und Marc?«

»Er ist nicht mein fester Freund.«

»Auf einmal!«

»Das war er noch nie. Ich hab's nur behauptet, weil ich es unangenehm fand, ihn als meinen Vögelfreund zu bezeichnen ... und weil ich es mir bis vor einer Weile auch gewünscht habe.«

»Noch eine Lüge also.«

»Mensch, Sunny!« Ich hab das Gefühl, ich drehe mich mit diesem Gespräch im Kreis. Alles, was ich sage, führt zu noch mehr Ärger oder Enttäuschung bei ihr. »Ich wollte dir damit doch nicht wehtun.«

»Es war nicht die Wahrheit. Punkt.«

»Ja, manchmal erfindet man kleine Notlügen. Jeder macht das, glaube ich. Aber die sind nicht böse gemeint. Als ich dir gesagt habe, dass ich müde bin und so weiter, war das doch nicht, weil ich keine Lust hatte, Zeit mit dir zu verbringen, sondern weil ich schon mit Noah verabredet war und niemand erfahren sollte, dass zwischen ihm und mir …« Keine Ahnung, wie dieser Satz am besten enden sollte.

»Wie lange geht das denn schon mit euch?«, will Sunny wissen.

»Erst ein paar Tage. Es hat sich aber schon eine Weile angekündigt. Ich wollte es eigentlich nicht, und Noah auch nicht.«

»Hm, vielleicht, wenn zwei etwas nicht wollen, hebt sich das irgendwie auf. Das ist wie mit den zwei Wellen, die aufeinander zurauschen, aufeinanderprallen und zusammen zu glattem Wasser werden.«

Überrascht hebe ich die Brauen. »Behaupte ja nicht noch einmal, dass du dumm bist.«

Sunny kneift ein Auge gegen das Sonnenlicht zu, das zu den Fenstern hereinfällt. Sie grinst verschmitzt. »In Physik war ich ganz gut.«

»Ein cooler Vergleich ist das jedenfalls.«

»Und wie geht es nun weiter mit Noah und dir? Wollt ihr das geheim halten, bis deine Zeit hier vorbei ist?«

Der Gedanke beschert mir ein mulmiges Gefühl. »Keine Ahnung, was passiert, wenn ich nicht mehr hier bin. Vorgestern hat Noah eine Bemerkung gemacht. Er sieht das momentan ziemlich locker.«

Und das ist vernünftig!, erinnere ich mich im Stillen.

»Nach den paar Tagen können wir ja nicht behaupten, dass wir eine Beziehung haben«, erkläre ich sowohl Sunny als auch mir selbst. »Für Zukunftspläne ist es eindeutig zu früh. Aber geheim halten wollen wir es auf alle Fälle weiter.«

»Kann ich verstehen. Der Chef fände das wahrscheinlich nicht so prickelnd. Er hat schon mal eine aus dem Restaurant und einen Rezeptionisten entlassen, weil sie was miteinander hatten. Wüsste er, dass sein eigener Sohn die Regeln bricht und etwas mit einem Zimmermädchen anfängt …« Sie zieht eine Schnute und schüttelt die Hand, wie man es tut, wenn man eine Sache heikel findet. »Da wär was los.«

»Drei Wochen müssen Noah und ich, Lina und nun auch du halt noch dichthalten.«

»Lina weiß es auch?«, ächzt Sunny.

»Leider ja. Noah und ich haben uns im Wäscheraum getroffen. Lina hat gesehen, wie zuerst ich und dann er rauskam.«

»Ach du Scheiße!«, raunt sie hinter vorgehaltener Hand und starrt mich entgeistert an. »Das wäre mir ja so was von peinlich.«

»War es mir auch, glaub das mal. Wir müssen echt vorsichtiger sein, aber das ist in manchen Momenten echt schwer.«

Sunny nimmt die Hand herunter und präsentiert mir ein nun wieder verschmitztes Grinsen. »So hätte ich Noah gar nicht eingeschätzt.«

»Wie? So leidenschaftlich? So nach mir die Sintflut?« Bei der Erinnerung an das, was er im Wäscheraum mit mir gemacht hat, kribbelt es in meinem Bauch. »Das hatte ich auch nicht. Ich dachte, er ist ein Spießer, der sein Spießertum hinter einem verwegenen Äußeren versteckt. Weder der Spießer noch der Rocker waren mein Fall.«

»Du konntest ihn nicht ausstehen«, erinnert mich Sunny.

»Absolut nicht. Er hat sich ja auch wie ein Arsch verhalten, anfangs. Aber seit wir zusammen tauchen …« Ein Seufzer huscht über meine Lippen.

Sunny vervollständigt meinen Satz mit ihrer Interpretation

der Situation. »… hast du dich mit jedem Tag ein bisschen mehr in Noah verschossen. Ich hab dir gleich gesagt, dass er echt nett ist.«

»Er ist mehr als nett. Wir hatten einige wirklich gute Gespräche, in denen er mir die Augen so ein bisschen geöffnet hat. Belehrend war er dabei aber nie. Er war einfach …«

»Noah.«

»Genau.«

»Du warst schon ganz schön eitel, als du hier angekommen bist.« Sie lacht und zieht dann eine theatralische Miene, legt zur Verstärkung eine Hand auf ihr Herz und äfft mich in einem übertriebenen Jammerton nach: »Keiner versteht mich. Alles ist ungerecht, und diese Arbeit hier ist so was von unter meiner Würde.«

»So schlimm war ich nun auch nicht.«

»Aber fast. Und wie du mich beim ersten Mal angeguckt hast: Wer ist die denn? Und wie sieht die denn aus? Und was will die überhaupt von mir? Und wieso lässt die mich nicht einfach in Ruhe?«

»Das habe ich nie gedacht!«, protestiere ich ehrlich empört.

Sunny amüsiert sich weiter. »Klar hast du das. Du sollst mich doch nicht anlügen.«

»Okay, ein bisschen war es so. Aber ich find's gut, dass du mich nicht in Ruhe gelassen hast.«

»Und ich find's gut, dass du bist, wie du bist. Insbesondere jetzt, wo du von deinem hohen Ross abgestiegen bist. Ich werd dich vermissen, wenn du wieder in Montgomery bist.«

»Ich dich auch«, sage ich, weil es genau so sein wird. »Aber ich komme bestimmt wieder her. Und an deinen freien Tagen kannst du mich in Monty besuchen.«

Die Vorstellung gefällt uns beiden.

* * *

»Tust du mir einen Gefallen?«, raunt Noah nach einem intensiven Kuss in mein Ohr und schiebt seine Hände meine Taille und Hüfte entlang, als wolle er mich auf der Stelle ausziehen.

»Welchen denn?«

»Würdest du deinen Hintern etwas weniger schwingen, wenn du deinen Putzwagen an mir vorbeischiebst? Ich ertrage den Anblick echt schlecht ohne die Aussicht auf dich ohne Kittel.«

Ich muss lachen. »Ich schwinge meinen Hintern gar nicht.«

»Und ob du das tust. Ich find's sexy. Ich find dich sexy.«

Das soll vielleicht ein Kompliment sein, aber gerade kann ich es nicht so richtig als eins auffassen, denn es ist gekoppelt an eine gewisse Angst, die auf einer Erfahrung beruht. Marc hat mich oft als sexy bezeichnet.

»Noch irgendwas anderes?«, frage ich Noah in einem scheinbar automatisch kühleren Ton.

Er versteht nicht, worauf ich hinauswill. »Was meinst du?«

»Ich wär gern mehr als sexy.« Nein, Korrektur: »Ich denke, dass ich mehr als sexy bin. Es wäre nur schön, wenn das wahrgenommen werden würde.«

»Was wird das denn jetzt? Eine Grundsatzdiskussion?«

Das geht in die verkehrte Richtung. Vielleicht war es falsch, das zu sagen. »Vergiss es.«

Ich will mich abwenden, irgendwohin gehen, aber Noah hält mich zurück. »Ich hab dir gesagt, dass ich gern mit dir tauche, dass es mir mit dir sogar mehr Spaß macht als mit anderen. Was meinst du, wieso? Weil ich dich so gern im Bikini sehe und dann später im hautengen Neopren?«

Ich weiß nicht, was ich dazu sagen soll, und spüre immer noch den Drang, wegzulaufen. Noah scheint das zu merken.

»Ganz ehrlich, wenn ich dir sage, dass du sexy bist, sehe ich dich nicht ausschließlich als sexy, aber mir gefällt natürlich, dass du es bist.«

»Schon okay.«

»Nein, es ist nicht schon okay.« Sein Blick ändert sich, wird wärmer. Er scheint auch unsicher zu sein und nicht so recht weiterzuwissen, findet die Worte dann aber. »Schon damals, auf dem Freeway, war mir klar, dass du diese schnippische, verwöhnte Göre, als die du dich gegeben hast, eigentlich gar nicht bist, sondern irgendwie … verwirrt, desillusioniert. In diesen wenigen Wochen hast du eine ordentliche Entwicklung durchgemacht oder bist vielleicht wieder mehr zu der Person geworden, die du warst, bevor du durchgedreht bist. Du bist dir deiner Fehler bewusst. Du erledigst deine Arbeit, ohne länger darüber nachzudenken, dass sie eigentlich unter dem ist, was du für dein Niveau hältst. Und du stellst dich den Herausforderungen, die demnächst kommen. Du akzeptierst die Konsequenzen, die dein Handeln nach sich zieht, ohne noch darüber zu jammern. Das macht dich irgendwie … groß.« Er zwinkert und grinst. »Und auch wieder irgendwie sexy.«

Seine Worte rühren mich, und sein Grinsen steckt mich an. Ich gebe ihm einen kumpelhaften Schlag vor die Brust.

Noah nimmt meine Hand, bevor ich ihn noch einmal knuffen kann, und führt mich durchs Haus ins Wohnzimmer.

Direkt nach dem Treffen mit Sunny bin ich hergekommen, wie eine Süchtige mit überhöhter Geschwindigkeit hergedüst. Am ersten Abend erschien mir das große Haus noch fremd, aber heute, am dritten Abend in Folge, fühle ich mich seltsam heimisch. Natürlich trägt Noahs Gegenwart ihren Teil dazu bei, doch es ist auch ein Haus zum Wohlfühlen.

Es liegt am westlichen äußeren Ende von Orange Beach, auf der Landzunge zwischen dem Golf und einer Lagune, in einer Reihe mit anderen privaten Strandvillen. Das Panoramafenster im Wohnzimmer eröffnet einen grandiosen Blick auf den Ozean. Noah zieht mich an sich.

»Heute habe ich keine Lust zu kochen«, murmelt er und schaut mir in die Augen. »Was hältst du von Pizza?«

»Absolut okay für mich«, antworte ich gerade, da hören wir, wie sich die Haustür öffnet und wieder schließt.

Bei den Schritten auf den Fliesen im Eingangsbereich versteinere ich genauso sehr wie Noah. Ich kann praktisch spüren, wie seine Muskeln unter meinen Händen hart werden. Wir bringen Abstand zwischen uns, bevor Jeff Roomer im Wohnzimmer steht.

»Miss Lawrence!« Er klingt nicht erfreut. »Was für eine Überraschung, Sie hier zu sehen. Ich habe mich schon gefragt, ob das Ihr BMW ist da draußen in meiner Einfahrt.«

Ich starre ihn an. Er sieht von mir zu Noah und zieht eine Braue hoch.

»Ich nehme an, ihr habt die nächste Lektion in Sachen Tauchen besprochen?«

Noah schweigt. Die Sekunden ziehen dahin. »Nein, eigentlich nicht«, höre ich ihn dann sagen. »Jazz ist einfach so zu Besuch.«

»Ach, tatsächlich?«, entgegnet Jeff Roomer spöttisch und schiebt die Hände in die Hosentaschen. »Einfach so.«

»Wir verstehen uns halt gut.«

»Tatsächlich? Verstehst du dich mit den anderen Angestellten auch so gut? Das würde mich interessieren, nur so zur Info. Dann bin ich darauf eingestellt, dass meine ganze Belegschaft während meiner Abwesenheit hier ein und aus geht.«

»Dad …« Im Augenwinkel sehe ich, wie Noah den Kopf schüttelt.

»Wie auch immer. Ich hätte jetzt gern ein wenig Privatsphäre.« Jeff Roomer nimmt mich in den Fokus. »Miss Lawrence, wären Sie wohl so freundlich, mich nach draußen zu begleiten.«

Ich wage es nicht, einen Blick mit Noah zu tauschen, weil ich Angst habe, zu verraten, dass wir uns mehr als nur gut verstehen.

Das vom Schreck geweckte Adrenalin rauscht in meinen Ohren, als ich Jeff Roomer aus dem Wohnzimmer folge. Im Eingangsbereich, nahe bei der Tür, wendet er sich zu mir um.

»Wie schätzen Sie selbst Ihre Tauchkenntnisse ein, Miss Lawrence?«

Zuerst finde ich keine Stimme, bringe schließlich ein kratziges »Ganz gut« heraus.

»Wunderbar.« Sein Blick ist stechend, kalt, abschätzend und schließlich geringschätzend. »Ich werde mit Noah sprechen. Wenn er das auch so sieht, ist es wohl an der Zeit, dass

Sie sich als Assistentin nützlich machen. Der ganze Aufwand soll sich am Ende auch ein bisschen bezahlt machen für den Rest Ihrer Zeit hier. Dass Noah und Sie mein Boot weiter für Tauchstunden beanspruchen, halte ich jedenfalls für nicht weiter erforderlich.«

Ich kann mich nicht bewegen, nicht fassen, was er da sagt und wie er es tut.

Er öffnet mir die Tür. »Guten Abend, Miss Lawrence.«

Ich erwidere den Gruß mit verhaltener Stimme, trete mich innerlich in den Hintern, verlasse das Haus und gehe zu meinem Auto. Auf dem Weg nach Hause fühle ich mich wie taub.

Benommen tappe ich die paar Meter von meinem Parkplatz zu Linas Haus, schließe auf, öffne die Tür und drücke sie zu, indem ich mich von innen mit dem Rücken dagegenlehne.

Lina kommt aus der Küche und mustert mich verwundert.

»Ist was passiert?«, fragt sie dann.

»Er kam früher nach Hause … Jeff Roomer«, höre ich mich antworten.

Sie schnauft durch. »Na klasse! Hat er euch … habt ihr …«

»Wir waren einfach nur im Wohnzimmer. Nix weiter. Er war trotzdem nicht gerade happy, mich in seinem Haus anzutreffen.«

»Das kann ich mir vorstellen.« Sie lehnt sich in den Türrahmen und verschränkt die Arme vor der Brust. »Und nun?«

»Keine Ahnung. Er hat mich rauskomplimentiert, die Tauchstunden gestrichen. Ich soll jetzt mit auf die Tauchgänge für die Gäste.«

»Schaffst du das?«

»Ich denke schon, aber das …« Meine Stimme versagt unter

der Verletztheit, die in mir aufquillt wie ein giftiger Kloß. »Er hat … wie er mit mir gesprochen hat!«

Jeff Roomer hat mich gerade behandelt wie ein lästiges Insekt, das er nur verscheucht hat, obwohl er es am liebsten erschlagen hätte. Er hat mich behandelt wie jemanden, der seines Sohnes nicht würdig ist.

»Komm mit in die Küche!« Lina streckt den Arm nach mir aus. »Lass uns ein bisschen Musik hören, ein bisschen reden … oder auch nicht.«

Besser nicht reden, denke ich mir, nehme Linas Einladung aber an.

Kapitel 18

Die Landschaft zieht so gleichförmig an mir vorüber, wie es die Stunden der Woche getan haben. Das Taubheitsgefühl, das ich seit dem Rauswurf bei Jeff Roomer verspüre, hat sich vertieft. Dazu fühle ich mich inzwischen vollkommen leer. Seit einer ganzen Woche hat Noah nicht mehr als das Nötigste mit mir gesprochen. Zwei Versuche habe ich gestartet, doch er hat jeden abgeblockt, als würden wir uns nicht kennen – zumindest nicht so, wie wir es tun. Er war nicht unfreundlich, nicht hart zurückweisend, einfach nur distanziert.

Es tut weh. Genau genommen schmerzt es mich mehr als je etwas anderes. Das ist eine Erkenntnis, die ich nicht einordnen kann und die meinen Zustand noch verschlimmert. Nach einer Woche des Schweigens erscheint mir der Noah, mit dem ich es vorher zu tun hatte, wie ein Phantom. Ich vermisse ihn sehr und erkenne ihn nicht mehr in dem Noah, mit dem ich es zuletzt zu tun hatte.

Am Dienstag nach diesem furchtbaren Montagabend im Haus der Roomers bin ich noch einigermaßen zuversichtlich zur Arbeit gegangen. Ich war überzeugt, dass sich Noah nichts verbieten lässt, nicht von seinem Vater, nichts, was er will. Im Laufe des Tages sind jedoch die Worte, die er mir am Samstagabend an den Kopf geworfen hat, in den Vordergrund getreten. Dass niemand weiß, was so passiert, wenn meine Zeit in Orange Beach vorbei ist – als gäbe es keine Möglichkeiten der Steuerung. Nur hundert Meilen trennen Montgomery und Tuscaloosa; das ist eine Strecke, die man in nicht einmal zwei Stunden schafft. Wenn man will. Inzwischen ist mir klar, dass sich Noah tatsächlich nichts verbieten lässt, was er will. Nur will er mich einfach nicht.

Im Strahl könnte ich kotzen, wenn ich an das Gespräch denke, zu dem mich Jeff Roomer am Dienstagnachmittag in sein Büro beordert hat.

»Sie haben sich auf Ihre Arbeit zu konzentrieren, Miss Lawrence«, hat er gesagt. »Sie haben hier nicht nach links und nach rechts zu schauen, sondern in erster Linie dafür zu sorgen, dass sich unsere Gäste in ihren Zimmern wohlfühlen.«

Im übertragenen Sinne heißt das so viel wie: Hör auf, meinen Sohn anzubaggern. Der Arme versteht es offenbar nicht, sich gegen eine wie dich zu verteidigen. Erledige die Aufgaben, für die ich dich hergeholt habe. Erfülle den Zweck, für den allein ich mich überhaupt mit dir abgebe. Werde anständig, pflichtbewusst, ordne dich unter. Vergiss die Person, für die du dich hältst, denn du bist sie nicht. Du bist ein Nichts. Bekomm dein Leben auf die Reihe. So jemanden wie dich braucht mein Sohn ganz sicher nicht.

Ich bin aus diesem Gespräch geschlichen, als hätte er mich gerade halb stranguliert.

Und dann dieser Tauchgang am Donnerstag, mein erster als Assistentin. Noah, fünf Gäste des Hotels und ich. Ich habe mich so fehl am Platze gefühlt. Nicht, weil ich nicht wusste, was ich tun sollte – Noah hatte mich zuvor ja über meine Aufgaben informiert. Ich sollte ihm beim Zusammenstellen der Utensilien zur Hand gehen, später bei der Reinigung. Auf dem Boot hatte ich den Leuten mit ihrer Ausrüstung zu helfen und unter Wasser darauf zu achten, dass es allen gut geht. Das Gefühl der Fremde kam, weil Noah und ich den Ozean nicht mehr für uns hatten. Die Verbindung zwischen uns, die mit jedem Tauchgang fester geworden war, war abgerissen. Und Noah schien sich nicht einmal daran zu erinnern, dass sie bestanden hatte. Kaum einen Blick hat er in meine Richtung verschwendet, wo ich immer wieder sehnsuchtsvoll zu ihm hingelinst habe, in der Hoffnung, nur einen Funken Sehnsucht zurückzubekommen – vergeblich. Ich war froh, wieder über Wasser zu sein. Als wäre ich die ganze Zeit kurz vorm Ersticken gewesen, habe ich mir das Mundstück herausgerissen und wie panisch alle Luft der Welt in meine Lunge gezogen.

Allein die Erinnerung daran gibt mir ein Gefühl von Enge in der Brust – mit keinem noch so tiefen Atemzug kann ich es vertreiben. Im Gegenteil, je weiter ich Orange Beach hinter mir lasse, desto heftiger wird es.

Der via Bluetooth verbundene Player springt zu einem Song von *Fink*, einer Band, die ich nur durch Noah kenne, die ich nur wegen Noah liebe.

Oh why, oh why do they teach us Shakespeare?

Alles umsonst. Eine wie ich versteht Shakespeare nicht, könnte man meinen. Kein Wort über Shakespeare ist zwischen Noah und mir gefallen, und trotzdem verbinde ich so viel mit diesem Lied und uns – oder besser: mit ihm und mir, denn es gibt kein Uns. Er hat mir so viel beigebracht. Über mich. Ganz ohne ein Romeo zu sein. Noah ist kein Romeo, der unter meinem Balkon steht und mir epische Verse am Efeu hinauflüstert oder -singt. Er ist nicht wie Marc, hat diesen Sinn nicht. Und genau deshalb mag ich ihn so. Ganz ohne Julia sein zu wollen.

Auf jeder verdammten Meile nach Norden linse ich zu meinem Telefon. Es ist und bleibt stumm.

Ich war noch kurz im Roomer's, um Sunny ein paar High Heels zu bringen. Sie hat meine Schuhgröße und kann in meinen Schuhen zu Hause und meinetwegen auch auf der Straße schon ein bisschen das Laufen auf Absätzen üben. Noah parkte gerade ein, als ich ausparkte, und er hätte mich aufhalten können. Hat er aber nicht, obwohl er sich hat denken können, dass ich an meinen freien Tagen nach Montgomery fahre. Wohin sollte ich sonst?

In meinem nach einer Woche des Wartens, Beobachtens, Bewertens, Einknickens vollkommen geistesgestörten Zustand sehe ich ständig dieselbe Nachricht auf dem Display aufleuchten: *Wie geht es dir?*

Mehr nicht. Ich will nur, dass er sich wenigstens fragt, wie es mir geht. Ich frage mich, wie es ihm geht und ob ihn das alles wirklich so kaltlässt. Ich frage mich auch, was ich ihm antworten würde, und zu der Antwort inspiriert mich mehr Noah-Musik. Da wäre zum Beispiel *Isaak Gracie* mit *Reverie*:

Hey, Baby, was soll ich sagen? Ich könnte dir sagen, dass es mir großartig geht. Aber Liebling, ich bin einfach nicht okay.

Ich bin einfach nicht okay. Ich bin einfach nur taub. Ich bin stumm in mir drin, erstarrt in mir drin, kalt in mir drin, einsam in mir drin. So einsam, wie ich nie zuvor war. Und ich kann nicht glauben, dass mich jemand wie Noah, ausgerechnet einer wie er, in diesen Zustand versetzt hat.

Mein Telefon gibt einen Ton von sich. Mein Herz setzt einen Schlag aus, klopft dann eifrig, doch beim kurzen Blick auf das Display fällt es in seinen trägen Takt zurück. Es ist Marc, der mir geschrieben hat. Wie es aussieht, hat er mir eine aktuelle Version seines neuen Songs geschickt, die ich mir anhören soll.

Ich möchte nicht. Ich möchte und muss weiter Noah-Musik hören.

* * *

Bald passiere ich die Vororte von Montgomery. Wenig später fahre ich durch die Innenstadt. Als ich vor dem Apartmenthaus parke, in dem Marc wohnt, wische ich die Tränen von meinen Wangen. Für den Bruchteil einer Sekunde zeigt mir mein Hirn ein altes Muster: Ich könnte mich von Marc mitziehen und aufheitern lassen. Ich könnte mit ihm abhängen, später auf eine Party gehen, noch später mit ihm schlafen und einfach vergessen, dass ich einfach nicht okay bin. Dazu müsste ich nicht mehr tun als »Hi« sagen und lächeln, sobald Marc mir die Wohnungstür öffnet. Doch allein bei der Vorstellung verweigert sich alles in mir dagegen. Ich kann das nicht.

So bleibe ich taub und kalt, steige aus dem Auto und tappe zur Eingangstür des Hauses, drücke auf Marcs Klingel und stemme mein Körpergewicht gegen die Tür, als er öffnet. Auf dem Weg die Treppe hinauf sehe ich Noah und mich auf dem Boot, wie er mich einfach in den Arm nimmt, bevor es so intensiv zwischen uns wurde, wie er mich ganz kumpelhaft festhält und mir sagt, dass alles okay wird. Marc hätte das niemals getan. Er hätte es nicht gekonnt, weil ihm nie bewusst war, dass es mir nicht so gut geht.

Bei seinem Anblick möchte ich am liebsten umkehren, doch ich muss diesen Schritt hinter mich bringen.

Er sieht besser aus als zuletzt, scheint sich mit der Arbeit am Song erholt zu haben. Sein Lächeln und das Funkeln in seinen dunklen Augen hätten mich früher auf der Stelle schwach werden lassen, doch heute passiert gar nichts in mir.

Er begrüßt mich mit einem Bussi auf die Wange. Ich gehe an ihm vorbei in seine Wohnung.

»Hast du's dir angehört?«, fragt er und schließt die Tür.

»Noch nicht«, gebe ich zurück und setze mich auf die Couch.

Marc setzt sich mir gegenüber in den Sessel. »Nicht? Warum nicht?«

»Ach, die Bluetooth-Verbindung wollte irgendwie nicht«, schwindele ich und fühle mich kein bisschen schlecht dabei.

»Okay, warte …« Marc nimmt sein Handy vom Tisch, startet den Song und legt das Telefon zurück auf den Tisch.

Der Song wird über die Soundbox abgespielt. Anfangs höre ich keinen Unterschied zur letzten Version heraus. Erst im Refrain fallen mir kleinere Variationen der Gitarre auf, die der Melodie noch ein bisschen mehr Intensität geben. Vermutlich hat Marc den Text an einigen Stellen verändert, Worte ausgetauscht. Da bin ich mir aber nicht sicher, weil ich den Song kaum einmal mit voller Aufmerksamkeit gehört habe.

»Was denkst du?«, fragt er, als der letzte Ton verklungen ist, und schaut mich gespannt an.

Er weiß, dass ihm hier etwas richtig Gutes gelungen ist. Und das möchte er jetzt auch von mir hören.

»Ich denke, das ist ein Song, der dich weiter bringen kann als nur in die Clubs und Bars von Alabama«, sage ich ihm.

»Echt?« Er grinst von einem Ohr zum anderen; ein Glanz hellt seinen Blick auf.

»Echt. Wann machst du die Aufnahme für YouTube?«

»Ende der Woche. Schade, dass du nicht dabei sein kannst.«

Ich will etwas dazu sagen, etwas, das eine Einleitung zu allem Weiteren sein könnte, doch Marcs Telefon klingelt. Weil es noch über die Soundbox verbunden ist, hallt der Ton laut durch das Loft. Bevor er das Gerät vom Tisch nimmt, huscht mein Blick dorthin. Auch über Kopf kann ich den Namen *Annie* lesen – und spüre gar nichts dabei. Keinen Ärger, keine Eifersucht.

Marc entkoppelt das Handy und nimmt den Anruf an.

»Hey, kann ich dich zurückrufen?«

Er hört ihr zu, grinst wieder wie eben bei mir. »Cool, danke. Freut mich.«

Natürlich, er hat ihr den Song auch geschickt.

»Ja, ich dachte, das kommt besser. Aber lass uns später reden, da hab ich mehr Zeit.«

Er wartet auf ihre Zustimmung, die sie ihm selbstverständlich gibt, sagt »Bis dann« und legt auf.

»Das war Jem«, murmelt er, ohne mich anzuschauen. Stattdessen scrollt er auf dem Display herum, als würde er irgendetwas Interessantes anschauen.

Von mir aus. Tun wir so, als hätte Jem angerufen.

»Und, wie gefällt ihm der Song?«

»Gut.« Marc sieht auf und mich an. »Du bist jetzt noch zwei Wochen da unten, oder? Dann hast du den Mist hinter dir?«

»Noch zwei Wochen, ja.« Ich wünschte, es wären noch einmal zwei Monate.

»Gehen wir feiern, wenn du wieder da bist?«

Ich schüttele den Kopf. Die Worte wollen noch nicht so recht über meine Lippen.

Marc zieht die Brauen hoch. »Wieso nicht? Haben dir deine Eltern gleich die nächste Strafarbeit aufgehalst?«

»Nein, es ist eher so, dass ich gerade nicht feiern möchte. Ich denke, es ist auch besser, wenn wir uns nicht mehr sehen.«

Seine Überraschung wird immer größer. »Wieso das denn? Hab ich irgendwas falsch gemacht?«

Beinahe lache ich. Beinahe sage ich ihm, dass ich weiß, dass das eben am Telefon Annie war.

»Diese Sache zwischen uns, die möchte ich nicht mehr. Du willst es locker halten, was ich verstehe.«

»Ah, okay … du willst jetzt also dieses Beziehungsding.«

»Nein.«

Ratlos schaut er mich ein paar Sekunden lang an, hebt dann die Hände. »Was ist dann das Problem?«

Ich kann ihm nicht erklären, dass ich keinen Sex mehr mit ihm haben werde, weil ich dabei nur an Noah denken würde – ganz davon abgesehen, dass ich es gar nicht erst so weit kommen ließe. In meinem Kopf ist eine Blockade, die mich schon vor einem Kuss stoppen würde.

»Ich möchte ganz einfach frei sein«, sage ich ihm. »Was zwischen uns war … es hat sich geändert.«

»Das ist wegen dem Typen, mit dem du tauchen gehst«, schlussfolgert Marc goldrichtig.

Ich hadere mit mir und beschließe, ehrlich zu sein. »Zum Teil ist es wegen Noah, ja.«

»Klasse, also lief doch was zwischen euch.« Er lacht, ohne amüsiert zu sein. »Aber schon okay. Ich hab mir die Zeit auch gut vertrieben. Du weißt ja, wie ich das sehe. Versuchungen sollte man nachgeben …«

So viel also zur sexuellen Exklusivität, die er von mir verlangt hat. Die ganze Zeit, als es mir noch etwas ausgemacht hat, habe ich es von mir weggeschoben. Nach dem Motto: Wenn du nicht darüber nachdenkst, passiert es auch nicht. Aber es ist passiert, mit Annie und vielleicht auch mit anderen.

Merkwürdig ist, dass diese Einsicht nicht einmal richtig wehtut. Vielmehr finde ich die Vorstellung widerlich, aber nicht genug, um Marc eine Szene zu machen oder in Tränen auszubrechen. Nicht wegen ihm.

Ich stehe auf. »Ich geh dann mal.«

»Ich bring dich zur Tür. Den Anstand habe ich natürlich.«

Dass ich den Weg allein finde, will ich ihm sagen, aber damit würde ich gekränkt wirken.

Marc öffnet mir die Tür, sieht mich abwartend an.

»Alles Gute für dich«, sage ich ihm. »Und viel Erfolg mit deiner Musik.«

Er verzieht den Mund zu einem halben Lächeln, das nicht echt ist und seine Augen nicht erreicht. Ich warte, dass er etwas sagt, dass er mir auch etwas Nettes mit auf den Weg gibt, doch er bleibt stumm.

Also gehe ich. Als die Tür hinter mir ins Schloss donnert,

zucke ich zusammen. Auf dem Weg nach unten wird mir kurz schwindelig. Ich bleibe stehen, schließe die Augen und atme durch. Es fühlt sich eigenartig an, hier wegzugehen, von Marc wegzugehen. Aber doch absolut richtig.

Selbst wenn alles, was ich mit Noah erlebt habe, Fake war, hat es mich geweckt und mir gezeigt, was ich will. Ich will die Schule zu Ende machen. Ich will mit meinen Eltern klarkommen. Ich will herausfinden, was ich in Zukunft machen möchte. Und ich will zu Noah gehören. Wenn ich nicht zu ihm gehören kann, dann will ich gerade zu niemandem gehören. Ich will mit niemandem erleben, was ich mit ihm erlebt habe. Ich will nie wieder unter Wasser sein, abhängig von der Luftversorgung über eine Scuba. Ich will die Hand von niemandem mehr halten, der kopfüber mit mir in dreißig Meter Tiefe zu einem Wrack taucht, sein Körper an meinem, seine Bewegungen synchron zu meinen, sein Blick in meinem. Ich will nie mehr dort sein, in dieser Stille unter Wasser, mit der Erkenntnis über so vieles, mit dieser Zufriedenheit in mir und dem Gefühl von Glück in der Brust.

Was ich mit Noah erlebt habe, ist wie ein Heiligtum, das ich schützen und bewahren will.

* * *

Ein Geräusch holt mich aus dem Schlaf. Beim Zappen durch die TV-Sender bin ich irgendwann eingepennt. Das war, bevor ich Livis Nachricht gelesen habe. Diesmal hatte ich meinen Aufenthalt zwei Tage vorher angekündigt. Mit dem gleichen Ergebnis: Livi hat keine Zeit. Prüfungsstress. Kurz und knapp, ihre Nachricht. Keine Frage, wie es mir geht, oder Ähnliches, womit sie wenigstens ein Minimum an Interesse bekunden würde.

Ich bleibe liegen, lausche und höre, wie meine Eltern miteinander sprechen. Um einen Gast, der sich bei meiner Mutter über eine Bedienung beschwert hat, geht es. Mom ist ziemlich verärgert, hat das Mädchen offenbar rausgeschmissen. Dad versucht, sie zu beruhigen, und erinnert sie daran, dass er von Anfang an Zweifel hatte, ob das Mädchen dem Job gewachsen ist.

Mom geht nach oben. Dad kommt ins Wohnzimmer und entdeckt mich auf der Couch.

»Hey«, sagt er, zögert und sieht vom Fernseher zu mir. »Seit wann bist du hier?«

Ich schalte den Fernseher aus und setze mich auf, streiche mir die Haare zurück. »Meinst du in der Stadt oder im Haus?«

Er bleibt mir die Antwort schuldig und setzt sich in einen der beiden Sessel.

»Seit heute Mittag«, sage ich ihm.

Er nickt und mustert mich.

»Ich werde Marc nicht mehr sehen, okay?«, brause ich auf, weil ich seinen Blick und den Vorwurf darin nicht länger ertrage.

»Eine kluge Entscheidung. Bleibt zu hoffen, dass du dich daran hältst.«

»Woran soll sie sich halten?«, klinkt sich Mom ein, die nun auch ins Zimmer kommt. Sie beugt sich zu mir und drückt mir einen Kuss auf die Wange. »Schön, dass du da bist. Hast du was gegessen?«

»Bisschen was …« Nicht einen Bissen, aber ich habe auch absolut keinen Hunger.

»Soll ich dir schnell was machen?«

»Nein, schon okay. Ich weiß ja, wo der Kühlschrank steht.«

Mom setzt sich in den zweiten Sessel, überschlägt die Beine und beginnt mich ebenfalls zu mustern.

»Du bist ganz schön schmal geworden«, stellt sie dann fest. »Geht's dir gut? Worüber habt ihr denn gerade gesprochen?«

»Sie hat diesem Mistkerl den Laufpass gegeben«, antwortet Dad. »Behauptet sie.«

»Es ist so«, fahre ich ihn an.

»Jetzt streitet bitte nicht wieder.« Mom schickt Dad einen rügenden Blick, mir einen sanfteren. »Das war bestimmt keine einfache Entscheidung, aber …«

»Es war okay«, unterbreche ich sie. »Thema beendet!«

Mom schüttelt den Kopf. »Du gefällst mir gar nicht, Jessica. Blass bist du auch.«

»Blass bin ich immer, Mom. Genau wie du.«

»Ist in Orange Beach alles in Ordnung? Behandeln sie dich gut?«

»Ja doch!« Die meisten.

Tränen schießen mir in die Augen.

Verdammt!

Wütend schlage ich die Decke zurück, unter die ich mich gekuschelt hatte, und stehe auf, um nach oben zu gehen und in meinem Zimmer zu verschwinden. Mom durchkreuzt meinen Plan und stellt sich mir in den Weg.

»Was ist denn los, Liebling?«

»Gar nichts, Mom. Lass mich bitte …« Ich will an ihr vorbei, doch sie legt die Hände an meine Wangen, zwingt mich, sie anzusehen, und taucht dabei in meinen Blick.

»Wenn du es dort nicht mehr aushältst … Es sind ja nur noch zwei Wochen.« Sie schüttelt den Kopf. »Dad könnte mit Jeff Roomer sprechen …«

»Ich ziehe das durch«, presse ich zwischen den Zähnen hervor und ziehe den Kopf aus Moms Händen.

»Halte ich auch für klüger«, kommt es von Dad, wenn auch nicht mehr im strengen Ton der letzten Zeit. »Alles andere wäre peinlich.«

Mom fährt zu ihm herum. »Wenn es ihr aber doch nicht gut geht«, schimpft sie. »Schau sie dir doch an.«

Ich will nicht, dass Dad mich anschaut. Mom soll es auch lassen. Mit einem »Spart euch die Diskussion« sprinte ich die Treppe hinauf und in mein Zimmer, schlage die Tür zu und werfe mich auf mein Bett.

Kapitel 19

Mir graut vor dem Tauchgang. Mit jeder Stunde und in jedem Zimmer ein bisschen mehr. Gerade lege ich frische Handtücher in Zimmer sieben, das nachher neu bezogen wird, da steht Noah vor mir.

»Wann bist du hier fertig?«, fragt er mit kühler Stimme.

»In ein paar Minuten«, gebe ich im gleichen Ton zurück. »Keine Sorge, ich werde pünktlich am Hafen sein.«

Er schüttelt den Kopf. »Wenn du hier durch bist, kümmere dich bitte um den Nassbereich. Der muss dringend mit dem Hochdruckreiniger sauber gemacht werden.«

Wie bitte? »Seit wann bin ich dafür zuständig?«

Ärger blitzt in Noahs Augen. »Seit ich dich darum gebeten habe.«

»Wer hat das bisher gemacht?«

»Ich. Aber ich schaffe es heute nicht.«

Tja, Pech gehabt. »Ich schaffe es auch nicht. Ich muss vorher nach Hause und …«

»Wir fahren zusammen von hier los.« Das verärgerte Funkeln in seinen Augen wird heller. »Hat sich die Diskussion damit erledigt?«

Absolut nicht! »Ich werde mit meinem Auto zum Hafen fahren.«

Er kommt näher und baut sich vor mir auf, indem er die

Arme in die Seiten stemmt. Der Duft seines Parfüms wabert mir um die Nase und macht mich dusselig. Aber nicht weich! Das ganz gewiss nicht. Ich verschränke die Arme vor der Brust, sehe zu Noah hoch und hebe das Kinn noch ein wenig mehr.

»Du bist in meinem Team«, knurrt er. »Ich habe dir eine Aufgabe gegeben, die du locker noch schaffst. Du wirst diese Aufgabe erledigen. Punkt.«

»Ich mache das freiwillig«, knurre ich zurück. »Ich werde nicht dafür bezahlt. Du kannst mehr Leute mit zum Tauchen nehmen, weil ich dabei bin, oder nicht? Mehr Einnahmen für dich bei gleichem Aufwand. Also reinige deinen Nassbereich selbst!«

So! Wenn er mich jetzt feuert, ist mir das auch egal.

»Gut.« Noah verzieht den Mund zu einem gemeinen Lächeln. »Wenn du nur Dinge erledigst, für die du bezahlt wirst, dann vergiss den Nassbereich. Vergiss auch das Tauchen. Dann putzt du jetzt sämtliche Fenster dieser Etage. Morgen und übermorgen die Fenster der zweiten und dritten.«

»Werde ich nicht!« Ich spüre, wie meine Unterlippe vor Empörung bebt. »Das wären Überstunden und …«

»Zehn Minuten für den Nassbereich oder drei Stunden für die Fenster.« Damit dreht Noah sich um. »Deine Entscheidung«, sagt er noch, bevor er aus dem Zimmer verschwindet.

Ich will ihm hinterhersprinten, ihm etwas nachbrüllen und ihm klarmachen, dass er das mit den Fenstern auch vergessen kann. Doch ich bleibe, wo ich bin. Ich will nicht diskutieren, kann nicht diskutieren. Ich schaffe es nicht einmal, mir die Argumente im Kopf zusammenzulegen. Die vergangenen Tage haben mich einfach eine ganze Menge Energie gekostet.

Ich beiße die Zähne zusammen und balle die Hände zu Fäusten, um all meine wirren Gefühle darin zu sammeln, doch sie brechen aus mir heraus, und ich fege die hohe hellblaue Vase mit den drei weißen Callas vom Waschtisch. Sie fliegt ein Stück durch das Badezimmer und zerspringt auf den Fliesen. Wasser spritzt um meine Füße. Erschrocken starre ich zuerst auf die Sauerei, die ich angerichtet habe, dann auf Noah, der ins Zimmer zurückgekehrt ist.

Er sagt keinen Ton, schaut von der kaputten Vase auf und sieht mich ein paar Sekunden lang an. Seine Miene ist leer. Weder Ärger noch eine andere Emotion erkenne ich darin. Ohne ein Wort geht er wieder.

Ich möchte mich ohrfeigen, kann mich aber nicht rühren. Meine Atmung geht stockend, und Tränen steigen mir in die Augen. Ich versuche sie wegzublinzeln, doch sie laufen und tropfen von meinem Kinn auf den Kittel und in die Wasserlache um meine Füße. Mit einem Ruck löse ich mich aus der Starre und sammele die großen Scherben auf. Die drei armen Blumen hebe ich auf und lege sie in die Wanne. Immer hastiger, immer noch wütend, inzwischen aber genauso traurig und enttäuscht von meiner Reaktion, kümmere ich mich um die Pfütze und die kleinen Scherben, sprinte schließlich in den Keller und hole eine neue Vase. Sobald alles im Zimmer wieder so ist, wie es sein sollte, bugsiere ich den Putzwagen in seinen Raum und eile ein paar Türen weiter zum vom Boden bis zur Decke gefliesten Nassbereich, wo die Tauchutensilien aufbewahrt werden.

Zähneknirschend nehme ich den Schlauch von der Wand, wickele ihn auf und drehe den Hahn auf. Der Boden ist nicht sonderlich schmutzig. Es gibt nur ein paar Fußspuren zu beseitigen, die heute aber zu verschmerzen gewesen wären und diesen Stress, diese bescheuerte Ansage von Noah absolut nicht rechtfertigen. Mit einem Schrubber wische ich das noch im Raum stehende Wasser schließlich in den Abfluss und will mich davonmachen, da kommt Noah herein. Seinen Anzug hat er gegen ein boottaugliches Outfit aus T-Shirt, Shorts und Sneakers getauscht.

»Wir brauchen fünf Anzüge«, sagt er tonlos. »Zwei Damen, einmal M, einmal L. Drei Herren, M, L und XL. Such die bitte raus. Vergiss deinen eigenen nicht.«

Während ich die Neoprenanzüge von der Stange nehme, befüllt Noah die Scubas. Ich lege die Anzüge in die Handkarre und stelle die restlichen pro Person benötigten Utensilien zusammen. Als Noah die ersten beiden der sieben fertigen Flaschen zum Karren trägt, bin ich gerade bei den Tarierjackets.

»Ich kümmere mich um den Rest«, höre ich von ihm. »Geh dich umziehen.«

»Wie gesagt«, gebe ich mit unterdrücktem Grummeln zurück. »Dazu muss ich nach Hause. Ich habe hier keinen Bikini.«

»Beim nächsten Mal dann bitte.«

Du mich auch!

»Okay«, beschließt er, als ich nicht antworte. »Auf dem Weg zum Hafen halten wir bei Lina. Aber dann musst du echt ein bisschen Dampf machen.«

Ich klatsche die Jackets in die Handkarre und schnappe mir ebenfalls zwei Flaschen. Wenig später bringen wir die Utensilien zum Hotel-Transporter, der von der Küche des Roomer's auch für Einkäufe genutzt wird.

»Danke für die Hilfe«, sagt Noah auf der kurzen Fahrt zu Lina.

Du mich auch!, antworte ich ihm ein weiteres Mal im Stillen.

* * *

Wie in der vorherigen Woche kann ich es nicht abwarten, aufzutauchen. Mindestens genauso dringend möchte ich vom Boot. Der Small Talk, den ich mit den beiden Frauen und deren Partnern führe, geht eigentlich an mir vorbei. Mein Blick huscht immer wieder zu Noah, der hinter dem Steuer steht; der Wind lässt sein T-Shirt flattern und wirbelt durch seine schon trockenen Locken. Im Sessel neben dem Steuer, auf meinem Ex-Platz, sitzt der fünfte Taucher.

Als endlich der Perdido Pass und die Flussmündung in Sicht kommen, atme ich auf. Für heute. Nächste Woche werde ich mich dem Drama zum Glück zum letzten Mal hingeben.

Mit reduzierter Geschwindigkeit tuckert die *Days Like These* unter der Brücke durch. Einige Minuten darauf legen wir am Steg an. Schon routiniert klicke ich die Fender vor die Bootswand und mache dann die Taue fest. Noah geht vom Boot, hilft den beiden Frauen auf den Steg. Ich sammele die Neoprenanzüge ein und warte, dass Noah die Handkarre aus dem Transporter holt, da springt er mit einem verärgerten »Ahh, verdammt!« aufs Boot.

»Was ist los?«, frage ich mäßig interessiert.

Er geht zum Steuer und startet den Motor. »Wir müssen noch mal raus.«

»Wieso das denn?«

»Ich hab die Tauchboje vergessen.«

Die Frage, ob ich mitmuss, erspare ich mir. Da ich ja leider nicht mit meinem Auto hier bin, würde ich eine Stunde am Steg herumsitzen.

Während Noah aus dem Hafen steuert, suche ich die restlichen auf dem Boot verteilten Utensilien zusammen und lagere sie so, dass sie während der Fahrt nicht wegfliegen. Sobald wir die Brücke erreichen, setze ich mich neben ihn. Wenig später beschleunigt er. Der Bug des Bootes hebt sich aus dem Wasser, bis es in Gleitfahrt kommt.

Es ist nach sieben, und die Sonne steht schon tief. Sie färbt den Horizont in sanftem Orange, lässt den Himmel darüber aber noch mildblau. Das Wasser wirkt stiller, seidiger, wie von der Stimmung besänftigt. Mein Ärger, mein Groll auf Noah schwindet. Zurück bleiben die Enttäuschung und die schon bekannte zähe, in der Brust ziehende Traurigkeit. Auf so mancher früheren Fahrt aufs Meer zu zweit hätte ich diesen Sonnenuntergang romantisch gefunden.

Denk nicht darüber nach, Jazz!, befehle ich mir. *Sonst heulst du gleich. Du wirst nicht vor ihm heulen!*

Als Noah das Boot abbremst, zerre ich meinen stur in der Vergangenheit kramenden Geist ins Hier und Jetzt. Er muss weiter weg gewesen sein, als mir bewusst war, denn ich habe offenbar nicht mitbekommen, wie die Zeit vergangen ist. Aber hey, nein, die Sonne ist noch da. Vorhin waren wir eine Dreiviertelstunde unterwegs. Wären wir am Tauchspot, müsste sie schon untergangen sein.

Noah stoppt das Boot und schaltet den Motor aus. Ich schaue mich um.

»Was ist los? Wir sind doch noch nicht da, oder doch?« Die verflixte Boje entdecke ich nirgends.

Ich sehe zu Noah. Er mustert mich. Sein Blick beschert mir ein Frösteln, ohne dass ich ihn mir erklären kann.

»Was machen wir hier?«, frage ich.

Noah antwortet nicht. Er steht auf, nimmt meine Hand, zieht mich hoch und küsst mich so hart, dass mein Atem stockt. Zuerst bin ich starr vor Überraschung, doch als er mich umarmt und mich an sich zieht, taue ich auf und schmiege mich an ihn, küsse ihn sehnsüchtig zurück. Im Bauch starten die Libellen; die Schwingungen ihrer Flügel bringen mein Herz zum Flattern und machen meine Knie weich. In meinem Unterleib erwacht die Lust, und es kribbelt so heftig bis hinab in die Schenkel, dass ich keuche und Noahs Hintern packe, um seine Hüfte fester gegen meine zu pressen. Was ich da spüre, macht es nur schlimmer … oder besser. Wie man es nimmt.

Noah unterbricht den Kuss und sieht mich wieder an. Sein Blick ist stechend, intensiv, voller Lust – und dann wieder von Zweifel beschattet. Mit einem leisen Ächzen schiebt er ihn beiseite und küsst mich wieder. Dann lotst er mich zur Treppe, die in den Bootsbauch führt.

Das ist nicht richtig!, flüstert es in mir. *Wir sollten nicht … nicht so … nicht hier.*

Unten angekommen, bringe ich die Stimme mit einem kapitulierenden *Wir sollten!* zum Schweigen. Noah zieht mir das Kleid über den Kopf und löst die Schnüre meines Bikinioberteils, während ich ihn in gleicher Geschwindigkeit um seine Kleidung bringe. Im nächsten Moment liege ich auf dem Rücken, gerade dort, wo wir eben noch standen, knapp hinter der Treppe. Bis zur Couch oder gar zum Bett haben wir es nicht geschafft. Noah stützt sich über mir auf und küsst mich um meinen Verstand. Ohne damit aufzuhören, pfriemelt er die Bänder an den Seiten meines Bikinihöschens auf und zieht sich selbst die Shorts aus.

»Warte«, raunt er, als ich die Beine um ihn schließen will, und setzt sich auf.

Aus der Hosentasche holt er ein Gummi. Seine Hände zittern vor Ungeduld, als er es überstreift, und auch ich kann es kaum abwarten, ihn wieder bei mir zu haben, auf mir … und endlich ihn mir.

»Du hast mir so gefehlt«, flüstere ich.

»Du mir auch«, gibt er zurück.

* * *

Lina atmet durch und lehnt sich im Gartenstuhl zurück. »Und dann?«, fragt sie und erwartet meine Antwort mit einem skeptischen Blick.

Ich zucke mit den Schultern. »Wir sind zurückgedüst und haben den Tauchkram ins Hotel gebracht. Er hat mich hier abgesetzt und ›Wir sehen uns morgen‹ gesagt.«

Ich wollte Lina nichts erzählen, aber sie hat mich praktisch abgepasst und wissen wollen, wo ich so lange war. Obwohl sie es sich schon gedacht hat.

»Du wirkst nicht gerade glücklich«, stellt sie nun fest und trifft damit ins Schwarze.

Ich bin überhaupt nicht glücklich. Ich fühle mich verunsichert und habe Angst vor morgen, weil ich ahne, dass Noah wieder so sein wird wie vor der zweiten Fahrt aufs Meer. Nein, falsch, ich ahne es nicht nur. Ich weiß es.

»Er hat es bedauert«, sage ich ihr.

Überrascht zieht sie die Stirn kraus. »Hat er das gesagt?«

Gedankenverloren spiele ich mit den Fransen der Gartentischdecke. »Das musste er nicht. Nach dem Sex haben wir kurz gekuschelt, aber da habe ich schon gemerkt, wie er sich in sich zurückgezogen hat. Diese innere Distanz, auf die er zu mir ging, die wurde größer auf der Rückfahrt. Er war plötzlich wieder kühl, sachlich, hat kaum was gesagt, knappe Instruktionen gegeben. Das war alles.«

»Aber das mit der Boje hat er sich ja nicht spontan überlegt, wenn er das Gummi dabeihatte«, grübelt Lina. »Er muss es doch fest vorgehabt haben.«

»Na und? Trotzdem bereut er es jetzt.«

»Vielleicht ist er gerade …« Bei der Suche nach Worten zieht sie die Schultern hoch und lässt sie ratlos wieder fallen. »Möglicherweise ist er nur verwirrt von seinen Gefühlen. Warte doch, wie er sich morgen verhält.«

»Da mache ich mir besser gar nicht erst Hoffnung und erspar mir die Enttäuschung.«

»Sei nicht so pessimistisch.«

»Wie soll er sich morgen schon verhalten?«, brause ich auf. »Bei diesen Regeln im Roomer's wird er sich hüten, mir nur einen Meter zu nahe zu kommen, zu lächeln oder sonst etwas zu tun, das seinen Vater Verdacht schöpfen lässt, dass zwischen uns noch immer etwas läuft … oder wieder etwas gelaufen ist.«

Lina seufzt. »Ja, diese Regel existiert nun einmal. Wir halten uns alle daran. Noah wird vorsichtig sein, du hast recht.«

Weil ich schweige, halb trotzig, halb verletzt, erklärt sie mir weiter lang und breit, warum und weshalb und weiß der Geier: »So eine Beziehung geht in einem Hotel einfach nicht. Sie könnte ausufern, Gäste könnten es mitbekommen und …«

»Schon gut«, unterbreche ich sie genervt. »Ist ja nicht so, als würde ich es nicht kapieren.«

»Anderthalb Wochen hast du noch. Vielleicht wird danach ja was aus Noah und dir.«

»Eigentlich hat er mir schon klargemacht, dass das nicht passiert. Die Distanz und wer weiß und bla!« Die Erinnerung daran wirft ein noch schlechteres Licht auf den Sex, den Noah und ich gerade hatten. »Ich fühle mich total mies«, bringe ich mit erstickter Stimme heraus und lege den Kopf zurück, um die Tränen, die sich durch Blinzeln wieder mal nicht stoppen lassen, aufzuhalten. »Irgendwie ausgenutzt.«

»Ich kann mir nicht vorstellen, dass Noah so ein Arsch ist«, höre ich von Lina.

»Genau genommen war genau das mein erster Eindruck von ihm. Wie er anfangs mit mir geredet hat, wie er mich herumkommandiert hat … und das, nachdem er mich auf der I-65 einfach so geküsst hat, ohne mir zu sagen, wer er ist, obwohl er genau wusste, wer ich bin …«

»Hey, Moment!«

Ich sehe Lina an. Fragend zieht sie die Brauen hoch.

»Er hat dich auf dem Freeway geküsst, bevor du hier angefangen hast?«

»Wir standen hintereinander im Stau. Ich wollte im Roomer's anrufen und Bescheid sagen, dass ich mich verspäte, aber mein Handy war kaputt. Noah hat das mitbekommen und mir seins gegeben.«

Nachdem ich Lina den Rest dieser Geschichte erzählt habe, schüttelt sie den Kopf und verkneift sich ein Grinsen. »Das ist ja verrückt.«

»Fand ich zuerst auch. Ich war sogar ein bisschen traurig darüber, ihn nie wiederzusehen. Und dann steht er an meinem ersten Arbeitstag plötzlich im Hotelzimmer vor mir und macht mich erst mal rund.«

»Mein Gott, du Arme!«, raunt Lina, ist aber immer noch amüsiert. »Du bist sicher aus allen Wolken gefallen.«

»Zum Lachen fand ich's jedenfalls nicht.«

Sie rückt ihre Mundwinkel gerade. »Sorry. Ja, das ist echt eine merkwürdige Sache.«

»Wie auch immer …« Ich komme wieder zum Punkt. »Noah könnte seinem Vater einfach klarmachen, dass ihm was an mir liegt. Wenn es so wäre. Aber da er keinen Bock auf eine Fortsetzung nach meiner Zeit hier hat, ist es wohl anders. Warum also sollte er sich mit seinem Vater anlegen? Wegen einer wie mir.«

»Hey, denk so was nicht.«

Das kann Lina noch so oft und meinetwegen auch noch so eindringlich sagen. Diese Gedanken wollen einfach nicht aus meinem Kopf.

Kapitel 20

Natürlich habe ich mir gewünscht, dass ich mich irre. Von Mittwoch auf Donnerstag habe ich mich in den Schlaf geträumt mit der Vorstellung, dass mich am nächsten Tag der Noah erwartet, den ich so gernhabe. Natürlich blieb es bei einem »Guten Morgen, wie geht's?« und einem »Schönen Feierabend«, kombiniert mit einem unverbindlichen Lächeln. Es war nicht das Lächeln, das man einer Frau schenkt, mit der man am vergangenen Abend innigen, leidenschaftlichen, hemmungslosen Sex hatte. Es war das Lächeln, mit dem der Bäcker einem das Brot über die Theke reicht. Ich habe es am Donnerstag von Noah bekommen und am Freitag und heute, am Samstag, schon wieder. Inzwischen möchte ich ihn ohrfeigen, so verzweifelt und sauer bin ich wegen dem, was er mit mir angestellt hat. Er hat mich gevögelt, obwohl er nicht durfte, es prompt bereut und hält sich nun davon ab, es jemals wieder zu tun – als ginge es nur ums Vögeln, als wäre ich für ihn eine Frau, die man bloß vögelt.

Solche Gedanken habe ich Marc zugetraut, aber von Noah hätte ich eine solche Einstellung nicht erwartet, und die Erinnerung an die Momente, in denen wir noch vögelfrei waren, schmerzt deshalb umso mehr.

Als ich meinen Putzkarren aus Zimmer drei zu Zimmer vier schiebe, begegnet mir Sunny, die gerade die Treppe aus dem Obergeschoss herunterhuscht. In Eile raunt sie mir »Cleo ist da« zu und will weiter.

Ich halte sie fest. »Moment! Cleo?«

Sunny nickt. »Noahs Cleo.«

Pff! Noahs Cleo!

Na, herzlichen Dank auch, Sunny. Wie wäre es mit ein wenig Feingefühl? Sicher kannst du dir vorstellen, dass Noahs Jazz die Formulierung Noahs Cleo nicht sonderlich gefällt.

»Sie ist im Hotel?«

Abermals nickt sie, eifriger diesmal. »In der Zwei. Mit einer Freundin. Gestern Abend hat sie eingecheckt.«

Fuck! Wieso? Was will sie hier?

Sunny liest die Frage in meinen Augen und zuckt mit den Schultern. »Mehr weiß ich nicht. Lass uns nachher sprechen.«

Damit huscht sie weiter und lässt mich in einem Nebel aus Verwirrung, Empörung, Ärger und Schmerz zurück.

Zimmer zwei, grolle ich im Stillen vor mich hin. Zu schade, dass ich damit schon fertig bin, sonst würde ich dort gleich noch Pest und Cholera verstreuen.

Wieso ist Cleo hier? Mit einer Freundin? Für ein entspanntes Wochenende am Meer? Oder weil sie Noah sehen und sich mit ihm versöhnen möchte? Aber dann wäre sie doch allein gekommen. Nur hätte sie sich für das entspannte Wochenende einen anderen Ort am Meer aussuchen können, nicht unbedingt den, in dem sie auf ihren Ex trifft, und schon gar nicht das Hotel seiner Familie. Okay, Noah hat behauptet, dass sie und er noch befreundet sind, aber geht diese Freundschaft so weit?

Eigentlich will ich es gar nicht wissen und schüttele die

Frage auf dem Weg zu Zimmer vier ab. Und Cleo, der ach so perfekten Cleo, will ich nicht begegnen, wenn es irgendwie möglich ist. Allein ihr Namen regt mich auf. Cleo, wie Kleopatra, wie Königin. Eine Königin, der niemand das Wasser reichen kann. Erst recht kein Zimmermädchen, das bloß deshalb Zimmermädchen ist, weil es verdammt viel Mist gebaut und sein Leben nicht im Griff hat.

Ich hab mein Leben im Griff, ich hab mein Leben im Griff, murmele ich in mich hinein, während ich das Bett in Zimmer vier mache, und konzentriere mich auf meine Routinen: Laken glätten, Kissen aufschütteln, Vorhänge richten, Müll einsammeln, Flächen abstauben, Spiegel säubern, Waschbecken und Dusche wienern, Klo putzen, durchwischen.

Routine, Routine! In einer Woche habe ich es geschafft. Dann ist Schluss hiermit.

Schluss mit den Gedanken an Noah und wo er gerade ist. Ob er mir über den Weg laufen könnte. Aktuell sehe ich diese Gefahr nicht. Wahrscheinlich sitzt er mit der versöhnungswilligen Königin Cleo und ihrem Anstandswauwau auf der Terrasse und schlürft Kaffee. Blicke werden ausgetauscht, bedeutungsschwangere Blicke à la: Wir gehören ja doch irgendwie zusammen. So schön, dass du da bist ... et cetera, et cetera.

Ich könnte kotzen, kotzen, kotzen!

Und heulen!

Was hat er nur mit mir gemacht? Was hat er aus mir gemacht? Ein ständig weinendes, viel zu scheißsensibles Mädchen! Ein blöderweise bis über beide Ohren und mit jeder Faser verliebtes Mädchen. Und das wollte ich nie. Er ist ja nicht einmal mein verdammter Typ. Er ist viel zu ... leger, viel zu ...

tätowiert, viel zu … Noah. Und ein arroganter, egoistischer, feiger, sich unterordnender Arsch! Ein Arsch, der sich gerade einen Scheiß darum schert, wie es mir geht. Er verwöhnt seine Königin und denkt nicht an Aschenputtel!

Knurrend schiebe ich meinen Putzkarren von Zimmer vier zu Zimmer fünf, da höre ich ein »Ähm, Entschuldigung?« und drehe mich um. Vor Zimmer zwei steht eine Blondine.

Ich erkenne sie, erinnere mich an das Facebook-Profil, das mir Sunny vor die Nase gehalten hat. Sie sieht exakt aus wie auf ihrem Profilbild. Sie ist eine verdammt hübsche, stylishe Blondine. Ihre kinnlangen Haare sind perfekt glatt, der Sia-Look-Pony steht ihr ausgezeichnet. Sie trägt eine edel aussehende Lederjacke, darunter ein lässiges weißes Shirt, eine schwarze enge Hose mit löchrigen Knien – und sieht doch kein bisschen schäbig aus. Das liegt vielleicht an den Pumps, die den perfekten Abschluss bilden.

Cleo! Königin Cleo.

»Bist du für mein Zimmer zuständig?«, fragt sie und deutet mit einem spitzen Zeigefinger auf die Tür, hinter der Zimmer zwei liegt.

»Das bin ich«, entgegne ich versucht selbstsicher. »Ist irgendwas nicht in Ordnung?«

»Nun ja, genau genommen haben wir unsere Handtücher heute Morgen auf dem Boden liegen lassen, damit sie ausgetauscht werden. Merkwürdigerweise liegen sie da noch immer.«

Ja, so was aber auch! Wie merkwürdig ist das denn?! Da liegen die Handtücher doch tatsächlich noch auf dem Boden. Schadenfreude kocht in mir hoch, obwohl ich mir eigentlich eine Nachlässigkeit eingestehen müsste. Ich kann mich zwar nicht erinnern, aber offenbar habe ich vergessen, die Handtücher auszutauschen. Tut mir ja echt leid! So was von!

»Sorry«, presse ich zwischen den Zähnen hindurch und schnappe mir zweimal zwei frische Hand- und Duschtücher vom Wagen. »Ich war noch nicht ganz fertig. Habe die neue Ladung Handtücher gerade erst geholt.«

Stolz wie Hektor, auf was auch immer, spaziere ich an ihr vorbei ins Zimmer, platziere die Handtücher im Bad und hebe die alten vom Boden auf. Sie kommt mir nach, ich spüre ihren musternden Blick.

»Wie heißt du?«

Was spielt mein Name für eine Rolle?

»Aschenputtel«, antworte ich mit einem milden Lächeln und verkneife mir die Und-du-Frage.

Sie zieht eine Braue hoch, ihre wasserblauen Augen glitzern.

»Ach so?«

»Ja. Brauchen Sie sonst noch etwas?«

»Ich denke nicht, nein.«

»Schönen Tag dann noch.«

* * *

Die Blumenarrangements im Roomer's gehören eigentlich in Linas Aufgabenbereich. Heute ist sie aber so im Stress, dass sie mich damit beauftragt. Ich übernehme das sogar gern, gehe durchs Haus und nehme die Callas aus den Vasen, die auf den schmalen, hohen Tischchen neben jeder Zimmertür stehen. Mit frischen Blumen beladen, beginne ich in der dritten Etage und bestücke jede Vase neu. Bald bin ich in der zweiten, bald in der ersten unterwegs. Im Vorbeigehen fällt mir auf, dass die Tür zu Zimmer zwei einen Spaltbreit offen steht, und hoffe, dass mir Cleo nicht erneut über den Weg läuft. Von Zimmer sechs aus arbeite ich mich Vase für Vase nach vorn hin. Bei Zimmer drei schnappe ich ein paar Worte aus der Zwei auf: »Rothaarige« und »Aushilfe«. Mit nun aufgestellten Lauschern stelle ich drei Callas in die Vase und schleiche dann über den Gang zu Zimmer zwei, drei Blumen bereit, um sie in der Vase auf dem Tischchen zu arrangieren.

»Sie meinte, sie heißt Aschenputtel«, höre ich Cleo kichern.

»Passt ja irgendwie«, entgegnet ihre Freundin ähnlich belustigt. »Armes reiches Mädchen, das sich für eine Prinzessin hält und hier den letzten Dreck erledigen muss. Was hat sie eigentlich angestellt, dass sie zu diesem Job verdonnert wurde?«

»Keine Ahnung, Noah hat nichts erzählt.«

»Schade, würde mich echt interessieren. Frag ihn doch einfach.«

Cleo seufzt gelangweilt. »So interessant ist diese Putzmarie auch wieder nicht. Solange sie ihren Kram ordentlich macht, ist sie mir völlig egal. Aber sie bekommt hier bestimmt einiges nicht auf die Reihe. Vorhin hat sie vergessen, die Handtücher auszutauschen.«

Es grummelt in mir.

»Was?« Die Freundin klingt empört. »Das ist doch mit das Wichtigste. Wie hat sie denn überhaupt den Boden gewischt, wenn da die Handtücher lagen? Wahrscheinlich gar nicht.«

»Doch, der war sauber. Die Handtücher türmten sich auf dem Klodeckel.« Jetzt lacht Cleo. »Du hättest sehen sollen, wie sie vor mir stand, der bedauernswerte Wurm, und gebibbert hat, dass ich mich nicht beschwere. Sie wurde glatt noch blasser um ihr sommersprossiges Näschen. Manche Rothaarige sehen ja ganz gut aus, aber sie scheint irgendwie Pech gehabt zu haben.«

Das Grummeln wird lauter! Ganz sicher habe ich nicht gebibbert, und der Rest ... Eigentlich kann ich nicht glauben, was ich gerade gehört habe.

»Hm ... hast du unten was gesagt?«, hakt die Freundin nach.

»Nicht offiziell an der Rezeption, nein. Aber ich hab's Noah gegenüber erwähnt. Damit er Bescheid weiß. Er ist ja schließlich so was wie ihr Babysitter.«

Wie bitte?! Was für eine Zicke! So eine Lappalie zu petzen! Und Noah mein Babysitter! Pff!

»Was hat er gesagt?«

»Nichts. Er hat das Thema gewechselt.«

»Merkwürdig.«

»Ach, wie auch immer.« Noch einmal seufzt Cleo. »Was machen wir nun? Ich schlage vor, wir gehen jetzt was essen und dann in eine Beach Bar. Weiter unten gibt es eine, die ganz nett ist. Island Time Daiquiris. Noah kommt später vielleicht dazu, vielleicht auch nicht.« Sie kichert. »Besser, er kommt nicht. Dort gibt's eine Menge interessanter Männer.«

Als ich Schritte im Zimmer höre, stelle ich die Blumen in die Vase und beeile mich, zur letzten Vase vor Zimmer eins zu kommen.

»Wenn du Noah nicht mehr haben willst«, höre ich Cleos Freundin noch sagen, »kann ich ihn mir doch angeln, oder nicht?«

»Untersteh dich«, entgegnet Cleo. »Auch die Exfreunde sind unter Freundinnen tabu. Such dir nachher einen Typen aus. Aber nicht, dass du mir bei irgendeinem dazwischenfunkst.«

Mit jedem Schritt die Treppe hinab schwillt mein Ärger an. Wie eine Schlechtwetterwolke bauscht er sich in mir auf. Die Worte der beiden hallen wie Echos in meinem Kopf: Armes reiches Mädchen … hält sich für eine Prinzessin … bedauernswerter Wurm … blass um die Nase … Noah ihr Babysitter … bekommt hier einiges nicht auf die Reihe. Das Petzen bei Noah ist das i-Tüpfelchen.

Grimmig beschließe ich, Cleo einen echten Grund zum Ärgern zu geben, und notiere gedanklich das Island Time Daiquiris. Sie soll eine ganz persönliche Erfahrung mit ihrem Aschenputtel-Zimmermädchen machen. Ihre überhebliche, große Klappe werde ich ihr stopfen. Auf dem Weg zum Aufenthaltsraum im Untergeschoss sehe ich, wie Cleo und ihre Freundin das Hotel verlassen, und hoffe, dass ich Sunny unten gleich antreffe. Ich werde sie in meinen Plan einweihen. Sie wird mich begleiten. Ob sie nun will oder nicht.

* * *

Zugegeben, ich habe ein Faible für Jumpsuits. Manchmal finde ich sie praktisch, andere Male sind sie einfach nur hot. Ob sie das eine sind oder das andere, hängt von ihrem Schnitt ab.

»Du meine Güte, Jazz!«, murmelt Lina, als ich aus meinem Zimmer komme und zur Haustür spaziere. »Was hast du denn vor?«

Eine Königin vom Thron stürzen, antworte ich ihr zuerst im

Stillen und sage dann: »Ach, Sunny und ich hatten einfach Lust, uns aufzubrezeln. Es ist Freitagabend! Zeit, auszugehen.«

Ein weiteres Mal mustert Lina mich. Jeden Zentimeter meines nachtschwarzen Jumpsuits nimmt sie in Augenschein. Catsuit trifft es für dieses Stück vielleicht besser. Der feine schwarze Stoff schmiegt sich an meinen Körper wie eine zweite Haut. Die schmal geschnittenen Beine enden knapp über den Knöcheln. Meine schwarzen High Heels runden das Outfit ab. Eigentlich ist der Jumpsuit schlicht, kein Glitzer, keine Spitze. Mit einem seitlichen Reißverschluss wird er geschlossen, und durch den Stretchanteil sitzt er so gut, dass er meine eigentlich eher dezenten Kurven wunderbar betont. Das Teil ist schulterfrei, wird über den Stehkragen im Nacken geschlossen. Warum ich das und die Schuhe überhaupt einpacke, habe ich mich damals gefragt. Jetzt bin ich froh, dass ich es getan habe. Kein anderes Outfit könnte mir heute bessere Dienste erweisen.

»Tja dann«, schmunzelt Lina. »Viel Vergnügen.«

Bussi links und rechts, dann bin ich vor der Tür, wo das Cab mit Sunny auf dem Rücksitz schon wartet. Ich habe ihr gesagt, dass sie sich in Schale schmeißen soll. Sie hat mich beim Wort genommen, wofür ich ihr sehr dankbar bin, denn ich habe keine Lust, neben einer zu normal gekleideten Sunny overdressed auszusehen. Das kleine Schwarze steht ihr ganz ausgezeichnet.

»Verrätst du mir jetzt, wozu wir diesen ganzen Aufwand betreiben?«, fragt sie, als das Cab losfährt.

»Ich werde eine Königin vom Thron stoßen«, brumme ich grimmig und erzähle ihr knapp von dem Gespräch zwischen Cleo und ihrer Freundin, das ich tatsächlich eher versehentlich belauscht habe.

»Echt übel, was sie da von sich gegeben hat«, sinniert Sunny. »Aber was ist dein Plan?«

»Ich habe noch keinen. Der ergibt sich vor Ort. Ich bin anpassungsfähig.«

»Mach bloß keinen Scheiß!«

»Nein, keine Sorge.«

Wenig später hält das Cab vorm Island Time Daiquiris. Wir bezahlen den Fahrer, steigen aus und entern die Bar, in der man ab achtzehn Zutritt hat. Alkohol bekommt man erst ab einundzwanzig ausgeschenkt, aber den brauche ich nicht. Ich bin so sauer, dass ich auch ohne genug Mut und Motivation habe. Die Blicke einiger Typen nehme ich nichtsdestotrotz wahr und feixe grimmig vor mich hin. Die Outfits stimmen. Beste Voraussetzungen.

»Da sind ja Cleo und Wie-heißt-sie-noch-mal«, stellt Sunny fest, als ich uns an der Bar Virgin irgendwas bestelle.

»Wunderbar«, gebe ich mit einem Schulterblick zurück. Wunderbar, nicht nur wegen der Anwesenheit der Königin und ihrer Zofe, sondern vor allem wegen des Typen, den Cleo mit einem Lächeln gerade auffordert, sie doch einfach anzusprechen. Er tut es. Ich nehme die Getränke, drücke Sunny eins in die Hand und steuere mein Ziel an. Sunny folgt mir, planlos wahrscheinlich, aber eine Erklärung würde gerade zu lange dauern.

Mein lang gezogenes »Hey«, mit dem ich das gerade begonnene Gespräch zwischen Cleo und dem Kerl ihrer Wahl crashe, trifft den genau richtigen Ton. Verwundert schaut er mich an.

»Bist du gut nach Hause gekommen, letzten Samstag? War ja echt witzig«, füge ich an.

Er kramt in seiner Erinnerung, lächelt verunsichert. Herrlich! Wie Cleo guckt? Keine Ahnung. Ist mir scheißegal.

»Ähm, ja …«, stammelt er und mustert mich, wie er sicher glaubt, flüchtig. »Und du? Bist du …«

Ich unterbreche ihn. »Ahh, sorry. Ich glaube, ich habe dich mit jemandem verwechselt.«

Irritiert schaut er von mir zu Sunny, lächelt noch ein bisschen breiter. »Na ja, macht ja nichts.«

»Tut mir voll leid, ich wollte euer Gespräch nicht stören.« Jetzt schenke ich Cleo einen gnädigen Blick und bade darin. Sie ist stinkig, durchforstet ihr schlaues Hirn nach der Info, woher sie mich kennt, und als es ihr einfällt, malmt sie Ober- und Unterkiefer aufeinander. Hilft auch nichts. Ihr Bluse-Jeans-Outfit ist einfach ein bisschen zu normal.

»Nee, ist schon okay«, sagt der Typ. »Seid ihr aus Orange Beach oder Urlauber?«

»Ich lebe hier«, beeilt sich Sunny zu sagen, und ich danke ihr von Herzen für ihren Einsatz, mit dem sie mir den Typen abnimmt. »Und du?«, hängt sie an und hat ihn damit an der Leine.

Ohne Cleo und Wie-heißt-sie-noch-mal einen weiteren Blick zu schenken, wende ich mich ab, tingele durch die Location und scanne die Typen, die Cleos nächstes Ziel sein könnten. Ich irre mich nie. Nicht ein einziges der folgenden drei Male. Die Aufmerksamkeit von Nummer zwei stehle ich ihr, indem ich in ihn stolpere und behaupte, geschubst worden zu sein. Nummer drei ist ganz bei mir, als ich vor den zugegeben nicht eingeplanten Anmachversuchen eines Widerlings flüchte. Nummer vier hole ich mir mit einer ganz schlimm flachen

Pick-up-Line, weil mir die Ideen ausgehen: »Dein Körper ist Wunderland. Ich wäre gern Alice.« Dabei ist sein Körper gar nicht so der Bringer, nicht im Mindesten vergleichbar mit Noahs. Aber Cleo hat ihn an Land gezogen, und ich muss ihr auch beim vierten Erfolg noch zeigen, wer am längeren Hebel sitzt. Diesmal wehrt sie sich und versucht mich zu degradieren, indem sie behauptet, ich sei das Zimmermädchen, das ihr Klo nicht richtig geputzt hat. Ich gebe mich entrüstet und erkläre, dass meinen Eltern sechs Steakhäuser gehören. Ich gewinne, und während ich noch überlege, wie ich das vermeintliche Körper-Wunderland wieder loswerde, krallt Cleo sich Wieheißt-sie-noch-mal und stürmt aus der Bar.

Spiel, Satz, Sieg. Wer war gleich ein bedauernswerter Wurm?

Diese rhetorische Frage stelle ich mir, als ich, wirklich zufrieden mit mir und ohne Gesellschaft, an der Bar stehe, den spendierten alkoholischen Drink von Wer-auch-immer-das-ist ablehne und Sunny beobachte, die noch mit Cleos erster Wahl redet und sich ganz offenbar bestens amüsiert.

Kapitel 21

Absolut überhaupt kein schlechtes Gewissen habe ich, als ich am nächsten Morgen Zimmer zwei als gereinigt checke, ohne nur einen Handschlag darin getan zu haben. Natürlich ist mir klar, dass das Konsequenzen haben wird, aber die sind mir schnurz. Als ich den Putzkarren nach getaner beziehungsweise nicht getaner Arbeit an seine Ruhestelle schiebe, bin ich keineswegs überrascht, Lina gegenüberzustehen.

»Kommst du mit, bitte«, fordert sie mich tonlos auf. Wenn Blicke töten könnten, würde ich jetzt leblos zu Boden sacken.

»Das ist ein persönlicher Feldzug, den du hier führst«, flüstert sie, als wir Seite an Seite den Flur entlanggehen. »Den kannst du nur verlieren.«

Ich hab ihn schon gewonnen, grolle ich im Stillen. Sonst wäre ich jetzt nicht auf dem Weg zu Jeff Roomers Büro, sondern wäre von Lina gebeten worden, mein Versäumnis nachzuholen.

In Jeff Roomers Büro erwarten mich der Chef persönlich, Cleo und Wie-heißt-sie-noch-mal. Noah ist nicht anwesend. Zum Glück!

Die Sitzplätze sind alle belegt. Ich bleibe also stehen. Lina lehnt sich an den Schreibtisch und verschränkt die Arme vor der Brust.

»Miss Lawrence«, beginnt Jeff Roomer und taxiert mich mit

eiskaltem Blick. »Laut den Informationen im System wurde Zimmer zwei um acht Uhr dreißig von Ihnen gereinigt. Unsere beiden Gäste fanden ihr Zimmer aber gerade so vor, wie sie es verlassen haben. Können Sie uns das erklären?«

Unweigerlich hebe ich das Kinn ein wenig und straffe die Schultern. »Ich habe beschlossen, dieses Zimmer nicht zu reinigen, solange diese beiden Gäste darin wohnen.«

Unisono geben Cleo und Wie-heißt-sie-noch-mal Laute der Empörung von sich. Ich ignoriere die beiden, möchte ihre doofen Mienen nicht anschauen. Lina schließt die Augen und schüttelt kaum merklich den Kopf – sie tut mir ehrlich leid. Ihr gegenüber schäme ich mich schon ein wenig. Jeff Roomer presst die Lippen zusammen und lockert sie wieder, um weiterzusprechen.

»Würden Sie uns freundlicherweise den Grund für diese Entscheidung mitteilen?«

»Ja, das möchte ich«, entgegne ich mit fester Stimme. »Meine Eltern haben sechs Restaurants, wie Sie wissen, und viele Jahre Erfahrung im Service. Sie sagen immer, dass man den Charakter eines Menschen an seinem Verhalten gegenüber dem Servicepersonal erkennt.«

Jeff Roomer runzelt die Stirn, Lina starrt auf einen blinden Fleck im Raum. Die beiden Frauen schnauben.

Ich fahre fort: »Die Gäste in Zimmer zwei haben schlecht über mich gesprochen. Ich habe es zufällig gehört und …«

»Gelauscht hat sie«, fällt mir Cleo mit schriller Stimme ins Wort.

Jetzt sehe ich sie an, begegne ihrem wütenden Blick. »Wenn Sie Ihre Zimmertür offen lassen, kann jeder draußen hören, was Sie sagen. Vielleicht war es Ihnen auch egal, dass der bedauernswerte Wurm gerade im Flur herumkriecht und sich an seiner erniedrigenden Arbeit abschuftet. Natürlich, ohne irgendwas auf die Reihe zu bekommen.«

»Und gestern Abend«, fällt Cleo noch ein, »ist sie uns in eine Bar gefolgt.«

Meine Güte, Mädchen, die Blöße wirst du dir doch nicht geben!, sage ich ihr in Gedanken und formuliere es so: »Ich kann gehen, wohin ich möchte. Wenn meine Gegenwart Sie stört und Sie sich in meine Lieblingslocation verirren, ist das Ihr Problem, nicht meins.«

Ich sehe es Cleo an, es brennt ihr auf der Zunge. Zu gern möchte sie ausspucken, dass ich ihr vier Kerle ausgespannt habe. Sie starrt mich an, presst die Lippen zusammen. Sicher ist es nur eine Frage der Zeit, bis sie Dampf aus den Nasenlöchern stößt. Königin Cleo hat sich in Cleo den Drachen verwandelt.

»Bleiben wir beim Thema«, beschließt Jeff Roomer. »Miss Lawrence, wie handhaben Ihre Eltern das in den Restaurants? Wenn sich ein Gast über den Kellner lustig macht, bekommt der Koch dann die Anweisung, die Suppe zu versalzen oder das Steak zu überwürzen?«

»Nein.« War ja klar, dass er versucht, mir daraus einen Strick zu drehen. »Meine Eltern stehen über dem Verhalten solcher Gäste. Sie denken sich lediglich ihren Teil. Das hätte ich auch tun können und sicherlich tun sollen, aber ich wollte, dass die Gäste in Zimmer zwei erfahren, dass ich ihre Worte gehört habe.«

Jeff Roomer nickt mein Geständnis ab. »Erinnern Sie sich

an unser erstes Gespräch?«, fragt er dann. »Ich habe Ihnen klargemacht, dass Ihre Launen und persönlichen Befindlichkeiten im Hotel nicht interessieren. Zumindest dachte ich, ich hätte es Ihnen klargemacht.«

»Ich hatte es verstanden und akzeptiert und hier niemanden mit irgendeiner Laune belästigt«, kontere ich. »Aber ich bin nicht weniger wert als Ihre Gäste. Folglich lasse ich mich nicht behandeln, als wäre das so.«

»Na gut.« Jeff Roomer atmet durch. »Unsere Gäste wissen nun, dass Sie deren Worte gehört haben. Holen Sie Ihr Versäumnis also nach und kümmern Sie sich um Zimmer zwei.«

Voller Widerwillen schüttele ich den Kopf. »Wie gesagt, ich werde Zimmer zwei nicht reinigen, solange diese beiden Gäste darin wohnen. Meinetwegen übernehme ich morgen zehn weitere Zimmer und arbeite bis in die Nacht hinein, aber in der Zwei mache ich heute keinen Finger krumm.«

Jeff Roomer bekommt einen roten Kopf. »Miss Lawrence …«, schnauft er, da meldet sich Lina zu Wort.

»Schon gut. Ich kümmere mich darum.«

»Das ist nicht richtig«, braust Cleo auf, während Wie-heißt-sie-noch-mal irritiert von einem zum anderen schaut, doch Lina nimmt ihr den Wind aus den Segeln:

»Es geht Ihnen doch lediglich darum, dass Ihr Zimmer in Ordnung gebracht wird, oder nicht?«

»Natürlich, in erster Linie schon, aber …«

»Gut, dann warten Sie an der Bar. Ihr Zimmer ist in circa fünfundvierzig Minuten fertig.«

Cleo und Wie-heißt-sie-noch-mal stehen nach einem kurzen Blickwechsel auf. »Danke für Ihre Bemühungen, Mr Roomer«, sagt Erstere.

Nach scheißfreundlichem Blabla von beiden Seiten verschwinden sie endlich. Einige lange Sekunden taxiert mich Jeff Roomer, als wäre ich der letzte Husten.

»Sie sofort nach Hause zu schicken, wäre Ihnen nur recht, denke ich. Ihnen den Lohn dieser Woche zu streichen, ist nicht mein Niveau. Natürlich werde ich Ihrem Vater von diesem Vorfall berichten.« Er nickt zur Tür. »Gehen Sie. Sie helfen heute Abend in der Küche aus, bis das Restaurant schließt.«

Ich wechsele einen Blick mit Lina. Sie zieht einen Mundwinkel wie zum Bedauern hoch. Nach einem knappen »Wird erledigt« verdrücke ich mich aus dem Büro.

* * *

Ich muss Geschirr spülen, die Maschine befüllen, Töpfe und Pfannen schrubben – genau die Tätigkeiten, zu denen Jeff Roomer einst seinen Sohn verdonnert hat.

Es ist beinahe sieben Uhr, als Sunny hereinkommt. Sie hat längst Feierabend, trägt ein Freizeitoutfit und ist offenbar zum Hotel zurückgekommen.

»Ich kann dir helfen«, sagt sie, während ich eine von Essensresten verkrustete Auflaufform bearbeite.

»Danke, das ist lieb«, antworte ich ihr, »aber ich habe mir diese Suppe eingebrockt, also löffele ich sie auch aus. Du solltest irgendwo anders sein und deinen Samstagabend genießen.«

Sunny lehnt sich an eine Arbeitsplatte, auf der noch mehr

schmutziges Geschirr wartet. »Wie ist es für dich gelaufen vorhin?«

»Ganz okay. Gab einen Tadel, der meinen Eltern zugestellt wird.«

»Ist Jeff Roomer ruhig geblieben? Der Chef kann ziemlich ausrasten. Einmal hat er mich so laut angeschnauzt, dass ich vor Schreck einen Satz gemacht habe.«

Lebhaft erinnere ich mich, wie schnell sein Kopf rot wurde. »Leicht ist es ihm nicht gefallen, am Ende hat er sich aber beherrscht. Wahrscheinlich lag das daran, dass Cleo und die andere dabei waren. Er hat verlangt, dass ich ihr Zimmer nachträglich reinige. Ich hab mich geweigert.«

Sunny schiebt die Hände in die Hosentaschen und grübelt: »Das gestern Abend war ja irgendwie ganz witzig. Mit dem Zimmer übertreibst du's aber, finde ich.«

»Möglich.« Ich unterdrücke ein Knurren, schrubbe die Auflaufform fester. »Ich konnte mich aber nicht überwinden.«

Mit einem »Hm« denkt Sunny über ihre nächsten Worte nach. »Kann ich auch irgendwie verstehen. Sich seinen Stolz zu bewahren, ist ja außerdem richtig.«

Ich lasse das unkommentiert und stelle die Auflaufform zum Abtropfen hin. Dann nehme ich mir die nächste vor.

»Bist du in meinen Pumps klargekommen?«, frage ich Sunny, um das Thema zu wechseln.

»Die sind so toll«, höre ich von ihr. »Ich mag sie gar nicht mehr hergeben, so bequem sind sie.«

»Dann behalte sie einfach.«

»Das geht nicht«, keucht sie mit erstickter Stimme. »Das sind … die sind von Jimmy Choo. Die kosten …«

»Ist egal«, unterbreche ich sie. »Wenn sie dir gefallen und du dich darin wohlfühlst. Ich schenke sie dir gern.«

»Jazz …«

»Alles gut, Sunny. Behalte die Schuhe einfach. Vielleicht bringen sie dir mehr Glück als mir.«

Für meine erste Party mit Marc habe ich mir diese Pumps gekauft.

Sie kann es nicht glauben. »Sicher?«

»Sicher.«

Ich mag dieses Paar Schuhe, aber ich mag Sunny mehr. Sie hat in den vergangenen Monaten manches Mal eine blöde Jazz erlebt und sie einfach ertragen, ihre Zicken mit einem Lachen beiseitegewischt.

»Behalte sie. Und trage sie gefälligst, wenn du mich in Monty besuchst.«

Einer der Köche bittet mich quer durch die Küche um einen Gefallen: »In der nächsten Stunde brauchen wir Nachschub an Kartoffeln. Holst du die?«

Ich bestätige das, da beschließt Sunny, das für mich zu übernehmen, und verlässt die Küche, um zur Vorratskammer ins Untergeschoss zu gehen. Wenig später ist sie aber zurück. Ohne Kartoffeln.

»Ist besser, du machst das selbst. Ich spüle solange für dich. Könnte ein bisschen dauern, denke ich.«

Erschrocken sehe ich sie an. Sie zieht eine Grimasse und nickt. Noah!

Mein Herz hämmert in der Brust, als ich die Küche verlasse und über die Treppe nach unten gehe.

Er wartet vor der Tür der Vorratskammer. Sein Sakko hat

er ausgezogen, die Krawatte trägt er auch nicht mehr, hat die Ärmel seines Hemdes aufgeschlagen. Die Weste schmiegt sich an seinen Oberkörper und verläuft in perfekter Linie zur grauen Stoffhose. In deren Taschen schiebt er die Hände jetzt und fixiert mich mit seinen graublauen Augen.

»Falls du dich fragst, wo ich heute bei diesem Gespräch war …« Er klingt sauer. »Mein Vater hat mich gebeten, wegzubleiben, weil er befürchtet hat, es könnte eskalieren zwischen dir und mir.«

»Wieso das?«, entgegne ich bemüht gleichgültig. »Wir sind doch easy, du und ich, oder nicht?«

»Ich weiß nicht. Sind wir das? Das mit Cleos Zimmer spricht nicht gerade dafür.«

»Das hatte rein gar nichts mit dir und mir zu tun.«

»Und das gestern, in dieser Bar? Cleo hat mir erzählt, du hast jeden Kerl angegraben, mit dem sie sich unterhalten hat?«

Pah! Hat sie sich ausgeweint bei ihm über das böse, böse Aschenputtel!

»Das genauso wenig.«

Ich öffne die Kammer und gehe hinein, auch weil es mir nicht geheuer ist, auf dem Flur zu diskutieren. Noah folgt mir und schließt die Tür. Ich muss an das denken, was vor ein paar Wochen auf der gegenüberliegenden Seite im Wäscheraum passiert ist, und spüre leise Wehmut in mir.

»Was sollte das dann?«, fragt er und lehnt sich gegen die Tür. »Klingt für mich, als wolltest du dir irgendwas beweisen.«

»Ich, mir?« Ein trockenes Lachen huscht aus meinem Mund. »Ganz sicher nicht. Das war eine Lektion. Und ich bin mir sicher, das hat Cleo auch genau so verstanden. Dumm ist sie ja nicht, nur ein bisschen überheblich.«

»Jazz, was soll der Mist?« Noch verärgerter als eben, runzelt er die Stirn. »Bist du übergeschnappt?«

»Nein, ich bin ein Wurm, ein bedauernswerter Wurm.« Der erwachende Ärger schiebt die Wehmut beiseite. Ich spucke die Worte aus, fauche sie. »Ein Wurm, der vor Angst bibbert. Ich bin die arme reiche Prinzessin, die bei ihrem Aussehen leider Pech hatte. Und, nicht zu vergessen, ich bin die unfähige, vom Noah-Babysitter abhängige Putzmarie, die den letzten Dreck erledigt.«

So. Wäre es nach mir gegangen, hätte Noah nichts davon erfahren müssen. Cleo hat sich entschieden, ihm davon zu erzählen. Gut, dann aber bitte die ganze Wahrheit.

Er zieht die Brauen hoch. »Wer hat dir den Quatsch denn geflüstert?«

»Geflüstert hat sie leider nicht, sonst wäre mir der Scheiß vielleicht erspart geblieben. Ich habe das alles direkt von Cleo gehört, als ich vor ihrem Zimmer zu tun hatte. Lina hatte mich gebeten, frische Blumen in die Vasen zu stellen.«

Er kommt ein, zwei Schritte näher, bleibt auf einem Meter Distanz aber stehen und taxiert mich von oben herab.

»Und was hat dir das alles wirklich gebracht … außer vier neuen Telefonnummern?«

What? Kann doch nicht sein, dass er nicht kapiert, worum es mir ging.

»Nicht eine Telefonnummer wollte ich«, gebe ich mit einem Ächzen zurück. »Mich hat keiner der Typen interessiert. Ich habe mich nicht mal wirklich mit denen unterhalten.«

»Scheint ein stressiger Abend gewesen zu sein.« Sein Mund zuckt, als wolle er grinsen. Er tut es aber nicht, hält seine Miene neutral.

Innerlich klappe ich ein. So gerne würde ich den letzten Meter zwischen uns überwinden und ihn umarmen. Ich will ihn bei mir spüren, mich an ihn schmiegen und durchatmen. Ich möchte ihn zurück, den Noah, der sowohl mein Freund als auch mein Liebhaber war. Sein streng und kühl herabschauender Blick hält mich davon ab und irritiert mich auch. In einer Sekunde habe ich das Gefühl, dass Noah mir näher ist als jeder andere Mensch auf diesem Planeten. In der nächsten erscheint er mir unerreichbar fern und fremd.

Jetzt guck ihn nicht an wie ein Welpe, der sich nach einer Streicheleinheit verzehrt, schimpfe ich mit mir und richte mich wieder gerader auf. *Als Nächstes winselst du noch!*

»Warum war sie überhaupt hier?«, platzt es aus mir heraus. »Ich dachte, ihr seid nicht mehr zusammen.«

Die strenge Linie seines Mundes festigt sich weiter. »Wir hatten das ausgemacht, bevor ich zum Praktikum herkam. Wir sind noch befreundet. Das habe ich dir auch gesagt.«

Voll daneben, Jazz! Dann doch lieber der Welpe.

Für den ist es nun auch zu spät, und Noah redet weiter: »Aber davon abgesehen, habe ich je was wegen Marc gesagt? Er war hier, ihr seid am Strand hinter dem Hotel herumspaziert und habt was weiß ich noch alles getan.«

»Ich hab das mit Marc beendet.« *Für dich oder zumindest wegen dir,* füge ich im Stillen an.

»Das habe ich nicht verlangt.«

»Ich wollte es aber.«

Noah schüttelt den Kopf. »Ich bin nicht sicher, ob du nicht irgendwas missverstanden hast, was mich und dich angeht.«

»Was gab es da misszuverstehen?«

»Ich war zwei Jahre mit Cleo zusammen, habe danach ein bisschen gebraucht, mich ans Singledasein zu gewöhnen, aber damit bin ich momentan ganz happy, verstehst du?«

Ich nicke wie ferngesteuert und versuche, die Enttäuschung in mir zurückzudrängen.

»Ich möchte gerade keine feste Beziehung«, fügt er an, als bräuchte ich es besonders deutlich.

Dieser Satz ist ein kleiner Schock und auch wie ein Déjà-vu. Genau das habe ich vor über einem Jahr von Marc gehört.

»Schon klar«, gebe ich zurück. »Du dachtest dir so was wie: ›Hey, sie hat ja schon eine nur auf Sex basierende Beziehung. Sie weiß, wie so was läuft.‹ Du dachtest, ich bin die perfekte Kandidatin für unverbindlichen Sex.«

»Ganz sicher nicht«, protestiert Noah. »Das klingt, als hätte ich es darauf angelegt, dabei habe ich mich echt einige Zeit dagegen gewehrt. Und das weißt du auch. Wieso unterstellst du mir das jetzt also?«

»Weil es mit allem, was du gerade so von dir gibst, so zu sein scheint. Wenn jemand für sich beschlossen hat, keine Beziehung eingehen zu wollen, eine Beziehung also konsequent ausschließt …«

»Was ist denn mit dir?«, fällt er mir ins Wort. »Warum hast du mit mir geschlafen?«

Einige Sekunden sehe ich Noah an, ratlos und ratloser. Schließlich schüttele ich den Kopf. »Ich glaube nicht, dass diese Unterhaltung irgendwas bringt.«

»Ich will eine Antwort«, knurrt er.

»Und ich muss Kartoffeln in die Küche bringen.« Damit wende ich mich ab und schnappe mir einen der Säcke.

Noah lässt nicht locker. »Sag mir, was du dann von mir wolltest, wenn's keine Beziehung und nicht nur Sex war.«

Ich drücke mich an ihm vorbei, öffne die Tür und trete in den Flur.

»Jazz …«

Lass mich einfach in Ruhe!, bitte ich ihn im Stillen, würge an dem Kloß im Hals und bringe die Kartoffeln in die Küche.

Kapitel 22

Es ist die Woche der letzten Male. Der letzte lange Montag und Dienstag ohne Sunny liegen schon hinter mir. Zum letzten Mal war ich unter dem Dach des Roomer's, habe eine Suite geputzt und danach aus dem Fenster zum Strand geschaut. Zum letzten Mal habe ich mit Lina *Navy* CIS angesehen und dazu Chips gefuttert. Heute, am Mittwoch, fahre ich das letzte Mal zum Hafen – in meinem Auto, nicht mit Noah. Zum letzten Mal geht es mit der *Days Like These* raus auf den Atlantik, wo ich den Tauchgästen zum letzten Mal mit ihrer Ausrüstung helfe. Zum letzten Mal setzt mir Noah die Scuba auf. Zum letzten Mal fängt mich das Wasser auf – die Rückwärtsrolle beherrsche ich inzwischen perfekt.

Ich frage mich, ob Noah den Tauchspot für mich ausgewählt hat oder ob dieser einfach auf dem Plan stand. Es ist *Rome*, der Spot mit den Brückenpfeilern, wo ich zum ersten Mal wirklich getaucht bin und das Gefühl für die Tiefe bekommen habe.

Während ich mich in der Gruppe absinken lasse, ermahne ich mich, es zu genießen. Ich werde es nie wieder erleben, nicht an diesem Spot, zumindest.

Noah und ich betreuen heute zwei Männer und zwei Frauen – allesamt fortgeschrittene Taucher, die schon wissen, was sie zu tun und wie sie sich zu verhalten haben.

Meter um Meter geht es tiefer. Weich wie Seide fühlt sich das Wasser an, auf beruhigende und besänftigende Weise kühl. Es wispert, trägt und wiegt mich und macht mir doch Platz, lässt mich sinken. Zu mir selbst. Das Wasser lässt es still in mir werden.

Die Säulen kommen in Sicht. Noah macht das Zeichen, zu einer hinzutauchen. Als wir das obere Ende erreichen, winkt er mich zu sich und fordert die Gäste auf, zuzuschauen und, was auch immer er vorhat, nachzumachen.

Zuerst nimmt er meine Hand und zieht mich zu sich, dann legt er die Hände an meine Seiten und holt mich noch näher. Die Stille bleibt in mir. Was auch immer zwischen Noah und mir über Wasser passiert ist, scheint in diesem Moment nichts als gut und richtig gewesen zu sein. Ich bin, wo ich hingehöre. Nahe bei ihm. Körper an Körper. Er umarmt mich, ich umarme ihn, und gemeinsam drehen wir uns, sehen uns dabei in die Augen. Sobald wir kopfüber im Wasser schweben, bewegen wir die Flossen, um wie beim ersten Mal an der Säule entlang hinabzutauchen. Wenige Meter vor dem Grund drehen wir uns zurück und lösen uns voneinander, sehen uns aber immer noch an. Noah streicht über meinen Unterarm zu meiner Hand und hält sie länger, als er müsste. Dann lässt er sie gehen und schaut nach oben zu den Tauchern, die uns paarweise kopfüber gefolgt sind.

* * *

»Das war's dann nun … dein letzter Tauchgang«, sagt Noah, nachdem die Tauchgäste das Boot verlassen haben. Er sieht mich dabei nicht an, sondern geht herum und sammelt die Neoprenanzüge ein. Und er klingt nicht, als würde er es bedauern. Es ist eine ernüchternd sachliche Feststellung – obwohl es mit mir unter Wasser doch mehr Spaß macht als mit jedem anderen. Angeblich.

Wehmütig drehe ich mich in Richtung Perdido Pass, kann zwar einen Teil der Brücke sehen, den Ozean aber nicht mehr.

»Praktisch hat sich ein Kreis geschlossen«, murmele ich mehr zu mir selbst, doch Noah hat mich gehört.

»Wie meinst du das?«

»Na ja … Rome. Das war mein erster Tauchgang.«

»Ah, und jetzt der letzte. Verstehe. Na ja, ich hoffe, du tauchst weiter. Du bist echt gut, aber das hab ich dir ja schon gesagt.«

Ich wende mich wieder zu ihm um und beobachte, wie er ach so geschäftig von A nach B wuselt. Dass ich ihm nicht helfe, fällt ihm offenbar nicht auf.

Ich glaube ihm nicht!

Ich glaube nicht, dass ihm nicht bewusst war, dass er und ich beim ersten Mal zu Rome hinabgetaucht sind, oder er es ganz und gar vergessen hat. Ich glaube auch nicht, dass er sich mit mir kopfüber hat absinken lassen, um die Gäste zum Nachmachen zu animieren. Ich glaube, er hat es getan, weil er mich unter Wasser noch einmal auf diese Weise bei sich haben wollte. Er wollte, dass wir auf unserem letzten Tauchgang diesen besonderen Moment des ersten wiederholen. Ich glaube, dass es ihm schwergefallen ist, mich loszulassen. Und ich glaube außerdem, dass er ein Problem damit hat, dass ich das Roomer's und Orange Beach am Sonntag verlasse. Wahrscheinlich hat er sogar ein Problem damit, dass es ihm nicht egal ist, das größere Problem vielleicht. Ich glaube, dass er dieselben Gefühle für mich hat wie ich für ihn. Im Gegensatz zu ihm glaube ich außerdem, dass es ein Fehler wäre, nicht darüber zu sprechen. Ein Fehler, den ich vielleicht ein Leben lang bedauere.

»Du wolltest von mir wissen, was ich von dir wollte, wenn keine Beziehung und nicht nur Sex«, sage ich.

Noah hält inne und schaut mich an. In seinem Blick liegt eine bei ihm bisher nie gesehene Unsicherheit.

»Das war eine bescheuerte Frage.« Er wirft das Bündel Taucherbrillen zu den Flossen in eine Box. »Vergiss es einfach. Sorry dafür.« Die Hände in die Hüften gestemmt, schaut er sich um. »Wir sind hier fertig, können die Biege machen. Du musst nicht mehr mit zum Hotel kommen. Um die Reinigung kümmere ich mich allein.«

»Ich kann es aber nicht vergessen«, gebe ich zurück. »Und ich will auch nicht.«

Seltsamerweise fühle ich mich absolut ruhig bei diesen Worten, völlig bei mir. Mein Herz und Puls haben beide ein ganz normales Tempo. Vielleicht ist es die Stille der Tiefe, die noch wirkt, oder auch nur die Gewissheit, das Richtige zu tun.

Noah hingegen scheint sich am liebsten vom Boot beamen zu wollen. »Ach, Jazz … wir hätten das schon am Sonntag nicht zum Thema machen sollen.«

»Es war aber immer ein Thema, auch vor Sonntag. Aber wir waren nie ganz ehrlich.« Okay, kleine Korrektur. »Zumindest war ich es nicht.«

»Alles gut …«

»Nichts ist gut.« Wird Zeit, auf den Punkt zu kommen. Also: »Als ich Marc gesagt habe, dass ich nicht mehr mit ihm schlafen werde, habe ich das aus zwei Gründen getan. Zum einen wollte ich es ganz einfach nicht mehr. Es wäre ihm gegenüber falsch gewesen, hätte ich mich trotzdem darauf eingelassen. Zum anderen hätte ich dabei die ganze Zeit an dich gedacht und das Gefühl gehabt, dich zu betrügen.«

Noah verschränkt die Arme und schüttelt den Kopf. »Das hättest du nicht, Jazz …«

Ich lasse ihn nicht ausreden. »Sogar mich selbst hätte ich betrogen. Ich habe nicht mal mehr an Marc gedacht, und allein die Vorstellung, es mit ihm zu tun …« Jetzt schlägt mein Herz schneller; eine leise Nervosität lässt es flattern. »Das wäre wie eine Selbstverletzung gewesen. Ich hätte mir damit wehgetan, weil ich echt heftige Gefühle für dich habe.«

So, jetzt ist es raus und meine eben noch empfundene Gelassenheit wie weggeblasen. Wie auf Knopfdruck beginnen die Tränendrüsen zu arbeiten, und ich habe zu tun, die Schleusen geschlossen zu halten.

Trotzdem und obwohl es Noah die Sprache schon jetzt verschlagen zu haben scheint, will noch mehr aus mir heraus.

»Der Sex mit dir war toll, das wäre er sicher nicht gewesen, wenn ich dich nicht so gernhätte. Mich in eine Beziehung mit dir stürzen wollte ich nicht, aber ich habe natürlich darüber nachgedacht, wie es mit uns weitergehen könnte, wenn ich wieder in Montgomery bin und du in Tuscaloosa. Mit dem Auto sind es ja nur zwei Stunden. Andere meistern viel größere Distanzen.«

Im Stillen um eine Reaktion flehend, sehe ich Noah an, doch er bleibt stumm.

Einatmen! Ausatmen! Zum Schluss kommen!

»Wenn es so gut passt, wenn man sich mehr mag als nur körperlich«, füge ich an, »wäre es dumm, sich zu verbieten, etwas Festes daraus werden zu lassen. Und es passt gut, das weiß ich.« Bei diesen Worten regt sich leiser Trotz in mir, der all der Rührseligkeit Kontra bietet. »Du kannst es dir ausreden, aber ich weiß es. Ich weiß es seit ... seit unserem ersten Mal in Rome. Da hab ich ...«

Raus damit, Jazz. Das kannst du ihm jetzt auch noch sagen.

»Da habe ich begonnen, mich in dich zu verlieben. Sosehr ich mich auch bemüht habe, ich habe mich nicht davon abhalten können.«

Mein Herz überschlägt sich, als Noah sich einen Ruck gibt und zu mir kommt. Er mustert mich ein paar Sekunden lang, dann nimmt er mein Gesicht in seine Hände, streicht mit den Daumen über meine Wangen und küsst mich. Nicht wie früher. Es ist ein nur kurzer, liebevoller Kuss, ohne Leidenschaft.

»Tut mir leid«, murmelt er und nimmt mich in dem Arm, zieht mich an sich. »Tut mir leid, dass ich dir diese Hoffnung gemacht habe.«

Ich traue meinen Ohren nicht. Gerade habe ich ihm gestanden, dass ich in ihn verliebt bin, und er entschuldigt sich?

Ich will ihn von mir stoßen, kann aber nicht, denn ich weiß, dass es das letzte Mal ist, dass mich Noah so hält. Also schließe ich die Arme um ihn, lege die Stirn an seine Schulter und schlucke weiter gegen die immer drängenderen Tränen an.

* * *

Ich bin durch Orange Beach gefahren, ohne Ziel, mit Noahs Musik aus den Boxen des Autoradios. Nach Hause wollte ich nicht, denn Lina ist heute Abend mit einer Freundin unterwegs. Die Stille im Haus hätte meine Einsamkeit auf die Spitze getrieben. Ich wäre auf und ab gelaufen, wie ich hin und her gedüst bin. Schließlich habe ich Sunny angerufen und sitze jetzt mit ihr auf dem winzigen Balkon ihres Zweizimmerapartments.

»Das hat er wirklich gesagt?«, murmelt sie. »Er hat sich bei dir entschuldigt?«

Nachdem ich ihr alles erzählt habe, kann ich nur noch schluchzen.

»Und dann?«

»Dann bin ich vom Boot gestürmt und zu meinem Auto gerannt.«

»So hat er dich gehen lassen?«

»Klar. Ich hab auch nicht darauf gesetzt, dass er mir nachläuft.«

»Das hätte er aber tun sollen.« Sunny steht auf und tappt auf der kleinen Balkonfläche hin und her, vom Geländer zum Fenster und zurück. »Du warst echt mutig, ihm das zu sagen. Er hätte … Er hätte … Ach Mann, so ein Arsch!«, schimpft sie. »Ich hab mich voll in Noah getäuscht. Ich dachte, er wäre einer von den Guten.«

»Das ist ja das Schlimme!«, kontere ich. »Er ist einer von den Guten, kein Arsch.«

»Und ob. Warum verteidigst du ihn? Er hat dich ausgenutzt.«

»Das hat er nicht. Wir haben beide getan, was wir wollten. Und genau genommen hat er mir wirklich nie Hoffnung auf eine Beziehung gemacht. Im Gegenteil. Ich habe es nur ignoriert oder seine Worte so verstanden, wie ich sie verstehen wollte.«

Sunny setzt sich wieder auf den zweiten Klappstuhl. Während ich über das Balkongeländer hinweg Löcher in das Grün eines Busches starre, pikt mich ihr Blick.

»Weißt du, was ich gut finde, auch wenn es echt traurig ist?«, höre ich sie fragen und sehe sie an.

»Was denn?«

»Dass du so weinst.«

Überrascht ziehe ich die Brauen hoch. »Warum das denn? Mir geht's total mies.«

»Das meine ich ja. Das sind echte Gefühle. Vor zwei Monaten hättest du nie so geweint. Höchstens aus Trotz, weil du dich ungerecht behandelt gefühlt hast. Ich denke ja immer noch, dass Noah ein Arsch ist, aber trotzdem hat er dich verändert.«

»Ich finde es furchtbar, dass er eine Heulsuse aus mir gemacht hat. Ich wünschte, ich könnte das abstellen. Ich bedauere nicht, ihm meine Gefühle gestanden zu haben, denn hätte ich das nicht getan, hätte mich diese Was-wäre-wenn-Frage noch eine ganze Zeit lang gequält. Aber ich bedauere, dass ich ihn so nahe an mich herangelassen habe. Ich hätte viel vorsichtiger sein müssen.«

Sunny stellt das infrage. »Das kann man doch nicht kontrollieren.«

Pff. Scheinbar schon. »Noah kann es.«

Sie seufzt. »Weißt du, als mich meine Freundin und mein Freund miteinander betrogen haben, da ging es mir richtig mies. Ich bin in ein Loch gefallen und hab in absolut nichts mehr irgendeinen Sinn gesehen. Tagelang konnte ich nichts essen, nicht arbeiten. Ich hab nur im Bett gelegen und an die Decke gestarrt, wenig geschlafen. Wenn ich aufgewacht bin, hab ich mir gewünscht, nicht mehr aufwachen zu müssen, um diesen Schmerz nicht zu spüren. Ich war richtig krank.«

Allein die Vorstellung tut weh. Arme Sunny! »Wann war das überhaupt?«

»Vor einem halben Jahr ungefähr.«

»Tut mir echt leid. Manche Erfahrungen braucht man wirklich nicht.«

Sunny schüttelt den Kopf. »Inzwischen bin ich froh, dass ich diese Erfahrung gemacht habe, was nicht bedeutet, dass ich auf Schmerzen stehe. Ich denke einfach, dass es auch was Gutes hatte.« An den Fingern zählt sie die Vorteile auf. »Erstens: Ich hab den wahren Charakter meiner vermeintlichen Freundin erkannt. Zweitens: Ich bin nicht mehr verliebt in einen Typen, der mich nicht verdient hat. Und drittens hat mir das gezeigt, wie echt ich bin. Ich habe echt gefühlt, echt gelitten und es ganz allein überstanden.«

»Du meinst also, es hat dich stärker gemacht?«, schlussfolgere ich vorsichtig, denn ich bin kein Fan von Phrasen wie *Was mich nicht umbringt, macht mich stärker*. Für mich bedeutet so eine Einstellung, dass man ständig bereit ist, vom Leben Ohrfeigen zu kassieren, um sich daran immer weiter aufzurichten und für neue Ohrfeigen zu wappnen.

»Ich weiß nicht, stärker hat es mich vielleicht auch ein bisschen gemacht. Aber vor allem hat es mir eine Seite von mir gezeigt, der ich mir nicht bewusst war.«

Damit trifft Sunny wieder einen wunden Punkt in mir. Ich stelle mir vor, dass ich nach Noahs Abfuhr ungerührt zum Auto spaziert und nach Hause gefahren wäre. In einer zweiten Version schreie ich ihn an und tobe auf dem Boot herum. Im Schulterzucken und Toben habe ich jede Menge Erfahrung. Im Weinen eigentlich auch. Klar habe ich auch früher immer mal wieder geweint, aber wie Sunny eigentlich ganz richtig bemerkt hat, geschah das, weil ich mir selbst leidgetan habe.

Lausche ich jetzt in mich hinein, ist da keine Spur von Selbstmitleid. Die Tränen laufen, weil ich gerne mehr Zeit mit Noah gehabt hätte, weil ich schon jetzt Sehnsucht nach ihm habe und ihn sehr vermissen werde. Nicht zuletzt weine ich, weil ich tatsächlich einen Schmerz spüre. Es tut weh, dass er für mich nicht die gleichen Gefühle hat wie ich für ihn. Noch schlimmer ist die Vorstellung, dass er sie sich verbietet.

»Irgendwann kommt schon der Richtige«, versucht mich Sunny zu trösten. »Noah war es halt nicht. Das schmerzt jetzt, aber das geht vorbei.«

Das will ich eigentlich nicht. Ich möchte keinen anderen kennenlernen, und ich möchte nicht aufhören, Noah zu lieben.

Kapitel 23

Er hatte nicht einmal den Anstand, sich von mir zu verabschieden.

Alle waren da gestern, nachdem ich mein letztes Zimmer geputzt und den Putzwagen in die Kammer geschoben habe. Mit einem Augenzwinkern haben mir Sunny und Lina ein ganz persönliches Putzpaket überreicht, dessen Bestandteile ich zu Hause in Montgomery einsetzen kann, falls mir einmal etwas fehlt. Auch die Leute von der Rezeption und dem Restaurant waren da, und sogar Jeff Roomer hat sich die Ehre gegeben, um mir die Hand zu schütteln und sich förmlich für mein Engagement zu bedanken. Dann hat er Lina zu sich gerufen, weil meine Nachfolgerin im Anmarsch war. Einen Blick auf sie habe ich erhascht: kurze, dunkle Haare, mehrfach gepiercte Ohren, tätowierte Fußknöchel, ein bisschen androgyn, aber schon ganz hübsch.

Bei ihrem Anblick habe ich mir unweigerlich vorgestellt, wie Noah ihre Arbeit kontrolliert und sie mit knappen, unfreundlichen Kommentaren auf ihre Versäumnisse aufmerksam macht, wie er sie damit zu wütenden Tränen und zur Flucht an den Strand bringt, wie er deshalb ein schlechtes Gewissen bekommt und ihr zur Ablenkung Tauchunterricht anbietet. Vielleicht kann sie auch schon tauchen; das würde mich nicht wundern – wo sie schon optisch Noahs weibliches Pendant ist, wäre sie damit noch perfekter für ihn. Vielleicht die Frau, mit der er seine Abstinenz von Beziehungen von einer Sekunde auf die andere beendet.

Lina und Sunny, mit denen ich den Abend verbracht habe, meinten, ich solle mich nicht verrückt machen. Noah wäre nicht mehr lange genug im Roomer's, um irgendjemandem Tauchunterricht zu geben. Ganz davon abgesehen, dass er sich in der Vergangenheit nie die Zeit dafür genommen hat. Lina sagte außerdem, ich solle es mir nicht zu Herzen nehmen und es nicht auf mich beziehen, dass er ab Donnerstag verschwunden war. Angeblich musste er für eine Prüfung nach Tuscaloosa an die Uni.

Ich nehme es mir aber zu Herzen. Hätte ich das vorher gewusst, wäre ich am Mittwochabend nach dem Tauchausflug vielleicht nicht weggerannt oder hätte mit meinen offenen Worten gewartet, bis er sich von mir verabschiedet hat.

Die Sache mit uns ist mit diesem Ende brutal abgehackt. Ich habe das Gefühl, diese Enttäuschung nur mit einem Tattoo verarbeiten zu können.

* * *

Zu Hause fühlt sich nicht mehr wie zu Hause an. Erst recht nicht in dem Bewusstsein, dass ich nun hierbleibe, dass mein Aufenthalt nicht, wie während der vergangenen Male, auf anderthalb Tage begrenzt ist, dass ich nicht mehr nach Orange Beach fahre. Ich bringe es nicht über mich, meinen Koffer auszupacken und all meine Sachen wieder in den Schrank zu räumen. Mir graut vor dem Anblick bestimmter Kleidungsstücke, die ich getragen habe, als ich Zeit mit Noah verbracht habe. Also lasse ich den Koffer geschlossen, hocke auf meinem Bett und hypnotisiere ihn, wie er da so mitten im Zimmer steht. Das Klingeln an der Tür holt mich aus meiner Lethargie. Ich schaue auf die Uhr. Es ist schon kurz nach vier. Zwei ganze Stunden habe ich so zugebracht und will mich noch nicht rühren. Als es abermals klingelt, raffe ich mich auf, schlurfe aus dem Zimmer, den Flur entlang und die Treppe hinunter.

Vor der Tür steht Livi und grinst schief.

»Hab dein Auto in der Einfahrt gesehen und dachte, ich schau mal vorbei.«

Ich kann es kaum glauben und weiß nicht, was ich ihr sagen soll. In dem Vierteljahr, in dem ich sie nicht gesehen habe, hat sie sich zwar nicht grundsätzlich verändert, aber sie kommt mir dennoch fremd vor. Begonnen bei ihrer Kleidung – eine zitronengelbe Bluse und eine weiße Hose. Früher habe ich gekannt, was Livi anhatte, und gewusst, aus welchem Shop der Kram stammte. In den meisten Fällen war ich beim Shopping dabei. Außerdem sind ihre früher dunkelblonden Haare heller und länger und glatter. Livi sieht gut aus, nicht mehr so niedlich.

»Ich wette, du bist froh, es hinter dir zu haben«, sagt sie in mein konsterniertes Schweigen. »Wie war's so im Süden?«

»Anders, als ich dachte«, presse ich hervor. »Und ich wünschte, ich wäre noch da.«

Ihr Grinsen verschwindet. Überrascht zieht sie die Brauen hoch. »Erzähl mir nicht, du hast ein Faible fürs Housekeeping entwickelt.«

»Nein«, schniefe ich und kämpfe schon wieder mit den Tränen. »Fürs Tauchen.«

Livi zögert noch einem Moment, dann kommt sie heran und umarmt mich.

»Vermutlich auch für den Tauchlehrer«, murmelt sie an meinem Ohr.

Ich kann nur nicken.

Sie streichelt über meinen Rücken. »Weiß er bloß nichts davon, oder ist er auch wieder so ein beziehungsunfähiger Typ wie Marc?«

»Er weiß es. Wahrscheinlich ist er Letzteres, aber in der netten Variante.«

Livi seufzt. »Ach Mist, Jazz, du hast aber auch ein Händchen für komplizierte Kerle. Such dir doch mal jemanden, mit dem alles einfach nur schön ist.«

»Es war alles einfach nur schön … sobald es schön wurde.«

»Lass uns reingehen. Ist blöd, vor der Tür zu heulen, selbst wenn es so aussieht, als würdest du dich nur unbändig freuen, mich wiederzusehen.«

»Das tue ich auch.« Noch lasse ich sie nicht los. »Kannst du mir verzeihen, dass ich so ein egoistisches Scheusal war?«

»Sonst wäre ich nicht hier.«

Ich drücke ihr ein Bussi auf die Wange. Wir gehen ins Haus und nach oben in mein Zimmer. Wie früher plumpst Livi in den Hängesessel und beginnt zu schaukeln.

»Du bist bereit, jederzeit wieder abzureisen, oder?«, vermutet sie zum Scherz mit Blick auf meinen Koffer.

Ich gebe dem Ding einen leichten Kick. »Ich kann den nicht auspacken. Würde bei jedem Teil eine Krise kriegen.«

»Bring's hinter dich.« Mit dem Fuß gibt sich Livi im Sessel neuen Schwung. »Und erzähl mir dabei, wann du welche Klamotte anhattest.«

Ein paar Sekunden, die Arme in die Seiten gestemmt, betrachte ich den Koffer. Je länger ich darüber nachdenke, desto mehr mag ich den Gedanken, also lege ich den Koffer hin, öffne ihn und klappe ihn auf.

Ich will chronologisch auspacken und suche nach der weißen Bluse und dem dunkelblauen Jumpsuit.

»Das hab ich auf der ersten Fahrt nach Orange Beach getragen. Im Stau habe ich mein Handy in Kaffee gebadet. Weil es nicht mehr funktionierte, hat mich der Typ im Wagen hinter mir sein Telefon benutzen lassen, damit ich meine Verspätung im Roomer's ankündigen konnte.«

»Das Roomer's«, hakt Livi nach. »Das ist das Hotel, in dem du schuften musstest?«

»Ja, der Name ist vom Nachnamen des Eigentümers, Jeff Roomer, abgeleitet.« Nach einem tieferen Atemzug fahre ich mit der Geschichte fort. »Dieser Typ im Wagen hinter mir hat mich zum Abschied, als sich der Stau auflöste, einfach geküsst. Mitten auf dem Freeway. Und einen Tag später hat er mich runtergeputzt, weil ich ein Klo nicht richtig sauber gemacht habe.«

Livi gluckst amüsiert. »Das verstehe ich nicht.«

»Noah Roomer … das ist sein Name. Er ist der Sohn des Eigentümers. Als ich mit seinem Handy telefoniert hab, wurde ihm klar, wer ich bin. Warum er mich damals geküsst hat, habe ich nie so richtig gerafft, aber so war das jedenfalls.«

»Klasse«, prustet Livi. »Dann hattest du ja einen richtig guten Start. Irgendwie ist das typisch für dich, Jazz.«

Auf der Suche nach den nächsten Klamotten krame ich im Koffer.

»Ein paar wichtige Kleidungsstücke habe ich in Orange

Beach gelassen«, murmele ich und bedauere es, sie nicht mitgenommen zu haben.

»Welche?«, fragt Livi. »Deine Housekeeping-Kluft?«

»Genau. Das waren ein mausgrauer Kittel und weiße Stoffschuhe. Die habe ich nach einer Woche und dem nächsten Anschiss von Noah in den Atlantik geschmissen, kurz bevor er bei mir war und mir den Tauchunterricht bei ihm angeboten hat, zur Ablenkung und Motivation sozusagen. Oder als Entschuldigung für sein blödes Verhalten. Ich weiß nicht.«

»Nett von ihm. Auch, dass er dir neue Schuhe gegeben hat.«

»Das musste er nicht. Die hässlichen Treter wurden von den Wellen ans Ufer gespült.«

Livi schmunzelt. »Und dann? Hat er dir das Tauchen beigebracht und dafür gesorgt, dass du dich Hals über Kopf in ihn verknallst?«

»Eigentlich nicht. Wir wurden Freunde und wollten das bleiben. Wir haben es echt versucht.«

»Klar.«

»Wirklich. Wir haben sogar darüber gesprochen.«

»Wenn man drüber redet, ist es meistens schon zu spät.«

Als wüsste ich das nicht. Als hätte ich, wenn ich ehrlich war, nicht damals schon gewusst, dass es zu spät und zumindest um mich geschehen war.

Mit jedem Kleidungsstück, das aus meinem Koffer in meinen Schrank wandert, lasse ich meine Zeit in Orange Beach für Livi Revue passieren. Sie lacht Tränen, als ich den Jumpsuit und die Pumps auspacke und zum Besten gebe, wie ich's Königin Cleo heimgezahlt habe. Ich lache mit ihr und vergieße auch sonst keine Träne. Während ich erzähle, wird mir klar, wie wunderbar und auch ein bisschen verrückt alles war. Am Ende, beim letzten Outfit und dem letzten Tauchausflug angekommen, bin ich natürlich traurig, aber gewissermaßen auch dankbar, dass mir Noah Roomer passiert ist.

Livi liebt meine Geschichte. Und ich liebe die Geschichte, die sie daraufhin mit mir teilt, auch wenn ich es wahnsinnig schade finde, dass ich nicht live dabei war, nicht mit ihr mitgefiebert habe und diese Episode ihres Lebens an mir vorbeigegangen ist: Seit einem Monat ist sie mit Daniel Philipps zusammen – in den sie gefühlt seit der Grundschule hoffnungslos verknallt ist. Fassungslos, sowohl über meine Abwesenheit als auch über ihr Glück, hänge ich an ihren Lippen, als sie mir erzählt, wie er sie um Begleitung zum Abschlussball gebeten hat. Er hatte keine Ahnung, dass sie so lange in ihn verknallt war, und sah das als seine letzte Chance bei ihr, außerdem als sichere Sache, denn im Fall einer Abfuhr wäre er ihr dann nicht mehr so oft über den Weg gelaufen.

»Verschwendete Jahre«, ächze ich. »Aber stell dir vor, er hätte dich nie gefragt.«

»Ja, schrecklich.«

Sosehr mich ihr Glück freut, so traurig macht es mich plötzlich. Ich wünschte, Noah und ich wären jetzt so glücklich wie Livi und Daniel. Er dort, ich hier, aber egal. Hauptsache, zusammen. Dass ich das denke, zeige ich ihr nicht, sondern lächele tapfer weiter, als ich sie zur Haustür begleite und sie mich wissen lässt, dass sie Daniel gleich trifft.

Danach verkrümele ich mich wieder in mein Zimmer und starte Noahs Playlist. Vernünftigerweise sollte ich etwas anderes hören, etwas Fröhliches oder einfach Songs, die mich nicht an ihn erinnern. Doch diese Musik zu hören ist, als würde ich Fotos von ihm anschauen und Fotos von uns. Fotos, die ich nicht habe. Livi hat danach gefragt. Sie war neugierig, wie Noah aussieht, doch ich konnte ihn nur beschreiben, ihn ihr nicht zeigen. Die sozialen Netzwerke scheint er wie die Pest zu meiden. Als ich zum ersten Mal im Haus seines Vaters war, hat er ein Foto von uns gemacht, draußen auf der Veranda, vor der Kulisse des Ozeans. Ich habe mich nicht getraut, ihn zu bitten, es mir zu schicken. Jetzt wage ich es erst recht nicht mehr, auch aus Angst, zu erfahren, dass er es gelöscht hat. Ich mag die Vorstellung, dass Noah dieses Bild manchmal anschaut und an die Zeit mit mir denkt. Sie ist tröstlich.

Als die ersten Töne des Blue-October-Songs erklingen, drehe ich die Lautstärke auf das Maximum, lege mich dann auf den Boden, strecke Arme und Beine aus und schließe die Augen.

Unter der Melodie und dem Text spüre ich Noahs Umarmung, mit der er mich auf dem Boot so überrascht hat. Ich spüre seinen unter dem T-Shirt warmen Körper, seine festen Muskeln und wie er tief ein- und ausatmet. Die Erinnerung ist so stark, so lebendig, dass die Libellen in meinem Bauch wieder flattern wollen, doch sie starten nicht mehr, ihre Flügel vibrieren lediglich und lösen in mir kleine Wellen aus, die mich zittern lassen.

Jeden Ton, bis zum letzten, sauge ich in mir auf und erschrecke fürchterlich, als in die folgende Stille hinein ein »Jessica?« tönt. In null Komma nix sitze ich und schalte die Musik aus, weil der nächste Song dröhnend startet.

Mom steht in der Tür. Sie wirkt etwas bedröppelt, fasst sich aber und beschließt offenbar, wegen des Lärms nicht sauer zu sein.

»Ich hatte geklopft«, sagt sie. »Aber du hast mich nicht gehört.«

»Schon okay«, gebe ich zurück.

Sie kommt ins Zimmer und hockt sich vor mich, betrachtet mich. Als sie die Hand an mein Gesicht hebt, will ich zuerst zurückweichen, lasse es dann aber. Mit dem Daumen wischt sie eine Träne weg.

»Bei deinem letzten Besuch habe ich geglaubt, du bist so traurig, weil du in Orange Beach und mit dieser Arbeit unglücklich bist«, murmelt sie. »Aber inzwischen denke ich, du bist aus einem anderen Grund traurig.«

»Nicht wegen Marc«, gebe ich zurück, damit sie gar nicht erst damit anfängt.

Sie schüttelt den Kopf. »An ihn habe ich nicht gedacht.«

Sekunde um Sekunde tickt dahin. Mom sieht mich an und ich sie. Die roten Haare, die blasse Haut, die Sommersprossen, die grünen Augen – all das habe ich von ihr. Ihre ruhige Natur ist an mir vorübergegangen. Für meine Impulsivität, meine zeitweise Sturheit sind wohl Dads Gene verantwortlich.

»Es tut mir leid«, sage ich leise.

Sie zieht die Brauen hoch. »Was tut dir leid? Dass du traurig bist?«

»Nein.« Verdammt, als hätte sie alles schon vergessen. »Wie ich war.«

Zuerst wirkt sie überrascht, dann betroffen. Sie presst die Lippen aufeinander und holt tief Luft, als wolle sie den bei der Erinnerung keimenden Kummer zurückdrängen. Welche Sorgen ich ihr und Dad gemacht habe, wird mir erst jetzt, wo sie keine Antwort auf meine Entschuldigung hat, richtig bewusst.

Irgendwann streicht sie erneut über meine Wange. »Gönn dir die nächste Zeit ein bisschen Ruhe, genieß den Sommer. Im August startest du dann neu durch und …«

»Das will ich nicht«, unterbreche ich sie und füge schnell ein »Ruhe« an.

»Okay …«

»Ruhe ist das Letzte, was ich brauche. Ich muss etwas tun, sonst werde ich wahnsinnig. Ich kann verstehen, wenn du und Dad mir noch nicht wieder traut, aber gebt mir eine Chance.«

Abermals gibt sie mir ein zu verwundert klingendes »Okay …«.

»Ist mir egal, wo. Als Bedienung vielleicht. Du hast doch jemandem gekündigt. Oder meinetwegen auch in der Küche.«

Genau. Ich würde stundenlang Teller spülen. Darin habe ich inzwischen auch Erfahrung.

Mom steht auf. »Ich rede mit deinem Vater.«

»Ist er schon da?«

»Ja, wir sind zusammen hergekommen.«

»Wahrscheinlich kocht er schon wieder.«

Wegen der lauten Musik, meine ich, und Mom versteht es auch so, aber sie lacht.

»Tatsächlich kocht er. Das Abendessen, genau genommen.«

»Fluchend wahrscheinlich.«

»Nein, er klang ziemlich entspannt, als er aufgeschlossen hat. ›Hör doch, das Kind ist daheim. Wie schön‹, hat er gesagt.« Mom grinst. »Auf dem Weg in die Küche meinte er: ›Und sie hört endlich Musik, nicht mehr diesen pseudopoetischen Katzenjammer von einem, der keine Ahnung hat, wovon er da singt.‹ Für mich klang das recht gelassen. Beinahe erleichtert.«

Mom geht zur Tür, verlässt mein Zimmer aber noch nicht.

»Wahrscheinlich wird er dir das nicht sagen«, murmelt sie über die Schulter, »aber er ist stolz auf dich, dass du das durchgezogen hast. Anfangs hat er jeden Tag damit gerechnet, dass du die Flinte ins Korn wirfst und wieder versuchst, mit Marc durchzubrennen.«

»Er wäre sicher lieber auf andere Sachen stolz«, antworte ich ihr. »Ich denke, er wäre jetzt gern unter den anderen Eltern der Highschool-Absolventen, um zu fotografieren, wie ich die Kappe mit der Kordel in die Luft werfe.«

»Vielleicht wäre er das. Vielleicht wäre ich das auch. Aber reden wir nicht davon.«

Mom lädt mich ein, ihr und Dad unten Gesellschaft zu leisten, dann geht sie.

Ich brauche noch ein paar Minuten für mich und folge ihr schließlich. Zum ersten Mal seit Langem nicht in der Erwartung, direkt in eine Diskussion aus Vorwürfen und Rechtfertigungen zu rasseln.

Kapitel 24

Ich hätte wirklich auch Teller gespült. Wo doch im Service kein Job mehr frei war. Die vor Kurzem gekündigte Mitarbeiterin ist einige Tage vor meiner Heimkehr ersetzt worden. So entlaste ich Mom im von ihr geführten Restaurant, indem ich ihr die Aufgaben der Servus-Tante abnehme beziehungsweise, wie Noah es formuliert hat, als Chef de Rang fungiere.

Moms und Dads Steakhäuser sind keine Sternerestaurants, deshalb ist es mit dem Empfang, dem Platzieren der Gäste und einer Empfehlung der Specials schon getan. Ich muss keinen Sommelier mimen, denn wir führen keine besonderen Weine, und einige Gäste ziehen ein Bier dem Wein zum Steak ohnehin vor. Filetieren, Tranchieren, Flambieren – fällt bei uns alles aus. Es gibt keinen Demi Chef de Rang und keinen Commis de Rang, die mir unterstellt wären, also kümmere ich mich im Vorbeigehen sowohl um das Nachdecken von Besteck als auch um das Nachschenken von Wasser und Wein.

Die größte Herausforderung meines Jobs besteht darin, freundlich zu sein. Schon mit sechzehn habe ich sie auch bei schwierigen Gästen gemeistert. Jetzt, und seit inzwischen einer Woche, tue ich es fast wieder mit Routine.

Am Donnerstag nach meiner Heimkehr, nach drei still erlittenen Herzschmerztagen, hatte ich meinen ersten Arbeitstag und endlich die nötige Ablenkung, die mir dabei geholfen hat, ein wenig auf Distanz zu meinen Gefühlen zu gehen. Vergessen möchte ich ja nicht, nur nicht mehr bedauern.

Heute muss ich wie immer um elf Uhr dreißig im Restaurant sein. Doch vorher bin ich zum Frühstücken verabredet. Lina wartet schon am Tisch und steht auf, um mich zu begrüßen.

»So schön, dich zu sehen.« Sie umarmt mich. »Kommt mir wie gestern vor, dass du uns verlassen hast, und dennoch scheint es eine kleine Ewigkeit her zu sein.«

»So fühlt sich das für mich auch an.« Ich setze mich ihr gegenüber. Die Bedienung schenkt mir ebenfalls einen Kaffee ein. Dann nimmt sie unsere Bestellungen auf. Rührei und Pancakes für Lina, Joghurt mit Obst für mich.

»Mein Haus ist jetzt so still«, sagt sie, sobald wir den Tisch wieder für uns haben. »Manchmal glaube ich, Geräusche aus deinem Zimmer zu hören. Oder ich denke, dass du gleich in die Küche kommst mit irgendeinem motzigen Kommentar.« Lina lacht und winkt ab. »Verrückt, ich weiß.«

Es rührt mich, dass sie mich vermisst. Schließlich hätte sie froh sein können, mich endlich los zu sein. Überrascht hätte mich das nicht.

»So viele rotzige Kommentare habe ich gar nicht gemacht«, frotzele ich.

»Am Ende warst du recht zahm.«

Ich seufze. »Ihr fehlt mir echt. Das Hotel, das Meer, das Tauchen …« Bevor ich weiterspreche und verrate, was uns beiden ohnehin klar ist, nämlich, dass mir Noah fehlt, schwenke ich um. »Wie ist meine Nachfolgerin denn so?«

Lina wiegt den Kopf abschätzend hin und her. »Wie erwartet. Schnell, gründlich, umsichtig. Sie hat ja auch schon in einigen Hotels gearbeitet. Ein bisschen distanziert ist sie. Sunny hat es versucht, aber sie kommt auch nicht recht an sie ran.«

»Arme Sunny.« Ich muss grinsen. »Dabei ist sie so kommunikativ. Wie ich sie kenne, bricht sie auch bei ihrer neuen Kollegin früher oder später das Eis.«

Die Bedienung serviert unser Frühstück, und wir machen uns darüber her.

»Wie kommt's überhaupt, dass du in Monty bist?«, frage ich zwischen zwei Löffeln.

»Ich besuche meine Schwester und ihre Familie«, erzählt Lina. »Meine Nichte hat heute Geburtstag. Sie wird fünf. Also hab ich für den Tag und morgen Urlaub genommen. Am Samstag wird es mit einer weiteren Hochzeitsfeier wieder stressig. Ab sofort und für den Rest des Sommers ist das Routine.«

»Jedes Wochenende eine Hochzeit?«

»Ja. Schon seit letzten Oktober ist das Roomer's für alle jetzt anstehenden Wochenenden ausgebucht.«

»Ist auch echt eine tolle Location. Wenn ich mal heirate, würde ich dort und nirgends sonst feiern wollen.«

Tatsächlich kann ich mir keinen perfekteren Ort vorstellen. Ich sehe mich barfuß am Strand in einem Brautkleid aus Strick, mit Blumen in den Haaren – und Noah an meiner Seite.

Schwachsinn, Jazz!, schimpfe ich in mich hinein. Noah will nicht einmal mein Partner sein. Wie bescheuert ist es bei dieser Tatsache, mir vorzustellen, dass er mich heiratet.

»Du hast nie erwähnt, dass deine Schwester in Monty lebt«, sage ich Lina, auch um mich von meinen irren Gedanken abzulenken.

»Meine Familie war ja auch nie Thema«, entgegnet sie. »Ich war zu sehr damit beschäftigt, deine Mama auf Zeit zu sein, deine ungesunde Affäre zu diesem Marc zu analysieren, mir deine Probleme mit deinen Eltern anzuhören, deine Impulse zu kontrollieren, wenn du mal wieder drauf und dran warst, einem Hotelgast den Umgang mit der Klobürste beizubringen, die erhitzten Gemüter wegen ungemachter Zimmer zu beruhigen und all so was.«

Ich muss grinsen. »Ja, das alles hat dich wahrscheinlich rund um die Uhr beschäftigt. Tut mir voll leid.«

»Tut es gar nicht.« Sie zwinkert. »Nicht zu vergessen deine Noah-Verwirrung. Sex in der Wäschekammer et cetera.«

»Ist echt blöd, so gar nichts von ihm zu hören«, murre ich. »Nicht mal die Frage, wie es mir geht. Als wäre es ihm egal, wie es mir geht. Dabei glaube ich eigentlich nicht, dass es ihm so am Arsch vorbeigeht.«

»Männer halt …«, lautet Linas nicht sehr aufbauender Kommentar.

Ich kann das so nicht hinnehmen. »Hast du mal mit ihm gesprochen? Hat er irgendwas gesagt?«

»Wegen dir?« Sie schüttelt den Kopf und verzieht bedauernd den Mund. »Hat er nicht. Ich wollte ihn aber nicht darauf ansprechen. Er ist ziemlich beschäftigt, seit er wieder im Roomer's ist. Davon abgesehen ist das ja eine Sache zwischen dir und ihm. Ich möchte ihm nicht das Gefühl geben, dass ich mich als Vermittlerin einmische.«

»So war das nicht gemeint. Du sollst keine Vermittlerin sein. Ich hätte nur gern die Gewissheit, dass ich ihm nicht schnurzegal bin. Aber wenn er gar nichts zu mir zu sagen hat …«

Tja, wird wohl echt Zeit, einen Haken zu machen.

»Männer …«, brummelt Lina noch einmal. »Ich blicke da auch nicht durch. Mach dir nicht so viele Gedanken um ihn, Jazz. Konzentrier dich auf die wesentlichen Dinge.«

»Blöd nur, dass er mir so verdammt wichtig geworden ist.«

»Dann sorg dafür, dass er unwichtig wird.«

»Das kann ich gerade noch nicht.«

»Die Zeit richtet das schon.«

Diese Ankündigung soll ein Trost sein. Für mich klingt sie trotzdem wie eine Drohung, denn die Vorstellung, dass mir Noah irgendwann gar nichts mehr bedeutet, ist gewissermaßen grausam. Und unrealistisch. Und absolut keine erstrebenswerte Realität.

* * *

Der Tag begann so gut. Die guten Stunden waren allerdings gezählt. Lina begleitete mich noch ins Restaurant, um zu sehen, wo ich nun arbeite. Sie lernte Mom kennen und probierte unsere verschiedenen Steaks. Bevor wir zum Mittag öffneten, verabschiedete sie sich.

Und dann ging es los. Die Tische wurden nach und nach belegt. Wie gewohnt hatten die meisten Gäste reserviert, aber nicht alle. Zur Mittagszeit ist das kein Problem. Die Reservierung für Tisch zwölf kam eine Stunde zu spät – an diesem Tisch hatte ich dann aber schon andere Gäste platziert. Zudem kamen die Leute mit sechs Personen statt wie vorgemerkt mit vieren. Um sie nicht wegzuschicken, wie ich es aufgrund der großen Verspätung eigentlich gekonnt hätte, musste ich einiges umorganisieren, weshalb andere Gäste ein wenig warten mussten. Ein älteres Paar begann zu nörgeln und verlangte, den Geschäftsführer zu sprechen. Mom hat das mit einer Gratis-Vorspeise geregelt. Das Paar an Tisch sieben begann während des Desserts zu streiten. Als ich die beiden darum bat, die Stimmen zu dämpfen, damit sich die anderen Gäste nicht beim Essen gestört fühlten, sprang die Frau auf und rannte mich fast um auf dem Weg zur Toilette, wo sie sich fünfundvierzig Minuten einsperrte. Den Tisch, an dem ihr Mann die Zeit über so apathisch wie beharrlich wartete, hatte ich für neue Gäste angedacht, die ich erst einmal an der Bar platzierte und mit Aperitifs hinhielt.

Jetzt, um neunzehn Uhr, zum Beginn der Hauptzeit, brennen mir die Füße in den Schuhen vom vielen Herumrennen schon so sehr, dass ich am liebsten barfuß laufen möchte. Dürfte ich es, würde ich nicht einmal dazu kommen, die Schuhe auszuziehen. Alle Tische sind besetzt, und ich erkläre einer Gruppe immer hysterischer argumentierender Frauen um die dreißig, warum eine Reservierung für einen Donnerstagabend sicherheitshalber ein paar Tage im Voraus ratsam ist. Halbwegs einsichtig ziehen sie ab, da krakeelt die Frau an Tisch achtzehn, dass sie eine bestimmte Sorte Pfeffer nicht verträgt. Sie fächert sich Luft zu, verscheucht die Bedienung, die sich um sie kümmern will, wie eine lästige Fliege, klagt lauthals über Luftnot und droht vom Stuhl zu kippen. Ich eile zu ihr und ihrem merkwürdig resigniert dreinblickenden, tatenlosen Begleiter. Sie schimpft und beschwert sich über den Pfeffer – ohne den ein Filetsteak in Pfefferkruste nun einmal kein Filetsteak in Pfefferkruste ist. Als ich den Notruf wählen will, erholt sie sich spontan und verlangt ein Steak ohne Pfeffer.

Müde und mit Sehnsucht nach Feierabend kehre ich zu meinem Pult im Empfangsbereich zurück. Ich überfliege die für den Abend noch ausstehenden Reservierungen, da höre ich einen neuen Gast »Ein Tisch für zwei, ist das möglich?« fragen.

Absolut nicht, will ich aus einem völlig entnervten Impuls heraus antworten. Nicht nur die Pflicht zur Freundlichkeit hält mich ab, sondern auch die Stimme. Erschrocken schaue ich auf.

Noah!

Mein Herz setzt einen Schlag aus, und meine Knie werden so weich, dass ich die Hände aufs Pult stütze, um das Gleichgewicht nicht zu verlieren. Keinen Ton bringe ich heraus und starre ihn an, als wäre er ein Geist. Ein verdammt attraktiver Geist. Die Hände in die Taschen seiner Jeans geschoben, schaut er mich an; das Kinn hebt er ein wenig höher als sonst. Seine Haltung passt zu der leisen Unsicherheit, die im Graublau seiner Augen flackert. Er trägt eine Lederjacke, darunter ein T-Shirt mit einem Cartoon-Kaninchen, das mich beinahe zum Lachen bringt, und eine schwarze Jeans. Er scheint meinem Blick nicht standhalten zu können. Mit einem angespannt klingenden Schnaufen dreht er sich zum Bereich der Tische, schiebt sich dabei eine Hand in die dunklen Locken und hält sie zurück.

»Ich vermute, man muss reservieren«, brummt er und wendet sich mir wieder zu, »aber vielleicht wird ja gleich ein Tisch frei.«

»In einer Stunde. Gegen zehn«, antworte ich ihm endlich. »Wenn du so lange Zeit hast.«

»Die hab ich.«

»Okay …« Verdammt, was macht er hier? In Montgomery. Im Steakhouse meiner Familie. »Möchtest du dich an die Bar setzen oder noch mal wiederkommen?«

»Ich warte an der Bar.« Er versucht es mit einem schiefen Grinsen. »Leistest du mir Gesellschaft?«

Er ist wegen mir hier? Ungläubig schüttele ich den Kopf. »Ich kann hier nicht weg.«

Wie zum Zeichen der Notwendigkeit, dass ich bleiben muss, wo ich bin, gehen Gäste vorbei, die ich verabschieden muss. Nur ein paar Sekunden später betreten neue Leute das Restaurant. Noah macht vor dem Pult Platz und hört zu, wie ich erkläre, dass ohne eine Reservierung erst später etwas möglich wird. Kaum ist die Gruppe weg, da kommen die Gäste, die ich für den eben frei gewordenen Tisch vorgemerkt habe. Ich bitte sie, mir an die Bar zu folgen, weil die Bedienung noch beim Eindecken ist, dann will ich zu Noah zurück. Zu meinem Entsetzen steht meine Mutter bei ihm. Ich sehe, wie er ihr die Hand schüttelt, höre, wie er sich vorstellt, und drehe nach einer galanten Biege eine Extrarunde durch das Restaurant. Hier und da schenke ich nach und erkundige mich, ob alles zur Zufriedenheit ist. Das ist es so weit. Nur die Frau mit der Pfefferallergie ist schlecht gelaunt und meckert auch ihr zweites Essen von vorn bis hinten an. Mit tapfer-freundlicher Miene bringe ich mein Bedauern darüber zum Ausdruck und verspreche, die Kritik an die Küche weiterzuleiten.

Den Teufel werde ich tun.

Bei einem Schulterblick Richtung Empfangsbereich checke ich, ob Mom weg ist, doch sie und Noah sprechen noch immer miteinander. Gerade sagt er etwas, das Mom zum Lachen bringt. Dann nickt sie. Es nützt nichts, ich muss da jetzt hin, denn neue Gäste betreten das Restaurant. Ich will sie begrüßen, doch Mom kommt mir zuvor und lässt sie kurz und knapp wissen, dass wir heute ausgebucht sind.

»Ich übernehme«, sagt sie mir daraufhin. »Du kannst Feierabend machen.«

»Ich … ähm … aber …«, stottere ich und wage es nicht, Noah anzusehen.

»Schon okay.« Mom verscheucht mich mit einer Handbewegung. »Geh nur.« Mit einem Blick zu Noah schmunzelt sie. »Und nimm ihn mit.«

Also gut!

»Ich hole meine Jacke«, lasse ich Noah wissen und eile in den hinteren Bereich des Restaurants. Auf dem kurzen Weg will ich meine Gedanken ordnen, was mir nicht gelingt, denn ich lande in der Küche, renne leise fluchend wieder raus, schnappe mir meinen Trenchcoat und kehre zurück.

Noah wartet an der Tür und öffnet sie für mich.

»Bis später«, sage ich im Vorbeigehen zu Mom und husche ins Freie, auf die vom Licht der Laternen erhellte nächtliche Straße. Schweigend gehen er und ich nebeneinander her. In meinem Kopf herrscht immer noch Unordnung.

»Dieses Outfit steht dir fast so gut wie der graue Kittel.« Noah klingt inzwischen etwas entspannter, beinahe amüsiert. »Es hat natürlich mehr Klasse.«

Mein Outfit als Servus-Tante besteht aus einer weißen Bluse, einer schwarzen, schmal geschnittenen Hose und Schuhen mit kleinen Absätzen … in denen meine Füße gerade noch wehtaten. Wahrscheinlich ist mir der Schreck bis in die Zehenspitzen gefahren und hat den Schmerz ausgeschaltet. Zumindest fühlen sich meine Füße wieder völlig okay an.

»Was machst du in Monty?«, frage ich ihn, ohne ihn anzusehen.

»Lina hat mir gesagt, dass sie ihre Schwester besucht«, erzählt er. »Ich hab angeboten, sie zu fahren.«

Damit wird mir zwar klar, dass Lina Teil irgendeines Plans war, meine Frage beantwortet es aber nicht, und mein knappes »Ah« weist Noah darauf hin.

Ich höre, wie er durchatmet.

»Ich brauchte ein bisschen Zeit nach dem letzten Tauchausflug und dem, was du mir gesagt hast«, sagt er dann.

Mein Herz schlägt wieder schneller. Die Aufregung und die Angst vor dem, was er gleich sagen könnte, treiben es diesmal an.

»Du hast dich verkrümelt wie ein verschrecktes Eichhörnchen. Hattest du wirklich eine Prüfung?«

»Ja.« Noah zögert und spuckt den Rest seiner Gedanken aus. »Aber dafür hätte ich eigentlich nur am Freitag in Tuscaloosa sein müssen.«

»Du hast also gewartet, dass ich aus Orange Beach verschwinde.«

»Sozusagen …« Abermals windet er sich. »Ich wusste einfach nicht, wie ich reagieren sollte. Ignorieren konnte und wollte ich das, was du mir gesagt hast, natürlich nicht. Das war echt mutig von dir, aber du hast mich damit schon ziemlich … Ich weiß auch nicht. Eigentlich hast du mir die Pistole auf die Brust gesetzt.«

»So war das nicht gemeint. Ich wollte es für mich einfach loswerden.«

»Na ja, wie auch immer. Ich hab jedenfalls eine Weile nachgedacht, auch mit Lina gesprochen.«

»Und Lina hat dir geraten, herzukommen und sowohl den Anstand als auch den Arsch in der Hose zu haben, dich von mir, wie es sich gehört, zu verabschieden«, schlussfolgere ich.

»Nein.«

»Okay … dann bist du hier, um mich an deine Überzeugung zu erinnern, begleitet von der Frage, ob wir nicht einfach Freunde bleiben können?«

»Nein … Ach, Jazz!« Noah bleibt stehen.

Ich tue es auch, sehe ihn an und fröstele. Immer, immer und ewig wird Noah jemand Besonderes für mich bleiben. Niemals, nie und nimmer wird er mir nichts mehr bedeuten. Und diese Sekunden, in denen er mir hier auf der Straße gegenübersteht und mich so anguckt, diese Sekunden werden zu einem Moment, der sich ganz sicher zu denen gesellt, an die ich mich immer erinnern werde. Denn Noah sieht mich an, als würde er mich lieben. Er will keine Beziehung, kann deshalb nicht mit mir zusammen sein, will das nicht für sich erzwingen. Aber er liebt mich. Das genügt, um den Herzschmerz ein wenig zu lindern.

»Du machst es mir echt nicht leicht«, sagt er und wirkt ein bisschen verzweifelt.

»Du hast es mir auch nicht gerade leicht gemacht«, gebe ich zurück und will noch anhängen, dass es schon okay ist. Dass ich mit allem, wie es ist, leben kann. Da schnappt er sich das Revers meines Trenchcoats, zieht mich sachte zu sich und küsst mich.

Zärtlich und liebevoll spielen seine Lippen mit meinen. Sanft, fast behutsam holt er mich dichter zu sich und schlingt die Arme um mich.

Das ist kein Abschiedskuss – wie eine Laufzeile sehe ich das vor meinen geschlossenen Augen. Das kann kein Abschiedskuss sein.

Viele kleine Küsse später gibt Noah meinen Mund frei. Er lächelt, seine Augen funkeln.

Ich versuche meine Gedanken zu ordnen.

»Was war das?«, murmele ich. »Deine letzte Chance, mich zu küssen, und du wolltest sie nicht ungenutzt verstreichen lassen?«

Er schüttelt den Kopf.

Halt jetzt mal die Klappe, Jazz!, schimpft meine innere Stimme leise genervt. *Er braucht gerade ein bisschen, aber er will dir etwas erzählen.*

Also beiße ich die Zähne aufeinander, schweige und warte.

»Dieses Foto«, sagt Noah, »das ich im Haus meines Vaters von uns gemacht habe. Es dürfte inzwischen gar nicht mehr da sein, weil ich es eigentlich weggestarrt haben müsste.« Er schmunzelt, amüsiert von seiner eigenen Formulierung, und steckt mich damit an. Aber ich bleibe still, höre ihm weiter zu.

»So oft habe ich es jedenfalls angesehen, seit mein Vater dich aus dem Haus geschmissen hat … und mich gefragt, was ich bloß machen soll. Mit dir. Mit uns.«

Noah nimmt meine Hand, verschränkt seine Finger mit meinen und schaut über meine Schulter hinweg auf einen blinden Fleck. »Zugegeben war ich anfangs eifersüchtig auf Marc.«

Klappe halten, Jazz, nix sagen! Lauschen!

»Später, als mir klar war, was für eine Beziehung du und er hattet, war ich in erster Linie irritiert. Ich hab viel mehr über dich nachgedacht, als ich wollte. Denn tatsächlich hatte ich mir eine Beziehungspause verordnet. Ich war scheißdurcheinander.« Er pausiert, schluckt und sagt: »Tja, und dann waren da die Regeln des Roomer's und mein Vater.«

Als er mich wieder anschaut, kann ich mir das Sprechen nicht länger verbieten.

»Was genau hast du von ihm denn zu hören bekommen?«

»Na ja …« Er windet sich ein wenig unter den noch unausgesprochenen Worten. »Er meinte, er würde sich für mich schämen. Nicht nur, weil ich die Regeln einfach so übergehe, sondern auch, weil er deinem Vater versprochen hatte, auf dich aufzupassen. Und dann fängt ausgerechnet sein Sohn was mit dir an.«

Cleverer Kerl, dieser Jeff Roomer. Während er mir das Gefühl gegeben hat, seinen Sohn nicht zu verdienen, hat er Noahs Moral in eine Zwickmühle gebracht.

»Weiß dein Vater, wo du jetzt bist?«, frage ich weiter.

Noah nickt und entscheidet sich wieder für den blinden Fleck hinter meiner Schulter. »Ich hab mit ihm gesprochen, nachdem ich mich entschieden hatte, herzufahren. Ich hab ihm klargemacht, dass ich nicht mit dir gespielt habe und mir bestimmte Dinge nicht verbieten lasse. Erst recht jetzt nicht, wo ich definitiv nicht mehr dein Vorgesetzter bin.«

Damit überwindet er sich, wagt einen neuen Blick auf mich und lächelt so schön, dass die längst wachen Libellen im Bauch wie schon einmal zuvor durchdrehen und gegen mein Herz propellern.

Meine Stimme will nicht so recht. Aber sie muss: »Das war mutig von dir.«

Er zieht eine Braue hoch. »Mutig? Na ja … nach deinen Worten, zuletzt auf dem Boot, hab ich mich gefühlt wie … ich war so ein Feigling. Eigentlich bin ich kein Feigling.« Er atmet tief ein und aus. »Ich hätte dich nicht so gehen lassen, sondern dir sagen sollen, was ich auch meinem Vater gesagt habe.«

»Dass du nicht mit mir gespielt hast?«

Noahs intensiver Blick beschert mir ein Frösteln. Er scheint in mich einzutauchen, wie in das Wasser, das sein zweites Element ist.

»Dass ich in dich verliebt bin.«

Meine Knie werden weich. Tränen kribbeln in meinen Augen, und die Libellen drehen völlig durch. Ich bringe keinen Ton heraus, und das ist gut so, denn Noah hat noch mehr zu sagen.

»Ich bin es aus den Gründen, mit denen ich dich am Strand beim Perdido Pass zum Kumpel degradiert habe. Aber ich möchte nicht mit dir befreundet sein.« Er gibt meiner Nase einen Stups mit seiner Nase. »Ich möchte nicht mit dir befreundet sein, seit wir zum ersten Mal in Rome waren. Da hast du mich oder meine Welt oder was auch immer auf den Kopf gestellt.«

»Das warst du«, erinnere ich ihn. »Du hast mich umgedreht.«

»Mag sein, aber du hast mich nicht aufgehalten.« Er grinst. »Im Gegenteil. Du hast meinen Kopf besetzt wie eine Armee einen Hotspot. Obwohl du überhaupt nicht mein Typ bist.«

»Dito.«

»Wie auch immer.« Er grinst. »Wenn du möchtest, wenn du mich noch willst, dann fahr mit mir morgen und übers Wochenende zurück nach Orange Beach. Die nächsten beiden Wochen, Ende Juni, arbeite ich noch im Roomer's, aber wir hätten die späten Nachmittage und Abende und …«

»Und wie ich das will«, unterbreche ich ihn.

Er schmunzelt zufrieden. »Übrigens«, sagt er dann, »wusstest du, dass es nicht mal zwei Stunden von Montgomery nach Tuscaloosa sind?«

»Echt? Breaking News!«, gebe ich zurück, dann schnappe ich ihn beim T-Shirt, um ihn zu mir zu ziehen und zu küssen.

Es gibt Phasen, da hast du das Gefühl, das Leben ist ein riesengroßes Arschloch, das dir einen Tritt nach dem anderen verpasst. Ich habe gelernt, in solchen Phasen lohnt ein Wechsel der Perspektive. Zumindest ich habe mit so einem Wechsel erkannt, dass nichts Gutes nur gut ist und nichts Schlechtes nur schlecht. Und manchmal, mit ein bisschen Glück, ist ein vermeintlich schlechtes Los das Beste, was einem im Leben passieren kann.

Leseprobe aus

HEARTBEAT
Truly yours

von Julie Chapel

Oetinger Taschenbuch
336 Seiten
ISBN:978-3-8415-0530-9

EINS

An Weihnachten ist Pittsburgh am schönsten.

Keine andere Zeit im Jahr ist so voll von Magie, von Freude und Liebe. Wie verzaubert von Lichterglanz in der Dunkelheit kommen die Gedanken zur Ruhe, und die Seele atmet durch. Die Düfte von Zimt und Anis, Piment und Vanille schwängern die Luft und verwirbeln sich im Schneegestöber. Wie ein goldener Nebelstrom wabern sie durch die Straßen und lassen uns lächeln.

Seit Anfang Dezember ist Pittsburgh ein funkelndes Lichtermeer. Die eiskalte Steel City ist über Nacht sanft und warm geworden. Downtown funkeln die Wolkenkratzer. Tausend Vorgärten, zehntausend Fenster, hundert Plätze und Millionen Bäume sind erleuchtet, jedes Schaufenster und jede Straße. Inmitten der Eisbahn am PPG Place glitzert der große Weihnachtsbaum, und am Point State Park spiegeln sich die Lichter verheißungsvoll im Flusswasser.

Im Radio besingt George Michael sein einfach so weiterverschenktes Herz, als ich auf die Liberty Street biege und der Bahnhof in Sicht kommt. Auf der Fahrspur zum Parkhaus reihe ich mich in eine kleine Warteschlange und stelle mein Auto wenig später ab. Fünfzehn Uhr zwölf, sagt die Uhr – noch eine Viertelstunde, bis Grannie Carols Zug eintrifft. Bis dahin bin ich locker am Bahnsteig.

Während ich mir den Weg durch die Menschenmassen vor dem Parkhaus bahne, muss ich über die Diskussion grinsen, die meine Eltern heute Mittag geführt haben. Ursprünglich war geplant, dass wir Grannie zu dritt in Empfang nehmen, aber der Weihnachtsbaum hat uns einen Strich durch die Rechnung gemacht.

»Das ist keine Tanne«, höre ich Mom wieder schimpfen. »Das ist eine Fichte, und die nadeln, wenn man sie nur anguckt.«

»Was weiß ich denn?«, verteidigt sich Dad. »Ich bin Arzt, kein Botaniker. Der Kerl hat mir gesagt, es sei eine Tanne.«

»Dann hat er dich verarscht.« Mom rüttelt am Baum und Nadeln rascheln zu Boden. »Das könnte ein Kind, eine Tanne von einer Fichte unterscheiden.«

»Na gut!« Kurzerhand reißt Dad die Terrassentür auf und Mom den schon halb nackten Baum aus der Hand. Mit Schwung befördert er ihn in den Garten und knallt die Tür wieder zu. »Dann haben wir in diesem Jahr eben keinen Baum.«

»Meine Mutter wird in vier Stunden hier sein.« Moms Stimme bebt vor Ärger. »Und dann haben wir sehr wohl einen Baum. Einen fix und fertig geschmückten. Und du wirst dich darum kümmern.«

»Den Teufel werd ich.«

»Du wirst. Und zwar sofort. Ich komme mit und zeige dir, was eine Tanne ist.«

Dad sieht auf die Uhr. »Das schaffen wir nicht, wenn wir rechtzeitig Downtown am Bahnhof sein wollen.«

»Wir schaffen das.« Sie dreht sich zu mir um. »Hol du Grannie allein ab.«

Da bin ich nun. Und mir ist es ganz recht so. Ich glaube, nach der Baumaktion wäre die gemeinsame Fahrt zum Bahnhof nur halb so beschaulich gewesen. Bis ich mit Grannie im Schlepptau zurück bin, sind die Harmonie und der Geist von Weihnachten, die sich vor lauter Schreck verzogen hatten, ganz sicher wieder in unser Haus eingekehrt.

Vor dem Eingang des Bahnhofs hat eine Gruppe als Weihnachtsmänner verkleideter Jungs Aufstellung bezogen. Mehr schlecht als recht, aber mit offenbar einer Menge Spaß, singen sie *Good King Wenceslas* und sammeln Geld, von dem sie sich laut einem Pappschild Tickets für ein Spiel der Penguins leisten wollen. In der Halle tauche ich in einen nach draußen fließenden Strom von Passagieren und zugehörigen Nichtpassagieren ein. Arm in Arm gehende Paare, die beseelte Blicke tauschen und knutschen, Väter in Businesskleidung, die von ihren Kindern umschwärmt werden, und ältere Paare mit ihren erwachsenen Kindern.

Am Bahnsteig angekommen, werfe ich einen Blick auf das Display der Zuganzeige. Grannies Zug hat zehn Minuten Verspätung. Also zurre ich den Reißverschluss meines Parkas bis ganz nach oben, wickele meinen Schal einmal mehr um den Hals und setze mich auf eine Bank.

Aus den Lautsprechern klingt leise Weihnachtsmusik, die sogar der kargen Bahnsteigatmosphäre weihnachtliche Stimmung verleiht. Als ein Zug aus Philadelphia angekündigt wird, hüpft ein kleines Mädchen neben seiner Mutter auf der Stelle und winkt der heranrollenden Bahn aufgeregt mit beiden Armen zu.

Die Bremsen quietschen, bis die Räder nicht mehr rollen, dann öffnen sich die Türen, und Menschen sprudeln heraus. Etwa eine Minute lang bin ich mittendrin im Pulk aus Begrüßungen, Lachen und Umarmungen. Mein Blick huscht über die sich schnell lichtende Masse, von Ankömmling zu Ankömmling – und bleibt an jemandem hängen, der sich suchend umschaut.

Er ist groß. Seine blonden, halblangen Haare locken sich ein bisschen und fallen ihm ins schmale Gesicht. Über seiner Schulter hängt eine große Reisetasche, in der anderen Hand hat er den ausgezogenen Teleskopgriff eines Koffers. Den stellt er jetzt ab, dreht sich um seine eigene Achse und schaut sich weiter um.

Als mich sein Blick streift, schaue ich schnell weg, kann aber nicht anders und beobachte ihn aus den Augenwinkeln weiter.

Unter einer Lederjacke trägt er ein schwarzes Sweatshirt, auf dessen Brust ich das Logo der Philadelphia Flyers erkenne. Seine langen Beine stecken in schmalen grauen Jeans, seine Füße in Industrial Boots. Er holt sein Handy aus der Jackentasche, tippt darauf herum und hebt es ans Ohr. Wenig später steckt er es weg, ohne gesprochen zu haben, und blickt erneut den Bahnsteig auf und ab. Der nächste Zug rollt ein und spuckt seine Passagiere aus. Wie verloren steht er ein paar Sekunden lang im Gewühl der Leute, schließlich rettet er sowohl sich als auch seinen Koffer zu einer

Bank neben meiner. Er stellt die Reisetasche ab und wirft mir einen Blick zu, dem ich ausweiche, indem ich meine Boots, die seinen ziemlich ähnlich sind, inspiziere. Währenddessen leert sich der Bahnsteig. Im Augenwinkel sehe ich, wie er Platz nimmt und noch mal telefoniert.

»Hey, Melissa, ich bin da«, höre ich ihn sagen. Seine Stimme ist tief und ein bisschen rau, Anspannung schwingt darin mit. »Wo bist du?« Ohne eine Antwort abzuwarten, nimmt er das Handy wieder herunter. Mailbox, scheinbar.

Eine halbe Stunde vergeht, in der Züge ein- und abfahren. Grannies ist nicht dabei. Ebenso wenig taucht Melissa auf, was den blonden Typen mehr und mehr zu frustrieren scheint. Er tut mir ein bisschen leid. Ist sicher kein tolles Gefühl, am Bahnsteig auf Abholung zu warten oder gar vergessen worden zu sein. Erst recht nicht an Weihnachten. Vielleicht kommt diese Melissa auch in voller Absicht zu spät. Vielleicht ist sie seine Freundin, und sie haben sich gestritten. Oder sie hat einen miesen Charakter. Zu seinem Aussehen würde eine Freundin mit miesem Charakter gut passen. An seiner Schule oder dem College ist er wahrscheinlich der von allen bewunderte Supertyp, der sich natürlich für Barbie entschieden hat.

Bei diesem Gedanken tut er mir noch mehr leid … wegen meiner Gedanken. Schublade auf, Typ rein, Schublade zu. Nicht nett. Vielleicht ist Melissa auch bloß eine gänzlich uninteressante Bekannte, seine Schwester, eine Cousine oder …